徳間文庫

警視庁特捜官

ワンショット ワンキル

松浪和夫

徳間書店

1

懐かしい匂い（にお）だ。だしが程良く効いた湯気が、鍋から立ち上っている。

キッチンに立った梶原剛史（かじわらたけし）は、おでんが入った鍋を見て、また腕時計を見やった。午後七時八分。約束の時刻を八分も過ぎている。

「何回見ても時間は変わらないよ」

隣に立った娘の瑞希（みずき）が言う。

「けどな」

「まるで初めて彼氏を家に呼ぶときみたい」

「おまえ、彼がいるのか？」

「いないよ。想像して言ってるだけ。父親が警視庁捜査一課の刑事だったら、彼氏だって引いて来られないかもしれない」

高校二年なのだから、交際している相手がいても不思議ではない。いずれ、そんなときが来る。だが、そのとき自分がどう迎えていいのか想像もつかなかった。五十歳にもなってそんなことでどうするとは思うが。

「ここはもういいから。座ってて。ずっと仕事で走り回ってたんだから、ゆっくり休んで」

瑞希がダイニングテーブルを指さして言うと、梶原は大人しく従った。ダイニングテーブルの上には、三人分の食器が並んでいる。取っておきの日本酒も用意してある。梶原が堪能したかったのだ。あいつは酒を飲まない。こんなことは何年ぶりだろう。妻の由里子(ゆりこ)が生きていたときだから、十二年以上も前のことだ。

隣のリビングルームにあるテレビからはニュースが流れている。あいつが呼ばれる程の大きな事件は起きていない。まだ報道には乗っていないだけか。もし、来られなくなったら、連絡してくる。時間には正確な男だ。場合によっては、約束の一、二時間前に着いて待っている。何かあったのだろうか。

夕飯を食いにうちに来ないかと誘ったのは、青梅(おうめ)市のアパレル会社社長殺人事件の特捜本部が解散し、休暇が与えられて二日目のことだった。年末ぎりぎりにホシを挙げ、検察に送った。何年かぶりで自宅で正月を迎えた。だが、なかなかあいつの都合がつかず、年を越して今夜になったのだった。

梶原は携帯電話を開いた。メールも着信もない。アドレス帳を表示させたところで指を止めた。連絡できない程の急な仕事が入ったのか。だとしたら、電話はできない。

瑞希も、亡くなった由里子もこんな思いをしていたのだと思うと、胸が痛んだ。

チャイムが鳴った。

梶原は立ち上がり、玄関に向かう。ドアを開けると、マンションの外廊下に黒ずくめの長身の男が立っていた。清水治樹（しみずはるき）、二十五歳。黒いハーフコートに黒いジーンズを合わせ、足元は例のタクティカルブーツで固めている。小さなバッグを肩がけにしていた。鼻筋が通っていて、肌は白く、細面で涼しげな目をしている。夏もあまり日焼けしないという。目出し帽を被（かぶ）ったり、黒いドーランを顔に塗って擬装を施すからだろう。

田端（たばた）の操車場から列車が連結する音が寒風に乗って届く。

「遅れてすいません」

「寒かっただろう。そんな所に突っ立ってないで早く入れ」

清水が動かずにいると、梶原の背中ごしに瑞希の声がかかった。

「どうぞ、入って下さい。お待ちしてました。温かいのできてますから」

瑞希は屈託のない笑みを浮かべて言った。

「こういうときは手土産ぐらい持ってくるものなんでしょうが」

「いいんです。遠慮しないで上がって下さい。こうしてる間に私も寒くなっちゃいますから」

清水はドアを閉めて玄関に入ってくる。

瑞希がそそくさと廊下を引き返していくのを見て、梶原は小声で清水に言った。

「新宿署の刑事ってことになってる」

「お気遣いありがとうございます」

「今夜は泊まっていけるんだろう。明日は休みだったな」

「ええ。まあ」

清水は素っ気なく答えた。

本当の所属先は明かせない。瑞希は勘がいい。第六機動隊員と知ったら、清水が狙撃手であることも、元警官を射殺したことも分かってしまう。

四ヶ月前、新宿中央公園で起きた狙撃事件に、梶原は本庁捜査一課殺人犯捜査第五係員と共に捜査に参加した。出だしから躓(つまず)いた。懸命の捜索にもかかわらず、肝心の狙撃犯がライフルを発射した場所が分からなかったのだ。発射現場を見つけ出すために、安住康人(あずみやすと)捜査一課長が機動隊随一の腕を持つ清水を呼んだ。期待通り、清水は発射現場を割り出した。そのまま特捜本部入りとなり、梶原と組むことになる。殺人犯捜査係のベテラン刑事と若き狙撃手。異例のペアの誕生だった。

ほどなくして二人目の犠牲者が出る。連続狙撃となった。

特捜本部が置かれた新宿署に、瑞希が着替えを届けに来た。梶原と一緒にいた清水を新宿署の刑事だと思ったのだ。勘違いだったが、事件後のことを考えると、その方が都合が良かった。

靴紐をほどいてタクティカルブーツを揃えた清水が、梶原の横を通るとき、微(かす)かな臭(にお)いがした。アルコールか。まさかと思いつつ清水を見たが、表情一つ変えなかった。

梶原は清水をダイニングキッチンに案内し、三人で鍋を囲んだ。

エプロンを着けた瑞希が、手際よく鍋から取って清水に差し出す。柔らかくなった大根、卵、ほくほくのじゃがいもなどが皿に並んでいる。

梶原は自分でグラスにビールを注(つ)いだ。瑞希がビールを取って清水にお酌しようとするのを見て、止めた。

「こいつは飲まないんだ」

意外だという風な顔をして、瑞希が清水に訊く。

「そうなんですか？」

「仕事柄ね」

僅かだが、清水の返事が遅れた。以前に梶原が訊いたときは即答だった。

「刑事さんたちは皆たくさんお酒を飲むって聞いてたから。ウーロン茶ならありますけど」

「それを下さい」

瑞希は冷蔵庫からペットボトルを取り、清水のグラスに注ぎ、自分のグラスを満たした。三人でグラスを合わせ、食事が始まった。

梶原はだしが染みこんだ大根を噛みしめる。味が似てきた。由里子が作るおでんに味がそっくりになってきた。妻が亡くなったのは、瑞希が小学校に上がる前、料理はできなかった。親子だから似てくるものだろうか。

「やっぱり、お正月料理の方が良かったですか。おせちとか、お雑煮とか」

瑞希が対面の清水に訊く。清水の箸は進んでいなかった。取り皿に大根や卵がそのまま残っている。

梶原はグラスを片手に割って入る。

「三が日も終わった。もう正月料理はたくさんだろう」

「父さんが食べたかっただけでしょう。私は清水さんに訊いてるの」

「清水だって同じだ」

「勝手に決めるのは良くないって」

瑞希は梶原に言い、清水に顔を向けて語りかける。

「清水さんが来るって言うんで、父さん張り切ってたんです。いつも料理なんかしないのに、今日はスーパーの買い出しにまでついてきて。そのじゃがいもは、父さんが皮むきしたんです」

「余計なことは言わないでいい」

「父さんが人を家に連れてくるなんて、初めてなんです。同じ係の人だって呼んだこともない。父さんのエプロン姿見せてあげたかったな。写真撮っておくんだった」

「み、ず、き」

たしなめるように言い、清水に目を向ける。清水は箸を持ったまま、柔和な笑みを浮かべている。清水の笑顔を見るのは初めてだった。

「残念。俺も見たかった。動画で」

「ほら、清水さんも同じだって」

喜色満面の顔を梶原に向け、瑞希がからかってくる。

梶原はふんと鼻息をついて、立ち上がり、日本酒をテーブルに運んで封を切った。手酌でグラスに注いで、新潟産の名酒を口に運ぶ。おでんをつまみにして、日本酒を飲んでいるうちに残っていた疲れが溶けていく。

清水が取り皿に並んだおにぎりをつかんだ。口に運び、ゆっくりと噛みしめている。瑞希が作った五目飯のおにぎりだ。

瑞希はいつになくはしゃいで話しかけ、清水も柔らかな笑みを浮かべて応じていた。高校二年と二十五歳の警官の間に共通の話題があるとも思えなかった。予想通り、たわいのない話になった。瑞希が殆ど一方的に話していただけで、清水もときおり相槌を打つぐらいだ。それでも、楽しそうに話す二人の声が心地よく響いてくる。妻と瑞希と家族三人で最後に夕食をとったのはいつのことだろうと考えているうちに、早くも酔いが回り始めてきた。


目を開けると、窓を向いて立った人影が見えてきた。豆電球がついているだけで、部屋は薄暗く、静かだった。

カーテンが半分開いた窓から、清水は外を見ている。

　梶原は布団から手を伸ばして腕時計を見やる。いつの間に眠ったのか、あと数分で十二時だ。清水が布団まで運んでくれたのだろう。瑞希は部屋に入ったのか、家の中は物音一つしない。

　梶原は首を横に向け、悄然（しょうぜん）として立つ清水を見ていた。

　ガラスに映った清水の目は開いているだけで、何も見ていない。窓枠にかけた手が微かに震えていた。こんな悲壮な姿の清水を目にするのは初めてだった。

　起きようとしたところで、清水がカーテンを引いて閉めた。両手で顔をこすった後、梶原に振り返った。

「起こしてしまいましたか？」

　いつもの冷静な口調で、清水が訊いてきた。

「このぐらいの時間になると、一度目が覚めるんだ。飲んでてもな」

「そうですか」

「帰るのか？」

　清水のために用意した布団は畳まれ、部屋の隅に積まれていた。

「いつ出動がかかるか分かりません。ここから勝島（かつしま）まで大分時間がかかりますから」

　東京の北の端から南の端まで行くのだ。かなり遠い。第六機動隊本部に寄ってライフルなかった。

を受け取ってから、現場に向かうことになる。どれだけ時間がかかるか、梶原にも分からなかった。

「明日は休みだろう。もしもの事態に備えて、他の狙撃手が待機についてる」

「それはそうですが」

「一度ゆっくり話をしたかったんだ。さっきはそれどころじゃなかったが。ま、座れ」

清水は腰を落として畳の上に正座した。

梶原は布団を出て、あぐらをかいて座る。枕元に置いてあったグラスの水で喉を潤してから、清水に訊く。

「正月は何してた？」

「羽田空港の警備です。クリスマス前からずっと空港事務所のビルの屋上で警戒監視についていました。一人で」

「テロ情報があるのか？」

「空港を狙うのなら、旅客ターミナルビルに爆発物を仕掛ける。あるいは、ターミナルビルに車で突っこむ。空港周辺の海から上がってくるような面倒なことはしません。だだっ広い敷地を渡ってくる途中で見つかる。テロが差し迫っているのなら、狙撃手を複数配置しなければ意味がない。一人でカバーできる広さじゃないんです」

テロ情報などない。清水は冷や飯を食わされているのだ。

「相変わらず風当たりが強いな」

「目を合わせようとしない同僚もいます。SAT（特殊急襲部隊）の隊員たちは冷たい言葉を投げかけてくる」

当然と言えば当然の反応だった。あの連続狙撃事件の犯人はSATのナンバーワン狙撃手の苅田修吾（かりたしゅうご）。最後の標的を仕留めるために来た苅田を清水が射殺したのだから。

事件はそれで終息を迎えたが、問題が一つ残った。現役の警官、それも警察が誇る最強の特殊部隊員が殺人犯だったのだ。

その点だけは公にすることはできず、上層部は隠蔽（いんぺい）に走る。苅田の部屋に置かれていた辞表を受理していたことにし、元警官と発表される。

キャリアの警備部長と公安部長が動き、同じくキャリアの刑事部長も同意したのだろう。

捜査陣は納得しなかった。安住課長は法に従って厳正に対処する腹だった。しかし、すべて上層部によって却下される。上意下達の組織にあって、反抗は許されない。安住課長に抵抗する術（すべ）はなかった。

警視総監が記者会見で直々（じきじき）に元機動隊員の犯行と発表して、警備部長と共に深々と頭を下げた。警視総監が自らの非を認めることで、火消しに走る。警視総監は自らに戒告処分を出し、警備部長は監督不行き届きで六ヶ月の減給処分となる。異例の重い処分だった。

一時は騒然となっていた世論も、その会見をきっかけに鎮まっていった。

だが、最も気にかかっていたのは、清水だった。事件後に一度二人で飯を食った。そのときも清水は狙撃事件を気にする素振りは見せなかったが、梶原は僅かな異変を感じ取っていた。ときおり視線を逸らすようになったのだ。そして、今日、異変は確実なものになった。

梶原は清水に問う。

「おまえ、さっき何を見ていた？」

「何って。外を眺めてただけです」

「ごまかすな。おまえの手は震えていた。何を考えていた？　まるで心ここにあらずというような顔で突っ立っていた。何を見ていたんだ」

「だから、外の景色を見てました」

清水の視線は畳に向けられている。

「本当のことを言ってくれ。大丈夫なのか？　心配して訊いているんだ」

「心配要りません。何ともな――」

清水が続けようとするのを遮り、梶原は身を乗り出した。

「酒を飲んで来たんだろう」

清水は目線を上げた。瞳の中の光が小刻みに揺れていた。

「酒も煙草も飲まない。旅行にも行かない。いつ出るとも分からない出動命令に備えていた。狙撃のために厳しく自分を律していた。そんなおまえが酒を口にしてきたんだ。普通じゃない」

「臭いが消えてなかったか」

つぶやくように言い、清水が肩を落とす。

「眠れないんです。寝る前に酒を飲むと、余計に目が醒めてくる。夕方に少し酒を飲んでおくと、適度に神経が緩み出すのかもしれない。夜に睡眠薬を飲むと、寝つける。それでも、うなされて途中で目が覚めてしまう」

うなだれる清水を見て、梶原は同じ質問を繰り返す。

「さっきは何が見えた？」

清水は天井を振り仰いだ後、梶原に視線を戻した。

「誰にも言わないと約束してくれますか？」

「約束する」

膝の上で拳を握り締めて大きく息をつき、清水は決然とした口調で言う。

「苅田さんです。苅田さんの笑顔、訓練時の厳しい顔、そして銃弾を受けて崩れ落ちていく姿。奥さんと娘さんの笑顔も出てくるときがある。休憩時間や一人で部屋にいるとき、忽然とあの光景が蘇ってくる。スコープの中で、苦悶の表情を浮かべて血を噴き出しながら屋上に倒れていく姿が。遠過ぎて、苅田さんの表情までは見えなかったのに。今度は、苅田さんが目の前で倒れていく」

フラッシュバックが起きているのだ。

苅田は、清水がSATに在籍していたときの教官であり上司だった。第六機動隊に異動になった後も、苅田と家族ぐるみのつきあいをしていた。というより、家族の一員といった方が正確かもしれない。

敬愛する仲間であり、最も尊敬する男とも言っていた。

清水はその苅田を自らの手で射殺したのだった。射殺以外に苅田を止める方法はなかった。苦渋の決断をして、一弾を放った。

苅田を射殺したことは後悔していないと断言していたが、やはり、心に深手を負っていた。懊悩を抱えていたのだった。

「よく打ち明けてくれたな」

梶原が穏やかに語りかけると、清水はぼそりと漏らした。

「梶原さんなら分かってくれると思ったんです」

清水の視線は、仏壇に向けられている。妻の位牌が祭られている。

胸の中で心臓が大きく跳ねた。ある男に拳銃を向けた。引き金を引く寸前まで行ったのだった。だが、結局は撃てなかった。どう答えたらいいのか、梶原自身にも分からなかった。

「病院には行っているのか?」

「いえ。薬を買って飲んでます」

「一度精神科医に診てもらった方がいいぞ」

「行かされました。検査も受けた。PTSDとか言ってました。けど、色々話しているうちに分かった。医者には治せない。これは俺の問題です」

PTSD。心的外傷後ストレス障害。強靭（きょうじん）な精神力を持った清水も仲間を殺し、心に傷を負っていたのだった。

一人で抱えこむな。一人悩み苦しんでも解決できるようなことではない。そう言おうとしたとき、清水が立ち上がった。

「帰ります」

梶原も腰を上げて清水を追う。廊下に出て玄関へ向かう。

清水は手早く靴を履いて玄関ドアを開けた。

「楽しかった。料理も美味しかったです。瑞希さんに伝えて下さい」

そう言い残し、清水は足早に外廊下を進んでいく。

かける言葉も見つけられずに、清水を目で追っていると、背中から瑞希の声がした。

「清水さん、帰っちゃったの？」

セーター姿の瑞希が外廊下に出てきて、転落防止壁ごしに、マンションの敷地から出て行く清水を見下ろした。

「大丈夫かな？」

「大丈夫って何が？」

「清水さんが父さんを布団まで運んでくれた後、部屋に水を持っていった。清水さん、辛そうな顔をして窓を見てた」

窓ガラスを向いてぼんやりと立った清水のあの姿を、瑞希も見ていたのだ。まさか、三時間近くも同じ姿勢のまま立っていたのか。

「緊急の仕事が入ったそうだ。奴は強い。心配するな。かなり冷えてきた。中に入ろう。風邪をひく」

梶原は瑞希の肩に手を置いて言う。

瑞希は、清水の姿が見えなくなるまで目で追っていたが、玄関に足を向けた。

2

「見てない？」

玄関口に立ったブラウスとスカートをまとった女を前にし、梶原は念を押すように言った。

「本当に見てないんですか。事件の日とは限りません。その一週間ぐらい前に来ていたかもしれない。幅があります」

「五年も前のことでしょう」

三十代後半の女が目を伏せ、栗色の長い髪に触れた。部屋の奥からはテレビの音が流れてきている。南青山にあるマンションの五階の部屋で、突き当たりにある窓から入った陽光が磨き上げられた床を照らしていた。

休み明けの月曜日から、梶原が所属する殺人犯捜査第五係は在庁番となっていた。他の第五係員たちは事件発生に備えて本庁で待機したり、外で様々な業界の人間に接触している。日頃培った関係から、捜査に役立つ情報が得られることもある。特捜本部での捜査、休暇、在庁番。捜査一課の刑事はそのサイクルの中で生きている。

梶原は、在庁番の時間を、以前担当した未解決事件の捜査に当てていた。

「被害者の家から五軒と離れていなかった所に住んでいましたね。車か、被害者の家の近くにいた男を見ませんでしたか？」

五年前、武蔵野市の住宅街で五十六歳の女性が殺された。唯一の遺留品は足跡で、男物と推定された。絞殺に使われた電気コードは犯行現場の寝室に残っていた。被害者は夫と死別し、子供が巣立ってから一人で暮らしていた。人に恨まれるような人間ではなく、トラブルを抱えていたという情報もなかった。犯行時刻は午後一時から午後三時の間で、被害者はベッドで眠っていた。夏風邪をひいて会社を休んでいたのだ。

それらの状況から、窃盗目的で入った犯人が、被害者と鉢合わせして、殺害し、何も盗らずに逃走したというのが当時の特捜本部の見立てだった。

「覚えてないんです。そんなに昔のこと。それに、事件から半年ぐらい経ってから引っ越してしまったし」

聞きこみ対象者のこの女は、事件の半年後に埼玉県に転居。それから引っ越しを繰り返し、離婚して名字も変わった。やっとここに住んでいることを突き止めたのだった。

女の顔には迷惑そうな表情が浮かんでいる。その目に嘘はない。

まただと思いつつ、梶原は隣に立った白山護(しろやままもる)主任を見やる。百八十センチ、六十四キロの長身痩躯(そうく)の男だ。百七十七センチの梶原と目線の高さはほぼ同じだった。

白山も目で同意してくる。

梶原は女に礼を言って、玄関を出た。

廊下の壁に背中を預け、梶原は吐き出すように言う。

「時間が経つのは早い。大方の人はもう忘れてる。あの殺しを覚えている人の方が少ない」

「同感です。流しではなく、被害者の関係者と考えている訳ですね」

「つながりが薄いだけで、どこかで関わってる」

白山の階級は警部補で、巡査部長の梶原の上だ。梶原は平(ひら)の係員に過ぎないが、白山には主任の役がついている。それでも、丁寧な口調で話しかけてくるのは、梶原の方が十四歳も年長というだけではない。刑事としての梶原を尊敬しているからだった。

当初は流しと被害者の関係者筋の両面で捜査が行われた。窃盗犯が現場で被害者と出くわし、パニックに陥り、殺害に至るケースも珍しくない。被害者を恨んでいた人間が侵入して殺害した可能性もあった。

被害者の人間関係を徹底的に洗ったが、恨みを抱いている者は出てこなかった。人当たりのいい働き者の宅配便の女性運転手だった。やがて捜査方針が変わる。流しの線に絞られ、徹底的な地取り捜査が行われる。捜査は一年近くにも及んだ。有力情報は出ず、特捜本部は解散となり、第五係は引き揚げた。所轄の武蔵野署の専従捜査員が継続して捜査している。

梶原は床に視線を落とし、言葉を継ぐ。

「被害者本人に恨みを買った認識がなかったのかもしれん。こんな場所にトラックを止めて邪魔だとか、煽（あお）られたとか。ホシが怒りを抱いた。トラックには運転手の名前も営業所名も出ている。仕事を終えて営業所から出てくるところを待ち、後をつけて家を突き止めた。後日犯行に及んだ。希薄な関係の場合、それをつかむのは難しい」

「その程度のことで人殺しまでしますか」

「幸せな人間を残酷な目に遭わせたい。それが動機で人殺しをした奴もいる」

白山の表情が強張（こわば）った。十二年前、梶原の妻の由里子を殺した長谷（はせ）という男が、そう言い放ったのだった。

第五係が特捜本部に投入されたが、梶原は捜査から外された。私情を挟むことは許されない。

なぜ、自分がこんな目に遭わなければならない。自分は妻を殺された。瑞希は母親を奪われた。だが、憎むべき相手はどこかでのうのうと生きている。その相手が誰なのかも分からない。

苦痛の日々に耐えきれず、梶原は密かに捜査を始める。他の捜査員たちに気づかれないように必死で這いずり回ったが、手がかり一つ見つけられなかった。ある日、当時所轄署員だった白山が有力情報をくれた。

梶原はそれを元にホシの居所を突き止めて部屋に入った。長谷という男が、犯行を認めた。動機も口にした。幸せな人間を残酷な目に遭わせたい。ただそれだけが理由だった。

梶原の中で憎しみが膨れ上がり、怒りが頂点に達した。長谷に拳銃を向けたものの、迷いに迷った。そのとき、駆けつけてきた白山に拳銃を取り上げられた。救われたのだった。

その事件を経験して初めて、梶原は被害者家族の思いを知る。それまで何人もの被害者家族に会い、話を聞いていた。彼らの気持ちは理解していたつもりだったが、本当のところは分かっていなかった。過酷な精神状態に置かれることを。憎むべき相手も分からない。なぜ、大切な人間が命を奪われることになったのかも、知りたくとも、知ることができず、時間だけが過ぎていく。殺された被害者も辛い思いをしたに違いないが、残された家族もやり場のない怒りや憎しみを抱えて、苦しみながら生きていかなければならない。

事件を機に、梶原は心に決めた。何年かかろうと、ホシを割り出して捕まえる。罪を償わせる。絶対に逃がしはしないと。

以来、梶原は猟犬と呼ばれるようになっていた。引き揚げ命令が出ても、ホシを見つけるまで追い続ける。梶原に歯止めをかけるため、白山が手綱役につけられたのだった。

「嫌なことを思い出させてしまいました」

白山が苦々しい口調で言うと、梶原は構わないと応じ、本庁に戻ろうと告げてエレベーターの方へ歩いていく。

一階のロビーを抜け、薄いクリーム色のステンカラーコートを羽織った。白山も黒いハーフコートに袖を通す。

外に出た途端に冷たい風が吹きつけてきた。灰色の曇が空全体を覆っている。気温は七、八度ぐらいか。午前十時を過ぎたばかりで暖かいが、夜には冷えこみがきつくなる。雨の予報も出ていた。

住宅街の道路に出て、広尾の日赤医療センターに背を向け、六本木通りの方へ歩いていく。

北風に向かって歩きながら、白山が話しかけてきた。

「今度、梶原さんの家に行ってもいいですか？」

「資料を見たいのか？　参考になるものがあるだろうか」

田端のマンションには、梶原専用の資料部屋がある。刑事になってから二十五年の間に集めた捜査記録で埋まっている。前の部屋に入り切らなくなり、亡くなった妻の書斎に移して資料部屋として使っている。

「梶原さんの暮らしぶりを見たいんです」

「そんなものを見てどうする？」

「瑞希さん、娘さんが毎回のように着替えの差し入れに来てますね。中学生になったときから、ずっと見てます。なかなかあんな風にできるものじゃない。女房がいても、自分でコインランドリーを使っている刑事もいるのに。部活や勉強で忙しいのに、父親のためにやってくる。感心しているんです。どんな風にしたら、あんないい娘さんに育つのか知りたい。うちの娘に教えてやるんですよ」

　同僚を家に連れてこなかったのは、仕事が忙しかったからだけではない。瑞希を母親の事件に触れさせたくなかったのだ。事件を担当した刑事を前にしたら、思い出す。事件について訊こうとするかもしれない。瑞希が傷つくのが怖かった。

　だが、瑞希も成長した。もう心配する必要はないのかもしれない。

「人気者だな、瑞希は」

「そうです。第五係の連中は皆感心してます」

「分かった。時間ができたら、遊びに来い」

　白山は破顔した。

　梶原は六本木通りの方へ住宅街の路地を歩いていく。高層マンションが少ないせいか、東京都心でも比較的空が広く感じられる。

　高級住宅街を抜け、広い道路に出ようとしたとき、鈍い衝突音がした。

　反射的に足を止め、梶原は振り返った。車はスムーズに流れている。路肩を二人の男が歩いている。子供を乗せた自転車をこぐ母親がその男たちを追い越していく。
　二、三十メートル程離れたところから衝突音が上がったようだが、異常はない。事故が起きた訳でもない。勘違いか。
「どうかしましたか？」

　背後から白山が問いかけてきた。

　白山に向き直ろうとしたとき、女の悲鳴が聞こえてきた。悲鳴はすぐに止んだ。行き交う車のエンジン音にかき消されたようだ。

　梶原は駆け出す。周囲に視線を飛ばし、塀で囲まれた家や、車が止まった家の前を通り過ぎていく。後ろから白山の靴音がしていた。

「一体、どうしたんです？」

「悲鳴がした」

「悲鳴――。聞こえませんでしたが」

「確かに聞こえた」

梶原はペースを上げ、道の両側に視線を走らせて進んでいく。先程聞きこみをした女のマンションの前を通過する。突き当たりにある商店街の通りが見えてきた。歩道を行く人々は何事もなかったかのように歩いている。

反対側の歩道を急ぎ足で歩く濃紺のウインドブレーカーを着た女が目に留まった。髪はショートカット。目深に被った紺色のスポーツキャップのつばの下の目が、一瞬、こちらを向いた。真っ黒な飴玉のようだ。瞳孔が最大限に広がっている。目の奥底ではどす黒い感情が渦巻いている。どこかで見た目と同じだと思ったときにはもう、女の視線は逸れていた。早足で歩道を進んでいった。

三階建ての家を過ぎ、十五階程の高さのレンガ色のマンションが現れた。ゼクタス南青山の看板が見えた。地下駐車場に続くスロープの端に赤い筋のようなものがある。

梶原は左に曲がり、スロープを駆け下りて止まった。スロープのコンクリート面に、幅五センチ、長さ二十センチ程の筋がついていた。膝を折り、顔を赤い筋に近づける。血の臭いがした。

「靴底についた血を、ここで路面にこすりつけて落としている」

梶原が顔を上げて言うと、白山も硬い表情をしてうなずいた。

梶原は足跡をたどってスロープを下り、地下駐車場に入る。がらんとした空間が広がっている。蛍光灯は点いているものの薄暗い。並んだ車の屋根が蛍光灯の光を反射している。

声も悲鳴も聞こえてこない。

「中を見てくる。おまえはここで待機。出てくる人間を止めろ」

白山に命じ、梶原は特殊警棒を抜いて、足跡を追って進んでいく。足の血を拭った人間がいたのだ。何かが起きた。それに、相手は一人とは限らない。他にも残っている可能性がある。

国産の小型車や大型ＳＵＶの前を通って右に曲がると、奥へ延びた車列が見えてきた。一番奥に利用者用の出入口がある。

警戒しつつ奥へ進んでいく。大型ＳＵＶやミニバンのせいで奥まで見通せない。高級マンションらしく、高級車が多い。

黒いランドクルーザーの前を通過したところで、異様な光景が目に入ってきた。

女が壁に張りついていた。というより、壁に寄りかかったまま、両手をだらりと下げて立っている。両膝から下が銀色のアウディＡ４・オールロードクワトロのフロントグリルと壁に挟まれ、膝関節が曲がらないため、前に倒れなかったのだ。

首が左に傾き、長い髪が垂れ下がっていた。女の顔から血の気が失われ、蒼白だ。目は閉じている。年は三十代半ばぐらいか。車体の下から血とオイルが流れ出て広がっていた。

アウディの中にも周囲にも人はいない。

「こっちへ」

白山を呼び、梶原はランドクルーザーとアウディの間を通って女に近づいた。茶色いコートの胸の辺りが微かに動いている。弱々しいが、呼吸はしている。

なぜこんなことになった。誰がこんなことをした。

アウディの前輪は、十センチ程の高さの車止めを乗り越えたところで止まっている。ボンネットの上には、血で濡れた手でこすったような筋が数本ついていた。

「救急車を呼べ。レスキュー隊も必要だ。百十番も。事件性高しと報告しろ」

白山に指示して、梶原は女の上腕に触れて呼びかける。

「しっかりしろ」

反応はなかった。スカートの下から出る血も止まらない。ストッキング伝いに流れて靴を濡らし、路面へと落ちていく。

電話を終えた白山に、梶原は言う。

「車をどかせ」

白山はアウディの運転席側に回って車内を覗きこんだ。

「鍵がない。キーレスゴー方式です」

「車内にあるかもしれん。エンジンをかけてみろ」

白山が運転席に乗りこむ。エンジンの始動音がした。

「この人を支えている。バックしろ」

エンジン音が高まり、アウディが後退し始める。

梶原は両手で女の上半身を抱きとめていた。

エンジン音が更に高まり、地下駐車場内に反響する。前輪が車止めを上り、ようやくボンネットが浮いた。

バンパーが離れるのを見て、梶原は女を壁とアウディの隙間から引き出し、通路に運んで路面に横たえた。アウディは五十センチ程後退したところで止まっていた。

女の膝の下から血が流れ続けている。スカートから下が赤く染まっていた。膝の辺りが破れ、傷口が覗いている。筋肉の間から血が溢れ、白い骨も見えた。膝の辺りがぐちゃぐちゃだ。

梶原はネクタイを外し、女の右足を縛った。白山からネクタイを受け取り、同じ様に左膝の傷口を覆った。勢いは弱まったものの、血は止まらない。

胸が微かに上下しているだけで、女の瞼は閉じたままだ。

「遅いな。何やってんだ、救急車は」

焦れたように言う白山の声が頭上から降ってきた。

「待つしかない」

梶原はそう言い置いて、アウディに向かう。白手袋をはめて運転席のドアを開けた。助手席と後部座席には何もない。助手席の下に手を入れると指先に触れるものがあった。つかんで引き出す。出てきたのは高級ブランドのバッグだった。長財布、化粧品らしき物が入ったポーチ。すべてに同じブランドのロゴが入っている。

カードがぎっしりと並んだ長財布から運転免許証を抜くと、車から出た。

羽島安美。昭和五十八年八月二日生まれだから、三十五歳になる。

派手目の化粧をした長い髪の女の顔写真があった。細く形のいい目、薄い唇、高い鼻。

路面に横たわっている女だ。

梶原が差し出した免許証を受け取った白山も認めた。

「羽島さん本人ですね」

梶原は天井周辺をざっと見回して、防犯カメラを確認すると、白山に言った。

「被害者を頼む。捜査に行く」

「捜査って。交通課の仕事ですよ」

「事故じゃない。事件だ。救急車を呼びに行ったのなら、戻ってきていてもおかしくない。運転手はいない。何者かがぶつけて逃げた。故意に」

「ですが――」

最後まで聞かないうちに、梶原は出入口の方へ駆け出した。階段を上り、広々とした一階ロビーに出た。管理人室の表示を見つけて、そちらへ向かう。

管理人室は一階の最も奥まったところにあった。出てきたのは六十前後と思しき、紺色のセーターを着た男だった。

警察手帳を示し、地下駐車場で事件が起きたと告げると、管理人は当惑の表情を浮かべた。

「車でぶつけられた？　そんな音は聞こえませんでしたが」

梶原はすぐに質問を始める。

「こちらに羽島安美さんはお住まいですか？」

「ええ」

「その方が被害に遭いました」

「本当ですか――」

「防犯カメラの映像を見せて下さい」

羽島安美には別の刑事がついている。救急車も手配したと伝えると、管理人はやっと部屋の奥にあるモニターが載った机についた。

梶原は管理人の後ろから指示を出す。

「地下駐車場の二番のカメラの映像を。午前九時半から再生して下さい」

衝突音についで悲鳴が聞こえたのは、十時を過ぎてからだ。念のために時間の幅を取ったのだった。

地下駐車場内には二台のカメラが設置されており、二番のカメラがアウディの方を向いているのを確認してある。

管理人がキーボードを操作すると、四分割された画面右上の映像が切り替わった。九時三十分の数字が上の方に出ている。

画面の中に人は見当たらない。画面左端に羽島安美のアウディが止まっている。アウディの左側には黒いランドクルーザーがある。右側のスペースは空だった。

窓の外からサイレンが聞こえてきた。救急車が到着したようだ。

画面の中を国産の中型セダンが横切っていく。音声は入っていない。

背広を着た男がアウディの後ろを通り過ぎ、メルセデスSクラスに乗って出ていった。

異常は見当たらない。早送りを促すと、管理人はまたキーを押した。

九時五十三分になったとき、茶色のコートを着た女が出入口から出てきた。羽島安美だ。

梶原は身を乗り出し、画面に顔を近づける。

ハンドバッグを提げた羽島安美が、アウディの方へ歩いていく。運転席に乗りこんだ後、画面の下の方から黒い人影が現れた。黒っぽい服を着て帽子を被っており、カメラに背を向けているので、顔は見えない。

ゆっくりと後退し始めたアウディに向かって、人影が近づいていき、ランドクルーザーの陰に隠れた。

アウディの荷室部分が駐車スペースから出た瞬間、人影が動き出した。アウディのリアハッチを思い切りたたき、通路に転がった。

急停止したアウディから下りてきた羽島安美が、横たわった人影に駆け寄っていく。

人影から何かが上方へ突き出された。羽島安美が崩れ落ちて動かなくなった。

人影が立ち上がると、照明の光が当たり、黒っぽい服が見えてきた。黒服は、羽島安美の襟首をつかんでアウディのボンネットに乗せた。

黒服がアウディに乗りこみ、発進させる。エンジン音は聞こえてこない。映像だけで音声は入っていない。車止めを乗り越えた衝撃で、羽島安美がボンネットの上を滑っていく。

アウディは、羽島安美の下半身を壁に押し付けて止まった。

羽島安美の上体がのけ反る。悲鳴を上げたのだろう、口が大きく開いた。

先程耳にしたのはこの音だ。地下鉄の駅に向かっている途中でこの鈍い衝撃音が聞こえてきた。悲鳴は羽島安美が上げていたのだ。

ドアが開き、運転席から黒服が頭を出す。カメラに背中を向けているので、顔は見えない。黒服が羽島安美に何か言っているようだ。

羽島安美は激痛に顔を歪（ゆが）めている。両手が壁に沿って動いていた。

再び黒服が何か言ったが、羽島安美は首を横に振るだけだ。それに連れて長い髪が揺れた。口は開かない。

アウディがまた前進すると、羽島安美は目を開き、もがくように両手を前に出した。

梶原の背筋を、冷たいものが駆け抜けていく。

拷問のようだった。黒服が羽島安美に何か言っているが、彼女は答えない。あまりの激痛で答えられないのだ。荒々しく呼吸を繰り返している。壁と車の間に挟まれ、ぎりぎりと痛めつけられている。

アウディが後退すると、羽島安美の体は前に傾き、ボンネットに倒れた。黒服は運転席から出て、羽島安美の髪をつかみ上げた。羽島安美の口が微かに動いたが、垂れた髪に隠れて何を言っているかは読み取れそうにもない。

黒服は運転席に戻った。羽島安美はボンネットの上でうつ伏せになっている。

テールパイプから白い排気ガスが吐き出され、アウディが勢いよく前進した。羽島安美の体が持ち上がり、壁に押し付けられて直立した。

運転席から出てきた黒服は、帽子のつばを下げ、羽島安美を一瞥(いちべつ)することもなく、左へ歩いていき、画面から消えた。

「こ、こんな……」

管理人が漏らした声が隣から聞こえてきた。顔は青ざめて強張り、手が震えている。

ホシの顔は確認できなかった。この先の映像があるはずだ。外にも防犯カメラが設置されていた。

「地下駐車場の外の防犯カメラの映像を出して。十時に遡(さかのぼ)って」

梶原が指示すると、管理人は我に返って操作し始めた。

画面いっぱいに地下駐車場の出入口が広がる。時刻表示が十時七分に変わったとき、出入口から歩いて出てくる人影が映し出された。スポーツキャップを被り、濃紺のウインドブレーカーを着ている。ショートカットの髪。駐車場内が薄暗かったため、黒服に見えたのだろう。

　あいつだ。このマンションに来る途中ですれ違った、反対側の歩道を歩いていたあの女だった。

「そこで止めて」

　画像が制止する。

　スロープを上る女を見ながら、梶原は携帯電話で百十番通報した。

「はい、警視庁です。事件ですか？　事故で――」

　通信指令センターの指令台係官の言葉を遮り、梶原は続ける。

「捜査一課殺人犯捜査第五係の梶原剛史巡査部長です」

　職員番号を伝え、南青山のマンションの事件の続報を入れ始めた。被疑者の人着情報と、徒歩で渋谷方面に向かった模様と付け加えた。

「梶原警部本人と確認しました。警視庁了解」

　梶原は携帯電話を閉じた。殺人事件なら即緊急配備が発令される。所轄署は元より近隣地域に一大捜索網が敷かれる。だが、未遂だ。発令されるかどうか、微妙なところだった。

　梶原は管理人に向き直って訊く。

「アウディは羽島安美さんのものですか？」

「そうです」

「家族は?」

「独身です。一人住まいです」

「仕事は何をされていました?」

「ホステスですよ。職業欄には飲食店勤務とありましたが」

「店の名前と住所は?」

「六本木です。店は何と言ったかな」

管理人が立ち上がり、ファイルを手にして戻ってきた。

「クラブですか、バーですか? 高級店?」

「そこまでは聞きません。家賃は滞りなく頂いてますし。まだ二回だけですが」

「引っ越してきて間がない」

「三ヶ月前に入居されました」

「家賃はいくらです?」

「五十一万頂いています」

都心の一等地のマンションだ。妥当な金額ではないか。

梶原は最も気になっていた質問を投げかける。

「羽島さんは何かのトラブルに巻きこまれていた？」

「聞いたことありませんが」

「交際している男性は？」

管理人は再び大きく首を横に振った。

「どうでしょう。羽島さんが男性と一緒に帰宅されたり、出かけたりするところは見たことはありませんね」

被害者は、男が女性目当てに来る場所で働いていた。不倫関係を持つことも珍しくない。男を巡る争いの線もなくはない。三角関係のもつれか。不貞行為を知った妻が激怒し、羽島安美の前に現れた。しかし、相手を車と壁の間に挟むような過激な行為にまで及ぶだろうか。羽島安美を車からおびき出してから襲う一連の動きに躊躇（ちゅうちょ）は見て取れない。話し合いをする気は毛頭なかったようだ。

それに、来る途中ですれ違ったときに見た女のあの目が気になっていた。

強力な光を宿した目。何かやろうとしている目だ。あの女の目と同じ目をした人間を見たことがある。

梶原は、羽島安美の居住者情報と防犯カメラの静止画像を十枚プリントアウトして貰い、管理人室を出た。

3

地下駐車場に羽島安美の姿はなかった。

四人の刑事と鑑識係員たちが車と車の間の通路に立っている。刑事たちの輪の中に白山がいた。

刑事たちに近づいていくと、その中で一番背の高い男が振り返って口を開いた。

「麻布（あざぶ）署刑事課強行犯係の中野（なかの）です」

年は三十代半ばといったところか。紺色のコートを着て、白手袋をはめている。隣にいる二十代後半の太い体軀（たいく）の男は、ジャンパーを着ている。同僚の水島（みずしま）ですと梶原に挨拶してきた。その横に立っていたのは、交通課の捜査員だった。交通事故の捜査を専門に行う。

状況が状況だけに、交通課員も出てきたのだろう。

「こんなところでお会いするとは。噂は聞いてます」

中野は梶原についたあだ名を知っているようだ。

「ホシ、女だそうですね」

「緊急配備は出たか？」

「いえ、手配のみです。近隣の警察署管内に」

梶原は心の中で舌打ちした。緊急配備には至らなかった。緊急配備の拘束力は非常に強く、地域課や機動捜査隊にとどまらず、強行犯係の刑事も捜索に駆り出される。殺人ではなく、傷害であったため、手配で留まったのだろう。だが、通信指令センターの最高責任者がそう判断した以上、一刑事にはどうすることもできない。

梶原は持っていた用紙を中野の顔の前に掲げる。

「ホシはこの女だ。犯行の一部始終が防犯カメラに写っていた」

中野の目が大きく開かれた。その後ろにいた刑事たちが一斉に歩み寄ってくる。刑事たちの視線が印刷された静止画像に集まった。

「この女が羽島安美さんを引っ張って行き、壁と車の間に挟みこんだ」

「引っ張って行った――」

中野の言葉が途切れる。白山の顔には驚きの表情が浮かび上がっていた。壁に張りついた女の姿を目にしただけで、白山はまだ犯行の模様は見ていない。

梶原は続けて管理人から聞いた被害者情報を報告し、白山を見やった。

「悲鳴を聞いた後、このマンションに来る途中ですれ違った」

女の画像を食い入るように見つめていた白山が、梶原に顔を向けてきた。

「すれ違った」

「反対側の歩道を歩いていた。マンションの手前、三階建ての家の近くだ」

「気づきませんでした」

梶原は女と目が合ったが、白山はそのとき別の方向を見ていたのかもしれない。

梶原は中野たちに向き直る。

「捜査を始める」

中野はすぐに待ったをかけてきた。

「待って下さい。梶原さんたちの手を煩わせるまでもありません。本庁の捜査一課の刑事さんの手を。これは傷害事件です」

「傷害事件に間違いはない。しかし、これで終わりだと思えない」

「終わらない――」

「羽島安美さんを襲い、壁際まで引きずっていき、執拗(しつよう)に攻撃している。拷問まがいのことまでした。何かを聞き出して立ち去った。これで済むとは思えない。また誰かを襲おうとしている可能性がある」

「決めつけるのは早過ぎます。必ずしも人を襲うとは限らんでしょう。スマートホンのパスワードか何かを聞いただけかもしれない」

「金目当てではない。俺は現場から去っていくホシの目を見た。思い詰めたような表情で。強烈な意志が感じられた。殺意を持った目だ」

「殺意」

そう繰り返し、中野は息を呑む。水島はその隣で険しい表情を浮かべていた。

「取り返しのつかない事態になる恐れがある。新たな被害者が出る前に、ホシを止める。捕まえるんだ」

梶原が淡々と言うと、中野は分かりましたと答えた。水島の答えも同じだった。

だが、白山は違った。

「けれど、これは我々のヤマじゃありませんよ。傷害、もしくは殺人未遂です。所轄に任せるべきです」

梶原は白山を見据えて語りかけるように言う。

「長い間殺しの捜査をしてきた。殺される程悪いことをした被害者がいたのも確かだ。けどな、殺しは起きない方がいいに決まってる。刑事は暇を持て余している方がいい。被害者もその家族も苦しむこともない。臨場してホトケさんを拝むたびに思う。避けられなかったのかと。殺しを止められるものなら、止めたい。絶対に止めるべきだ。そうは思わんか？」

白山は呆気に取られた顔をして梶原を見つめていたが、ほどなくして同意した。

「殺しが起きないに越したことはありません」

白山はしかしすんなりとは退かない。

「ホシと話をした訳でもない。殺意があるかどうかは分からないでしょう」

「俺には分かる。そういう人間の目を見た」

「見た？」

梶原は自分の胸に親指を向けた。白山の顔が強張った。

十二年前に妻の由里子を殺された。ホシの長谷に銃口を向け、引き金に指をかける。迷いに迷った挙句、結局は撃てなかった。そのとき白山が止めに入って来たのだ。

中野と水島もその件に関しては知りようがない。安住課長と森岡管理官らの働きかけで、内々で処理されたのだから。

「調べさせてくれ。頼む」

白山が中野と水島の二人に向き直って言うと、中野は頭に手をのせて考え、承諾した。

「捜査一課の方にそこまでされては適いませんな」

梶原は白山にやるぞと言ってアウディの方へ進んでいく。白山が後を追ってくる。

鑑識係員に先に車内を調べさせてくれと頼み、梶原はアウディのドアを開けた。身を入れて、車内を隈なく探す。

ホシは一度運転席に乗っている。遺留品がある可能性もあったが、見つからなかった。

梶原は外に出る。少し離れた所に置かれたハンドバッグが目に留まった。もしやと思いつつハンドバッグに手を伸ばすと、背後から白山の冷静な声が来た。

「それはさっき調べました」

梶原は構わずハンドバッグを開ける。高級ブランドのロゴが刻まれた長財布、化粧品入れの小さなポーチ、ハンカチ。しかし、あるべきはずのものがない。

「携帯電話は？」

「携帯電話」

おうむ返しに言う白山に、梶原は畳みかけるように訊く。

「被害者の服を調べたか？」

「免許証があったので、そこまではしませんでした」

身元を把握するため、被害者の所持品を調べる。免許証で確認が取れていたから、その必要はないと判断したのだ。

「至急、救急隊に確認を取ってくれ。ホシが持ち去った可能性がある」

「ホシがですか？」

「被害者は車で出かけようとしていた。普通は携帯電話を持っている。ハンドバッグに入れていたのかもしれない。ホシがハンドバッグから携帯電話を取って出て行った」

「防犯カメラに写っていたんですか？」

「そこまで確認できなかった」

「部屋に置き忘れたのかもしれませんよ」

その可能性もなくはなかった。

「ホシがその携帯電話を持っていて電源が入っていれば、ピンポイントで居場所を特定できる」

「しかし、なぜ、ホシが携帯電話を持って行くんです？」

金目当ての犯行ではない。携帯電話を売ったとしてもたかが知れている。第一、財布には目もくれていないのだ。ホシは羽島安美に拷問のようなことまでして何かを聞き出し、どこかに向かった。殺意を孕(はら)んだ目をして。携帯電話を持っていく必要などない。

「分からない」

梶原が苦々しい口調で言うと、白山は電話をかけ始めた。通話を終え、梶原に報告する。

「消防庁本部に依頼しました。確認でき次第、連絡が来ます。消防隊員に名刺を渡しておきました」

　さすがに手回しがいい。白山は一刻も早く被害者が運ばれた病院を把握するために手を打っていたのだ。通常、警視庁が消防庁に問い合わせて被害者の搬送先を知ることになる。被害者が生きているうちなら、ホシの名前を聞き出すこともできる。僅かな遅れで、その機会がなくなることもある。

　ほどなくして、着信音が鳴り出した。

　白山が携帯電話を耳に当て、二言三言話してオフにし、梶原に目を向けてきた。

「携帯電話はなかったそうです。コートのポケットに鍵が入っていただけでした」

　やはり、携帯電話はホシが持って行ったのだ。

　梶原は白山を見つめ返して指示を出す。

「上にかけ合って、携帯電話の位置情報を取れ。ホシの居場所が分かり次第、教えてくれ。俺は周辺の地取りをやる。ホシの情報を探す」

　携帯電話の位置情報を知るには、携帯電話会社の協力を取り付ける手続きが要る。百十番受理時のように簡単にはいかない。

　梶原は続けた。

「今分かっているのは、人着情報だけだ。捜索中の警官もそれだけでホシを見つけ出すのは難しい。もっと詳しい情報が必要だ。ホシの素性が割れる情報を拾えるかもしれん」

「なるほど」

白山の言葉が終わると同時に、二人のやり取りを黙って見ていた中野が前に進み出てきた。

「水島を使って下さい。携帯電話の手続きは私がやります。ここで陣頭指揮を執ります」

「頼む」

梶原は中野の携帯番号を聞き、出入口の方へ駆け出す。背後から二人の靴音が追ってきた。

4

白山と水島を従え、梶原はスロープを上って歩道に出た。マンションの前には赤色灯を点けたパトカーや覆面パトカーが連なって止まっている。規制線の向こう側から、人々がこちらを興味深げに見ていた。

反対側の歩道を西に向かって進み、ホシの女が目を向けてきた場所で立ち止まり、腕時計を見た。午前十時三十九分。ホシが地下駐車場を出たのは十時七分だ。既に三十二分もの間隔が空いていた。

タクシーなら七、八キロ近くは進める。首都高速に乗ったらもっと遠くへ行ける。電車か地下鉄を使えば、更に距離を稼げる。

梶原は白山と水島に振り返って指示を出した。

「ホシの動線と特徴を割り出せ。できるだけ詳しく。ここから先どこに行ったのか。途中で服装を変えた可能性もある。ウインドブレーカーを捨てて、コートを着るだけでも印象は大きく変わる。道路の北側は白山と水島、南側は俺がやる。とりあえずあの交差点までだ」

百五十メートル先にある交差点を指し、注意点を付け加えた。

「遠くに行ったとは限らない。目的の場所はこの近くかもしれない。ホシが近くに潜んでいる可能性もある」

ホシの画像が印刷された紙を持った白山と水島が離れていくと、梶原は南側にある二階建ての家に向かった。玄関のインターホンを鳴らし、カメラの前に警察手帳をかざした。

「近くで起きた事件を調べています。ご協力お願いします」

お待ち下さいと声がした後、タートルネックのセーターを着た栗色の髪の女が現れた。年は四十代前半ぐらいか。

「もう一度警察手帳を見せていただけますか」

この辺りは高級住宅地で資産家が多い。用心深いのだ。

梶原はホシの画像を女に見せた。

「この女性を見ませんでしたか？　三、四十分ぐらい前にこの道路を西の方に歩いていった」

女はホシの画像から目を離して答えた。

「見ていませんよ。家の中にいましたし」

「二階から道路が見えますね」

「ずっと一階にいました。洗濯していました」

「他に誰かいませんか？」

「主人は一昨日から出張です。息子は塾の講習。私一人ですよ」

外れだ。ホシがいたら、修羅場と化していてもおかしくない。これ程冷静ではいられない。次の目的の人物がこの近くに住んでいる可能性も否定できない。玄関を出て、隣の家に向かった。コンクリート塀で囲われた三階建ての洋館風の邸宅で、車庫のシャッターは下りている。

応対に出てきたのは、家政婦だった。こちらも朝からずっと外には出ておらず、見ていなかった。主人が出かけるところだと聞くと、梶原は車庫から出て行くＢＭＷの大型クーぺを止めた。運転席の男も見ていなかった。

次の家に移った。応答はない。家の周辺を見て回ったが、血痕もなく、物音一つ聞こえてこない。既に犯行が行われた後か。ホシがじっと息を潜めているのか。確定できる材料もないが、あまり時間をかける余裕はない。遠くへ行こうとしているかもしれないのだ。更にその隣の家を当たる。ホシを見た者はいなかった。

白山も水島も聞きこみに走り回っているが、未だ何もつかめていない。通りの右側はマンションが多く、すべての部屋を当たるのには時間がかかる。

更に六軒の家とマンションに聞きこみをかけたが、空振りに終わった。

聞きこみ範囲の端にある交差点まで来ていた。

梶原は三方を見た。西側と南側は住宅街。北に行けば六本木通りに出る。人も車も多く、タクシーをつかまえるのも簡単だ。ここで六本木方向へ進路を変えたか。

考えを巡らしつつ周囲を見回す梶原の目が、斜向かいにあるコインパーキング式の駐車場で留まった。交差点を渡り、駐車場へ足を運んだ。駐車スペースは七台分しかない。うち二台が埋まっていた。

徒歩で来たとは限らない。車を使って近くまで来たかもしれない。監視カメラもついている。そこから割り出せないか。

梶原は精算機に書かれた管理会社の住所を見て、舌打ちした。江東区内だ。管理会社は電話での問い合わせに応じない。そこまで行く余裕はない。

梶原は再び周囲に視線を走らせる。先程通り過ぎたマンションが目に留まった。マンションに引き返し、表玄関に回る。管理人室に行き、外にある防犯カメラの映像を出して貰った。三台のうち一台が交差点の方を向いている。コインパーキングはカメラの視野から外れていた。やはり駄目か。

録画映像に切り替え、十時七分に遡って再生して貰う。二分後、歩道を歩くホシが現れた。ホシは交差点を突っ切り、画面から消えた。

西に行ったのだ。だが、そこから先の足取りは分からない。方向を変えてしまったか。

梶原は焦りを堪えて粘る。

一分、二分と時間が過ぎていく。早送りして貰うと、スポーツキャップを被った女が運転する銀色の車が現れた。

「止めて」

映像が静止した。銀色のカローラ・フィールダーが交差点で止まった。

「ここを拡大して下さい。できるだけ大きく」

梶原は画面に顔を近づける。車が若干左を向いているため、ナンバーの最後の一桁の数字が見えなかった。読み取れた部分を素早くメモした。

画像が再び動き出す。カローラは左折して六本木通りの方へ走っていった。結局、後続車に隠れ、最後の一桁は分からなかった。

梶原は携帯電話で通信指令センターにかけ、ホシが乗った車の車種と色、読み取ったナンバーを伝えた。

「Nシステムで検索して通知します」

ナンバーの下一桁だけが不明だから、対象車は十台に絞られる。車種もホシの人着も分かっているから、割り出しは可能だ。もっとも、Nシステムの下を通らなければ、居所は分からないが。

十一時四分。ホシが乗ったカローラが防犯カメラに捉えられたのは十時十四分だ。五十分もの差が開いていた。

管理人室を出た梶原は、白山に携帯電話で一部始終を伝え、現場に戻るように指示してマンションを後にした。歩道を五十メートル程進んだところで、後方から来た白山が横に並んだ。

「遠くに行ってたんですね。留守と思った家にホシがいるかもしれない。見逃したら大変なことになる。気が気じゃなかった」

この寒さにも拘らず、白山の額には微かに汗が滲んでいた。時間に追われる中で、留守と確信できずに次の家に当たらなければならなかったのだ。

現場のマンション近くまで来ると、中野がスロープを上って歩道に出てきた。梶原と白山の後ろからは、水島が太い体軀を揺らしながら、駆け戻ってくる。

「よく見つけてくれました。さすが――」

中野の言葉を遮り、梶原は開口一番に訊く。

「携帯電話の位置情報はどうなった？」

「手続き中です」

未だホシの位置は分からないのだ。

「車を貸してくれ。俺はホシを追う」

「今から行っても間に合うかどうか分かりませんよ」

「承知してる。ホシを止めたい。止めさせるんだ」

中野は仕方なさそうにうなずき、一台の覆面パトカーを指さす。

「あの車を使って下さい」

梶原は片手を上げて中野に謝意を示し、覆面パトカーに歩み寄っていく。灰色のスカイラインの運転席に乗りこむと、白山もすぐに助手席に滑りこんできた。

反転して西へ向かい、先程カローラが現れた交差点の手前でスカイラインを止めて待機する。動き回り、ホシと逆方向に行ったら、取り返しがつかない。パトロール中の警官が見つけるか、Nシステムが捉えるか、携帯電話の位置情報が入ってくるか。

腕時計は十一時八分を指している。差は五十四分。こうしている間にも差が開いていく。

白山がつぶやくように言う。

「あのホシ、本当にやるでしょうか」

「やらないと思っているのか？」

「さっきは同意しました。ですが、やらない可能性もあるでしょう。思い止まるかもしれない。梶原さんがそうだったように」

やるかやらないか。あのとき、長谷に銃を向けていたとき、白山が部屋に入ってきた。二人だけだったら、どうなっていたか分からない。白山が来てくれたから、思い止まれたのかもしれない。

「百パーセントやるとは断言できない。だが、殺人を止められるチャンスが一パーセントでもあるのなら、止める。俺のような思いをする人間を出したくない」

梶原が白山を見つめ返して答えると、白山は目でうなずいてから、あらためて言葉にした。

「そうですね」

梶原は会話を打ち切り、前方に向き直って思考を巡らせる。

ホシはコインパーキングに車を置き、マンションまで徒歩で移動。地下駐車場に隠れ、羽島安美が現れるのを待って襲いかかった。羽島安美の行動を把握した上で、犯行に及んでいる。

ホシは用意周到に動いていた。羽島安美を痛めつけて何か聞き出した後、行動が急変した。車を進めて羽島安美を壁に張りつけたのだ。何がそこまでホシを駆り立てた。

疑問は他にもある。ホシは羽島安美の携帯電話を持ち去った。携帯電話に、ホシにとって何か重要な情報が入っていたのだろう。電話番号、写真、動画。一体、何が欲しかったのだ——。

無線機から音声が流れ出す。

「警視庁より各局。南青山の事件に関する照会結果を通知する。一件目、対象車は午前十時十九分に渋谷三丁目を通過し、青山通りを西に走り去った。二件目は午前十時二十五分、神山町(かみやまちょう)を通過して代々木公園方向に走行。対象車のナンバーの末尾は九。見つけ次第確保せよ」

Nシステムの画像には、ナンバーや車種は勿論、運転手の姿が映る。車種や人着情報を照らし合わせて絞りこみ、通過場所と時刻が割り出されたのだった。

「来ましたね」

白山が言って顔を向けてくると、梶原はスカイラインを出した。六本木通りに入り、車を追い越しながら西に向かう。捜索中のパトカーも続々と代々木公園に急行するとの返事を通信指令センターに上げていた。

車の流れに割りこみ、梶原はスピードを上げながら白山に言う。

「被害者の携帯電話の位置情報はどうなった？」

白山は携帯電話で中野に問い合わせた。

「位置情報はまだ来ていません。対象車の所有者は判明しました。有限会社日高(ひだか)工業。盗難届は出ていません」

盗んだ車を使ったのか。待ち伏せをしていたくらいだから、その可能性は高い。いずれにせよ、今、所有者に当たっても意味はない。

隙間を見つけて車線を変え、追い越しを続ける。速度計の針は十から六十の間を何度も往復していた。

青山トンネルを出ると、前方が詰まり始めた。渋谷駅に近づくに連れて、流れが遅くなっていく。渋谷駅前のスクランブル交差点でついに停止した。道路を渡る人の波に阻まれ、動こうにも動けない。

ホシが神山町を通過してから四十五分も経っている。追いつけるか。見つけ出せるか。

逸る心を抑え、梶原は人波が途絶えるのをじっと待つ。

スカイラインを発進させ、ＪＲの線路の西側に出た。代々木公園方向に進んでいくと、周辺を行き交う数台のパトカーが目に入ってきた。駆けつけてきた自動車警ら隊が捜索している。

右手前方に代々木公園の緑が広がっている。左手は住宅とビルが混在する街だ。

ホシは途中で進路を変えたか。このまま行っても空振りか。今はこのルートに賭ける他にない。

井ノ頭通りを代々木公園に向かって北上しながら、梶原は白山に指示する。

「おまえは道の左側を見てくれ。俺は右側を探す」

「了解です」

ＮＨＫを通り過ぎ、右手が代々木公園の緑に変わった。

梶原は右手の歩道と対向車線を走る車に注意を払ってスカイラインを走らせる。五十メートル程進んだとき、白山が声を上げた。

「止めて」

反射的にブレーキを踏んでいた。スカイラインが急停車する。

白山は左手にあるビルの方を指した。

「今、通り過ぎた脇道。様子が変だった」

三十メートル程をバックし、脇道を進んでいくと、人だかりの向こうに点滅する赤い光が見えてきた。

スカイラインを下り、梶原は車の方へ駆け出す。白山もすぐに走り出した。

人だかりを抜ける途中で車全体が見えてきた。銀色のカローラ・フィールダーが歩道と車道の間の車止めに乗り上げて止まっていた。白いヘルメットを被った制服警官が二人、カローラの近くに立っている。車内に人はいない。ナンバーは完全一致。ホシが乗っていた車だった。

年配の制服警官が歩み寄ってきた。渋谷署の交通捜査課の警官だ。

「近づかないで」

梶原は、手を上げて制してきた制服警官に警察手帳を示す。

「捜一の梶原だ。車内を見せてくれ」

「捜一——」

そう繰り返す制服警官に、白山も警察手帳を出して名乗った。

梶原は助手席側のドアを開け、車内に上半身を入れて見回す。ダッシュボードの上に小さな鳥の飾りがあるだけで、他に目を引くような物はない。後部ハッチを開けてみたが、荷室は空だ。羽島安美の携帯電話もなかった。

梶原は制服警官に訊く。

「運転手はどこだ?」

「我々が到着する前に離れたそうです。まだ戻って来ていません」

特別に気にしている様子はない。

「この車、手配車両だぞ」

「手配車両」

制服警官が絶句した。手配情報が流れたとき、二人は事故処理に追われていたのだろう。交通課の仕事に関係ない無線交信だ。聞き逃したようだ。緊急配備にならなかったのが災いした。

白山は額に手を当てて首を横に振った。

梶原は質問を続ける。

「相手はいないのか?」

「いません。脇道から出てきた車にぶつかりそうになって、カローラの運転手が急ハンドルを切った。衝突していないので、相手の車は走り去ったようです。カローラはここまで来て、車止めに乗り上げて止まった。運転手が車から出て行ったきり、戻って来ないとの通報でした」

「目撃者はいるのか？」

ホシはスタックした車を放置して逃げたのだ。

制服警官は通りの反対側にあるコーヒーショップを指さした。

「そこの店長。もう一人は反対側のビルにいます」

梶原は車道を横切り、ビルの一階に入った小さなコーヒーショップに入った。白山もぴたりとついてくる。

応対に出てきたのは、三十代前半の髪を立てた青年だった。

梶原はホシの画像が印刷された紙を店長に渡して訊ねる。

「運転していたのは、この女ですか？」

画像を見ていた店長が顔を上げた。

「そう。この人です」

「顔を見たんですね」

「ええ。こんな風な短い髪でした」

「ここから見えますか？」

「空吹かしする音が続いていたんで、外に出たんです。険しい表情をしていました。近づけるような雰囲気じゃなかった」

「車から出た後、この女はどこに行きました？」

店長がカウンターの向こうから出てきた。白山は一歩下がってやり取りを見ているだけで、口を挟んでこない。

コーヒーショップを出ると、店長は井ノ頭通りの方に手を向けた。

「あの辺りでタクシーに乗って、渋谷駅の方へ」

逆ではないのか。ホシは渋谷からこの神山町まで走ってきたのだ。

「渋谷方向？　間違いありませんか？」

「渋谷です。あそこにいるお巡りさんにも話しましたが」

詳しい事情聴取は行われなかったようだ。

「もう一度お願いします。タクシー会社は分かりますか？」

「そこまでは。ここからじゃ見えませんよ」

「色は？」

「白です」

「タクシーに乗った時間は？」

「十時三十六分。通報しようと思って携帯を見たとき、時刻が出ていた」

梶原は腕時計を見た。十一時二十九分。ホシは五十分以上も前に現場を離れた。

断ち切られたか。タクシー会社が特定できれば、配車システムでホシの居場所を把握できる。だが、もうタクシーを下りていてもおかしくない。

着信音が鳴り出す。

梶原は携帯電話を開いて耳に当てた。

「中野です。携帯電話の位置情報が入手できました」

白山が即座に目を向けてくる。

「現在、世田谷通りの太子堂四丁目交差点付近。また動き出した。世田谷通りを南西に進んでいます」

ここから五、六キロ程、南西に行ったところだ。世田谷方向に移動している。渋谷とは逆方向ではないか。

店長に聞かれないようにそばを離れ、梶原はホシがタクシーに乗り換え、渋谷方向に逃げ去ったと伝えて状況を説明した。

「やはり、渋谷ですか。渋谷署の応援を得て、渋谷を重点的に捜索することになりました」

「ホシは世田谷にいる。逆方向だろう」

「携帯電話だけが動いている可能性が高い。ホシはタクシーを下りた。携帯電話を車内に落とした。シートの下に入ったら、運転手も気づかない。あるいは用済みになったのかもしれません。ターミナル駅の渋谷からはＪＲも私鉄も地下鉄も出ている。電車での移動に切り替えた。道路と駅に捜索網を敷くとのことです」

確かに携帯電話を手放した可能性はある。目的のデータをコピーしたか。あるいはファイルを見るだけで目的が果たせたのかもしれない。

ホシの顔も服装も割れている。中野の上司らは、渋谷署の協力を得て、大量の人員を重点的に投入して確保するつもりなのだ。

だが、今、そちらに絞るのは危険過ぎる。

「俺たちは世田谷通りに向かう。携帯電話の位置情報を随時知らせてくれ」

「梶原さん――」

中野の呼びかけを遮り、梶原は強い口調で言った。

「頼む」

嘆息についで、分かりましたと言う中野の声が聞こえてきた。

梶原は携帯電話を切って走り出す。白山を助手席に乗せてスカイラインを発進させる。サイレンを鳴らしながら神山町の住宅街を抜け、世田谷通りを目指して南下していく。間に合うか。五キロ以上もあった差を縮められるか。

玉川通りに入り、西へ走らせる。世田谷通りの始点となる三軒茶屋（さんげんぢゃや）まで約一・五キロだ。

助手席の白山は、前方を見ているだけで先程から口を開かない。

交通量が増え始めている。スカイラインはトラックや乗用車の間をすりぬけるようにして追い越していく。速度計の針は三十キロから七十キロの間を行き来する。

ホルダーに刺した梶原の携帯電話から、羽島安美の携帯電話の位置を告げる中野の声が断続的に流れてきていた。

松陰（しょういん）神社、区役所入口付近。タクシーは依然として世田谷通りを西進し続けている。

タクシーが走っている場所から二キロ程先で渋滞が起きていると、カーナビに情報が出ていた。

追いつけるかもしれない。

梶原は左右にステアリングを切りながら、次々と車を追い越してスカイラインを走らせる。一体、ホシはどこに行こうとしている。次は誰だ。誰を襲おうとしているのだ。

十一時三十六分、中野から新たな情報がもたらされた。

「天祖(てんそ)神社付近で携帯電話の位置情報が途絶えました。電源が落ちた模様。探索不能です」

梶原は舌打ちした。一キロ程距離を詰めることができたが、間に合わなかったか。

世田谷通りに入り、頭上を走る首都高速が急速に遠のいていく。

助手席で沈黙していた白山がつぶやくように言った。

「陽動作戦だったんじゃないんですか」

「陽動作戦」

「ホシは携帯電話を車内に隠してタクシーを下りた。運転手が気づかずに走り続けているうちにバッテリーがなくなった。我々は囮(おとり)を追っていたんです」

「携帯電話の位置情報を探知するシステムを知っていて、逆に利用したのか」

「すぐに警察が追ってくると思って動いている。警察に見つかる前に、相手をやらなければならない。捕まらないように細工した」

地下駐車場に身を潜めて羽島安美を待っている間に、周囲にある防犯カメラも目にしたはずだ。それらの情報を元に警察が迫ってくると考えた。警察に捕まる前に相手を殺す。そのためにできるだけの手を打った——。

致命的なミスか。間違った方向に来てしまったのかもしれない。

だがと思い直し、梶原は白山に言う。

「渋谷には大勢の捜査員が集まってくる。向こうで捕まるのなら、それでいい。しかし、中野たちの読みが外れたら、人が殺されかねない。こっちを探す」

「そうですね」

白山は唇をきつく結んで前方に目を向けた。

環七通りを越えて若林に入ると、周囲の車の速度が落ち始めた。

猶予はない。タクシーがずっと世田谷通りを走っているとは限らない。脇道に逸れた可能性もあるし、タクシーを下りたかもしれない。世田谷通りを外れて周囲を走り回ったところで、見つけるのは無理だ。ともかくこのまま進むしかない。

梶原はこみ上げてくる焦りを堪え、スカイラインを走らせる。

左手前方に天祖神社が見えてきた。携帯電話の位置情報が途絶えた場所だ。これより後にホシはいない。

サイレンと赤色灯を止めた。パトカーを見たホシがどう出てくるか予想がつかない。タクシー運転手に危険が及ぶ可能性もある。サイレンは三百メートル程先まで届く。

たちまちスピードが上がらなくなった。

十台程先にタクシーの行灯（あんどん）がある。他の車に隠れて車体が見えない。五台抜き、七台目を追い越すと、ようやくタクシーが現れた。薄緑色の車体だ。リアウィンドウには男の頭が二つ並んでいた。外れだ。

薄緑色のタクシーを追い越し、大型トラックのわきをすり抜けた途端、左車線に白いタクシーが現れた。後部座席にいたのは、子供連れの女だ。

「また外れです」

白山がつぶやくように言った。

更に西へと走り続けても、目当てのタクシーは見つからなかった。

右手に東京農大、左手に馬事公苑（ばじこうえん）が現れる。額に汗がにじみ出してきていた。

タクシーはもう世田谷通りを外れたのだろうか。これ以上世田谷通りを走り続けても無駄か。見こみ違いだったか。

梶原は唇を噛み締め、渋滞の中を這うようにして進んでいく。ミニバンやダークガラス付きの車が多く、遠くまで見通せない。

馬事公苑につながる道が現れたとき、二十メートル程前にタクシーの行灯が現れた。肝心の車体は乗用車やバスに隠れている。

車線を移動しながら四台抜くと、白いタクシーが現れた。

リアガラスの向こうに、紺色のスポーツキャップを被った頭がある。背もたれに深く寄りかかっているのか、見えるのはスポーツキャップだけだ。

タクシーとの距離を詰めていく。真後ろまで近づいたとき、後部座席に座った女の横顔が見えた。鼻筋が通った細面の顔。短い髪。つばの下のアーモンド形の目。あの女だ。ホシだ。

確信した瞬間、女が振り返った。女が目を見開く。

「ホシです」

フロントガラスの方に身を乗り出した白山が言って、無線機のマイクを取った。通信指令センターに南青山事件の被疑者を発見したと報告し始めた。

タクシーとの距離が再び開いた。二台先を走っている。

前方の信号が赤に変わる寸前、タクシーは交差点を突っ切っていった。

梶原はサイレンのスイッチを入れて交差点に進入し、左右から来る車の間隙を縫って道を横断した。

タクシーは四十メートル程先で止まっていた。そこから先が詰まっていて、動かない。

梶原はスカイラインを出て駆け出す。白山も同時に下りた。

タクシーのドアが開き、ウインドブレーカーを着た女が出てくるのが見えた。

女は車の間を通って路肩を走っていく。

梶原は女を追って走り続ける。右腰につけた拳銃のニューナンブM60が揺れる。白山の靴音がすぐ背後から聞こえてきていた。

他の刑事たちは普段持ち歩かないが、梶原は連続狙撃事件をきっかけに勤務中は必ず拳銃を携帯することにした。苅田と対峙したときに拳銃を持っていれば、彼を止められたかもしれない。死なせずに済んだかもしれない。だから清水の教えに従うことにしたのだった。

通りに沿って住宅やマンションが並んでいる。その向こうには総合病院や都営住宅がある。住宅街に入られると厄介だ。身を隠せる場所は無数にある。

女の足は速い。振り返ろうともせず、跳躍するようにして疾走していく。

逃がしはしない。今、止めるのだ。

梶原は女を追って駆ける。徐々に距離が狭まっていく。

女が急に速度を落としたとき、目前にカートを押した人が出てきた。梶原はカートを避けたが、白山はまともにぶつかって路上に転がった。

梶原は構わず走り続ける。

女のスピードが落ちていく。交差点の向こうのバス停に止まったバスが車の流れをせき止め、女の障害物となっている。

一気に距離を詰めた。交差点を越えたところで、風で膨らんだウインドブレーカーが目前に来た。そのまま背中を押すと、女はバランスを崩して転んだ。梶原も女にぶつかって転倒し、バス停の近くまで転がっていった。したたかに背中を打ったが、つかんだウインドブレーカーは離さなかった。

直後、衝撃が右手に来た。ウインドブレーカーをつかんでいた右手が勢いよく弾き飛ばされた。鉄の棒で殴られたような衝撃だった。

女が手にしたものを見て、梶原は目を見開く。五十センチ程の長さの黒い鉄のパイプのようなものがこちらを向いてる。

銃身とストックが切り詰められ、極端に短くなったショットガンがこちらを向いていた。

梶原はニューナンブのグリップをつかんで抜く。

女が銃口を空に向けて引き金を引く。耳をつんざくような轟音（ごうおん）が響き渡った。

銃口は再び梶原に向けられた。フォアグリップが前後し、空薬莢（やっきょう）が吐き出される。次の弾が装塡（そうてん）された。

「動いたら撃つ」

女は立ち上がり、梶原に銃口を向けたまま後ずさっていく。

ウインドブレーカーの前が開き、赤いウエストポーチが見えた。スポーツキャップが落ち、女の顔が露わになっていた。アーモンド形の目。その目に宿った冷たい光は揺らがない。この女は撃つ。先に女を倒せるか。

ニューナンブを構えて女に狙いをつける。女の目の中で赤い稲妻のような光が走るのが見えた。動けなかった。

女はスポーツキャップを拾って身を翻す。バス停に並んでいた人を押しのけ、バスの方に走っていく。

再び狙いをつけようとしたときには、女は車内に入っていた。女が運転手にショットガンを向けて出せと命じる。

出口と入口のドアが閉まり、バスが発進して世田谷通りを走っていく。

梶原はニューナンブを下ろして携帯電話を取り出す。ホシはバスを乗っ取って逃亡、ショットガンで武装しているとの一報を上げた。

5

百十番通報してくださいという文字が、白いバス後部のディスプレイに浮かび上がっている。非常事態を外部に知らせるスイッチが入ったままだ。

梶原は、白山が運転するスカイラインに乗り、香西バスについて環八通りを北上していた。バスの後方には、二十台以上のパトカーがついて走っている。

乗っ取られてから二十分。世田谷通りから環八通りに入った後、バスは北に走り続けている。

梶原は苦々しい表情を張りつけ、バスを見つめていた。ようやくホシに手が届いたにもかかわらず、逃げられた。ショットガンを隠して持ち歩いていたことに気づきもしなかったし、考えもしなかった。

その結果、十人もの人質を取られたのだ。五十代前半と思しき運転手と九人の乗客だ。左列の席に、二十代前半の女、茶色のコートを着た三十代後半のOL風の女性、白髪の男、黒いコートのサラリーマン風の男が座っている。右列の席には、二十歳ぐらいの若い男、五歳ぐらいの男の子を連れた母親、ベージュのコートと黒っぽいコートの男が二人並んで座席についていた。バスの横に回ったときに車内の様子を確認したのだった。窓ガラス部分が広く、座席についた乗客の胸の辺りから上が見えた。

ホシは、運転席の斜め後方の通路に立ち、右手でショットガンを持ち、左手で手すりにつかまっている。

一度バスの右側に出たとき、ホシはショットガンを振り上げ、運転手の頭に銃口を向け、梶原を睨みつけて口を開いた。近づいたら撃つと。唇の動きでそう読み取れた。

中央自動車道の高架下に入ったとき、後方から来る車の一団がルームミラーに映った。ヘッドライトを灯した大型オートバイ、二台の覆面パトカー、灰色のトラック、マイクロバスが連なって続いてくる。後方のパトカーが次々と道を空けた。

黒い覆面パトカーのレガシィＢ４が上がってきて、スカイラインに並んだ。レガシィの運転席の窓ガラスが下がり、背広を着た四十代後半の男の顔が現れる。

「ご苦労様でした。我々が対処します。下がって下さい」

捜査一課特殊犯捜査第一係（ＳＩＴ）。通称、特一係。

特一係は誘拐、籠城、ハイジャックなど、現在進行形の事件に対応する専門家集団だ。特一係のネゴシエイターを務める野川友春警部が呼びかけてきた後、着信音が鳴り出した。

携帯電話を耳に当てると、第五係付きの森岡管理官の声が流れてきた。

「一旦停止しろ。こちらの車に移れ」

右隣の車線、三台後ろを走るクラウンの助手席に、入道頭の森岡がいた。その隣で第五係長の水戸海司が運転している。水戸はＳＰのように側頭部の毛を整髪剤で固めていた。

白山がアクセルを緩めると、特一係のレガシィとアコードが入れ替わるように上がっていった。

梶原は停止したスカイラインを下りた。白山が運転席から出てくる。

第五係の刑事たちが乗った三台の覆面パトカーが現れ、梶原の前を次々と通り過ぎていく。殺人犯捜査係はその名の通り、殺人事件を専門に扱う。こうした大事件が起きた場合には応援として出動する。

梶原はクラウンの後部座席に乗りこんだ。白山は隣に座った。

クラウンがタイヤを鳴らして急発進し、加速していく。たちまちのうちにパトカーの車列の最後尾についた。

梶原は助手席の森岡の頭を見て、吐き出すように言った。

「申し訳ありません」

「なぜ謝る？」

「逮捕していれば、バスジャックは起きませんでした」

「おまえのせいじゃない」

「しかし」

森岡が振り返って梶原に目を向けてきた。

「渋谷方面で重点的な捜索が行われていた。おまえたちだけが世田谷方面で捜していた。おまえたちがいなければ、とっくに逃げられていた」

「無線交信を聞いていたんですか」

「おまえが動いていたんだ。最近は大分おとなしくなった。白山もついている。分かっていても、気になるものは気になる」

捜査一課殺人犯捜査係は、殺人事件と思しき通報が入ってから、現場の警官と通信指令センターの無線に耳を傾ける。すぐには動かない。所轄署で対応できそうにないと判断されて初めて、出動する。

だが、森岡は、梶原が捜査を始めたと知った段階で、無線交信に耳を傾けていた。梶原の逸脱行為を心配している。

ホシが挙がるまで、何年かかろうと追い続ける。所轄時代から、懸命に刑事の使命を果たそうとする梶原を買っていてくれたのだった。

妻が殺害された事件で暴走した際にも、森岡は安住課長と共に上層部にかけ合いかばってくれた。刑事としての使命を果たそうとする強い意志。強い刑事魂を持つ男、そんな刑事を失ってはならない。立ち直るチャンスを与えてくれたのだ。

以来、梶原は猟犬と呼ばれるようになる。安住課長と森岡は、二度と暴走しないように、白山を手綱役として梶原につける。白山もまた梶原を刑事として尊敬しており、異常な役回りだと分かっていても素直に引き受けた。

「あの女は誰かを殺そうとしています」

「殺す？」

ルームミラーに映った森岡の眼光が鋭くなった。

「非常に強い殺意を持っている。何としてでも止めなければならないと思って。しかし、止められませんでした」

悔しげに言った後、ホシとすれ違い、地下駐車場で襲われた羽島安美を発見したときから順を追って説明していった。

じっと耳を傾けていた森岡は殺意かとつぶやき、携帯電話を取り出した。

「特一係に伝えておく。信じるかどうか分からんが」

前置きし、森岡が準備をしておけという風に、後部座席の中央に重ねてあった白い防弾ベストを指さした。

白山はコートと背広を脱ぎ始めたが、梶原は膝の上の防弾ベストに手を置いたままだ。

ホシの女の目に現れた赤い光が蘇り、苦い思いが胸中に広がっていく。あのとき女を撃っていたら、十人もの市民の命を危険にさらすことにはならなかった。

狙いをつけて引き金に指をかけた。そこまでしたのに、撃てなかった。ホシの目に宿ったあの光を見て、指が瞬間的に凍りついてしまった。なぜ動けなくなったのか、自分でも分からない。

通話を終えた森岡が、ニューナンブと予備の弾を白山に差し出してきた。白山は受け取って腰に装着した。

梶原は防弾ベストをワイシャツの上に着て背広をはおり、再び横目で白山を見た。大丈夫ですかという顔をして、梶原に問いかけてきた。

ホシと対峙したときのことを見ていたのか。失態だったのではと訊こうとして止めたのか。

「バスが止まらないうちは、何もできない。交渉はおろか、説得も無理だ。歩行者や一般車を巻きこみかねん」

助手席の森岡が言うと、水戸は車間距離を保って冷静に応じた。

「あの状況では止められませんね」

パトカーが前に出ようとすると、バスの車体が左右に大きく振られる。特一係のパトカー二台が、バスの真後ろまで上がっていったが、そこから前に出られずにいる。

「来ました」

水戸がルームミラーを見て言うと、梶原は振り返った。ヘッドライトを灯した大型オートバイが接近してくる。黒いヘルメットを被り、濃い灰色のジャンパーを着た男が乗っていた。黒い筒のような物が肩から空に向かって突き出ている。

　オートバイがクラウンの左隣に並んだ。

　梶原は窓ガラスごしに、オートバイを運転する男を見上げた。ヘルメットの黒いバイザーの向こうに、冷やかな光を湛えた二つの目がある。清水だ。なぜここに来たのだ──。

　清水は左手を少し上げて森岡に挨拶してきた。

　森岡がうなずくと、オートバイは後方に下がっていき、クラウンの後ろについた。

　梶原は身を乗り出し、助手席の森岡に顔を近づける。

「どうして清水がいるんです？」

「切り札を用意しておく。この種の事件の対応には必要だ。安住課長が清水を出すように警備部に要請した」

　籠城事件や乗っ取り事件に、狙撃手は欠かせない。だが、清水は連続狙撃事件以来、干されている身だ。それだけではない。ＰＴＳＤにかかっている。苅田を射殺して苦しんでいる。精神を病んでいるのだ。そんなあいつにホシを撃たせるのか。第一、あいつに撃てるのか。

「他にも狙撃手はいる。敢えて清水を現場に出す必要はないでしょう」

「理由は分からん。ともかく、最高の狙撃手が来た」

「しかし」

「しかし、何だ？」

森岡に問われ、梶原は唇を嚙んだ。安住も森岡も、清水がＰＴＳＤを抱えていることは知らないのだろう。直属の上司でもない二人に、医者から報告は行かない。誰にも言わないでくれと清水に頼まれた。話すことはできない。それに、狙撃と決まった訳でもないのだ。

梶原は迷いを胸の奥に沈めて、何でもありませんと森岡に答え、振り返った。ヘルメットの黒いバイザーを周囲の景色が流れていく。その奥にある表情も瞳も見えない。やれるのか。本当に撃てるのか。いや、撃たせる訳にはいかない。もうこれ以上苦しませてはならない。

オートバイが下がっていき、パトカーの陰に隠れ、視界から消えた。

森岡が前方に指を振ると、水戸がアクセルを踏みこんだ。クラウンはスピードを上げ、パトカーの間を抜けていく。

白い排気煙を上げて走るバスの後部全体が見え始めた。十メートル程の距離を置いて、二台の特一係のパトカーが並走している。クラウンは、特一係のレガシィの後ろについた。

中央線が近づいてきていた。ホシがバスジャックしてから八キロ走り続けても、止まる様子はない。バスは環八通りを北上し続けている。

バスは、交差点付近の渋滞に入って速度を落としたものの、赤信号を突っ切っていく。

「危険です。早くバスを止めないと、巻き添えが出かねません」

ステアリングを握った水戸が焦れたように言った。

特一係のレガシィとアコードがバスのすぐ後ろまで近づくが、そこから先に出られない。並びかけようとすると、バスが大きく傾き、蛇行して進路を塞がれる。ホシが運転手に命令しているのだ。車内では乗客の悲鳴が上がっているに違いなかった。

新たにパトカーが加わり、大集団となってバスの後方からついてくる。乱舞する赤色灯の光とヘッドライトの光が帯となって続いていた。

バスは車を掻き分けるようにして走り続けている。赤信号でも構わず進んでいくため、横切る車からブレーキ音やクラクションが上がった。

「パトカーを先回りさせて道路を封鎖すれば、バスを止められます」

水戸がステアリングを回しながら言うと、森岡は首を横に振った。

「パトカーにぶつけてでもどかして進んでいきそうだ。人質が怪我をする。怪我だけで済まなくなるかもしれん」

「タイヤをパンクさせるんです」

「バスが停止した後が問題だ。ホシがどう出るか分からない。特一係がそんな危険な手を使うとは思えん」

「となると、燃料切れを待つしかない――」

「満タンに近いらしい。ともかく、バスが止まるまでは何もできない。追い続ける以外にないんだ」

苦り切った表情をした森岡が吐き出すように言った。

梶原は拳を強く握り締める。乗客はなす術もない。いつショットガンの銃口が向けられるか分からない。

あのとき、ホシを撃っていれば、バスジャックは起きなかった。撃つべきだったのに、撃てなかった。止められなかったのだ。悔やんでも悔やみ切れない。

梶原は歯ぎしりする思いでバスを見上げていた。

バスがトンネルに入っていく。暗いトンネルの壁に赤色灯の光が乱反射する。

トンネルを出た後、バスが右側に寄っていく。大きく右に曲がり、新青梅街道に入った。

特一係の二台がぴたりとついて後を追っていく。梶原らが乗ったクラウンも続いていく。

十二時十六分。環八通りを約二十五分にわたって北上していたバスが、初めて進路を変えた。無線交信が一気に騒がしくなる。

新青梅街道に入ったバスが東へ進んでいく。

どこへ、一体どこへ行こうとしている。この状況で逃げられないことはホシも分かっているはずだ。それでも、何とかして逃げ切ろうとあがいているのか。

梶原は手のひらが汗ばむのを感じつつ、バスを見つめ続ける。学校が立ち並んだ一帯を抜けた後、今度は北に向かった。二百メートル程進み、再び東に方向を変えた。迷走し続けている。

環七通りを北上するつもりか。だが、バスは直進し、環七通りの東側に出た。更に東に進んでいく。対向二車線の細い道に入った。自転車や歩行者が両わきに避ける。バスは車体を傾けながら右に曲がった。百メートル程走ったところで、スピードが落ちた。住宅街を通る道で、一気に交通量が減った。

左手に学校のグラウンドが広がった。ブレーキランプが一際赤く光り、バスは急転舵し、校門に向かっていく。バスは校門を抜け、グラウンドの方へ進んでいく。特一係の二台を先頭にして、クラウンも続いて学校の敷地に入っていった。

グラウンドに乗り入れたバスのスピードが落ちていき、停止した。

テールパイプから吐き出される白い排気煙が、低くたなびくようにグラウンド上を流れていく。

6

冷気が首を撫でていくが、寒さは感じなかった。

梶原はクラウンの横に立ってバスを見つめていた。森岡管理官も水戸係長も五十メートル程離れたバスを凝視している。

バスは、南北に二百メートル、東西に百五十メートル程の長さのある広大なグラウンドのほぼ中央に北を向いて止まっている。

グラウンドの北と北東に私立清明大学の建物があり、東側には付属高校と付属中学の校舎が並んでいる。

サイレンは鳴り止み、車のアイドリング音だけがしていた。敷地の南側を通る道路にはパトカーが数珠つなぎになって止まっていた。

最前列の車から下りた野川と植村特一係長が、前に立ってバスの方を向いている。新たに特一係員が合流していた。錦勝人警部補、蒼井勝也警部補、辰巳賢巡査部長の三人。

二十代から三十代後半の屈強な体つきをした男たちだった。他の特一係員たちはそれぞれ別の場所で待機についているはずだ。第五係員たちは、梶原のわきに止まったパトカーの横だ。

　四十五分程走り続け、バスは十二時二十五分に停止。それから五分経っても動きはない。ここからは右側の座席に座った乗客の姿が見えるが、ホシは死角に入っていて確認できない。

　避難し終えたのか、東側にある高校の窓からグラウンドを見下ろしていた生徒たちの顔もない。キャンパス内を歩いていた学生も、大学の講義棟に退避した。キャンパスの西側にあるマンションには住民を避難させるために警官たちが向かっている。

「なぜ動かない。自分でここに入ってきたのに」

　バスを見つめたまま水戸が焦れたように言うと、森岡は首肯した。

　まだ走り続けられたのに、突然、大学のグラウンドに入りこんだのだ。

　乗客は座席についたまま動いていない。ショットガンを持ったホシを前にし、恐怖で固まっている。四、五十分前まではそれぞれの目的地へと向かっていたのに、バスに閉じこめられた。いつ命が断たれるか分からない状況に変わってしまったのだった。

　一方、大江敏文運転手は運転席からホシと乗客たちを交互に見ている。車内の状況を把ていた。

握しようとしているのだろう。乗務歴二十二年のベテラン運転手だという情報が入ってき

「動いた」

水戸の声が上がった。バスの最後部の座席に座っていたコート姿の二人の男が立ち上がるのが見えた。二人が連なって通路を前に進んでいく。ホシの女が顎をしゃくると、中央付近の右側の座席に前後に分かれて腰を下ろした。

「非常口から逃げられないように手を打ったんだ。非常口から突入しようとしたら、そこに向けて引き金を引くだけでいい。突入はできない。完全封鎖だ。あのホシは頭が切れる」

水戸の言葉に梶原は無言でうなずく。最後部右側にある緊急脱出用の非常ドアは、車内からも車外からも開けられる。隙を見て逃げ出せる。突入時には警察側の入口になる。ホシはその両方を絶った。

「野川、交渉を始めろ」

植村が指示を出した。四十九歳の警部。百七十センチのがっしりとした体軀の男で、肩幅が広い。十五年前に殺人犯捜査係から特一係に移ったベテランだ。

野川友春が着手しますと胸元につけたマイクに吹きこんだ。特一係の凄腕ネゴシエイタ

ー。百六十七センチと小柄で細身だ。相手に威圧感を与えない体格も、こういう場では有利に働く。この数年の間に起きた籠城事件やバスジャック事件で、すべて交渉に立ったという。四十六歳と若くはないが、その分落ち着きがある。

足を踏み出した野川の背中に梶原は声を放った。

「待て」

「ホシの情報は頭に入ってます。一連の経緯は麻布署の刑事から聞きました。レミントンM８７０の盗難届が出ていないか調べるように手配しました。移動に使ったカローラの指紋も。前科があれば、一発で分かる。ホシの身元が割れるかもしれない。どちらもあまり期待はできませんが、手は打っておいた。梶原さんの支援は要りません」

臨場するまでの間に、特一係員たちは襲撃事件の捜査員から情報収集し、交渉の準備を着々と進めていたのだった。全く関係のない人間に盗まれた場合、ホシの特定までは時間がかかる。盗まれていなければ、同型のショットガンの所持者を一人一人当たっていくことになる。どれだけ時間がかかるか分からない。

梶原は一歩前に出て言う。

「俺が交渉をする」

野川の足が止まる。

「交渉」

「ホシと話す。代わってくれ」

野川は体ごと振り向いた。

「交渉には特別な技術が要るんです。殺人班の刑事にできることじゃない」

「分かってる」

「だったら、待機してて下さい」

そう野川が答えたとき、梶原は白山に腕をつかまれた。森岡と水戸の鋭い視線が頬に当たる。植村は険しい眼差しを向けてきていた。

「あのホシには目的がある。強い殺意を抱いている。誰かを殺そうとしている」

「殺意ですか。その件も聞きました」

「ホシを止めたい。殺意を抱くようになった原因を聞き出す。ホシの思いの丈をすべて聞いて受け止める」

「心を開かせるという訳ですか」

野川は言って、梶原を見つめ返して続ける。

「ホシの目に強烈な殺意があった。それを見たのは梶原さん、あなた一人です。殺意があるかどうか、人の目を見ただけでは完全に断定はできない」

「ショットガンまで隠し持っていたんだぞ」

「確かに強力なダブルオーバック弾が使われた。回収した空薬莢で確認した。主に鹿猟で使用する。直径八ミリの鉛玉が九個いっぺんに飛び出す。人間ならひとたまりもない。羽島安美さんを襲ったが、とどめは刺さなかった。あの状況なら車を進めて圧死させることも、射殺することもできたはず。しかし、殺さなかった。たとえ殺意を持っていたとしても、最後までいくかどうかは分からない。我々でも。専門家に任せて」

講義は終わりだという風に言った後、野川は前方に向き直った。

梶原が左手を伸ばそうとしたとき、森岡の一喝が飛んできた。

「そこまでだ、梶原」

森岡が進み出てきて梶原の前に立ち塞がった。分厚い胸板を膨らませ、鋭い眼光で睨みつけてきた。

「我々はあくまで支援だ」

腹に響く声で森岡が強く念押ししてくる。

人質を死なせてはならない。ホシに殺しをさせてはならない。その思いが再び突き上げてきていた。だが、引き下がるしかない。野川は犯罪心理学を学び、高等な交渉術を身につけ、場数を踏んだ専門家の中の専門家なのだ。

梶原は苦い思いを噛み締め、分かりましたと森岡に応じる。

野川は腰に手を当ててベレッタがあることを確認し、バスの方へ歩いていく。

梶原の腕をつかんでいた白山の手が離れていった。森岡は梶原の前から離れ、元の場所に戻っていく。居並ぶ第五係員たちの顔には一様に硬い表情が張りついていた。

野川はバスの運転席の右斜め前で立ち止まり、両手で口を囲んで呼びかける。同時にイヤホンから野川の声が流れ出した。

「警視庁の野川というものだ。話をしたい」

沈黙が下りた。風の音とバスのアイドリング音だけが聞こえてくる。

「名前を教えてくれないか。本名を言いたくなければ、仮名でも構わない」

返事はない。

「困ったな。これから何と呼べばいい？」

続けて野川はホシに語りかける。

「状況は分かるね。逃げ場はない。あんたがひいた女性は生きている。これ以上罪を重ね――」

「来るな」

ホシのハスキーボイスが沈黙を破った。

「銃を捨てなさい。遠くへ。マイクも」

歩み寄ろうとしていた野川が足を止める。背広の上着を脱ぎ、ベレッタを抜いて地面に置いて蹴った。イヤホンとマイクを外し、革靴で踏み潰す。防弾ベストも脱いだ。無防備であることを示し、敵愾心をそぐためだろう。

森岡も植村も固唾を呑んで、野川とホシのやりとりを見守っている。周囲にいる刑事たちも固く唇を結んでいた。

野川はバスの前方を回り、左側にある出口の方へ進んでいく。車体に隠れて姿が見えなくなった。車内のホシも大江運転手や仕切り板などに遮られて確認できない。五十メートル以上離れているため、声も聞こえない。

何をしている。何を話している。

焦燥がこみ上げてくるのを堪え、梶原はバスの前部を見つめる。

やがてバスの前部で人影が動いた。野川がバスの運転席の前を回り、こちらに歩いてくる。ワイシャツが寒風で波打っていた。

植村が出迎えようと一歩前に出たが、野川は目もくれず、真っすぐ梶原に歩み寄ってきた。強張った顔をし、刺すような目で梶原を見つめて言う。

「ご指名です」

「指名――」

「バスに乗りこむ直前に、拳銃を向けてきた刑事がいた。その刑事を寄こせば話すと。その一点張りだ。俺の話は聞こうとしない。なぜ、あなたを呼ぶんです？　あの女に何をしたんですか？」

ホシを捜し続け、ようやく見つけ出した。バスを追跡している間も目が合っただけに過ぎない。指名される理由など見当もつかなかった。

困惑する梶原に、森岡と白山が目を向けてきていた。周囲の視線が一斉に注がれている。

「分かる訳がない」

そう答える他になかった。

「一体、どういうことです？」

食い下がる野川を植村が止め、梶原に言う。

「行って下さい」

森岡が行けという風に顎をしゃくる。

梶原は背広の上着と防弾ベストを脱ぎ、ホルスターごと銃を外して白山に渡し、バスに向かって歩き出した。

なぜだ。一度銃を向け合っただけで、まともに話したこともない。以前から俺のことを知っていたとでもいうのか。聞きこみで数え切れないほどの人間に会う。こちらが覚えていないだけで、相手が覚えている可能性は否定できないが。

ともかく、向こうから指名してきたのだ。ホシの抱えた事情を聞き出せるかもしれない。人質解放につなげられるかもしれない。

警官たちの視線を一身に受けながら、梶原はバスの方へ進んでいく。バスの右斜め後ろに達すると、乗客たちが振り返ってこちらに顔を向けてきた。親子と思しき女性と男の子が不安げな眼差しで見つめてくる。五十代後半のベージュのコートを着た男と黒いコートの三十代半ばの男も硬い表情のままだ。

車内の床が低いので、目線の高さは少し下になる。大江運転手はシートベルトをしたまま背筋を伸ばして座っている。

梶原はバスの前部に回りこんだ。分厚いフロントガラスごしにウインドブレーカーに身を包んだ女の上半身がある。女はストラップを首にかけてショットガンを吊るし、極端に短くなったグリップに右手を添え、大江運転手の隣に立っている。

バス前方のドアが開いた。

「入れ」

車内から女の声が発せられた。

梶原が車内に入ると、直後にドアが閉じた。

「両手を上げて。それ以上近づいたら撃つ」

「拳銃は持ってない」

「言う通りに」

梶原は両手を上げたまま出口のステップに立つ。

女は一メートル程後退して立ち止まった。ショットガンの銃口が、大江運転手の背中に向けられた。大江運転手がびくりと身を震わせる。額から頬を伝って一筋の汗が流れ落ちた。

座席についた九人の乗客が梶原を見つめてくる。引きつった顔をしたり、今にも泣き出しそうな顔をしたりしているが、怪我をしている者はいない。車内の通路のあちこちに、壊れた携帯電話が転がっている。人質に携帯電話を出させ、ショットガンのストックを叩きつけたのだろう。

梶原は女を見て切り出す。

「なぜ、俺を呼んだ？」

女は何も言わない。

「捜査一課の梶原剛史だ。俺を知っているのか？」

「さっき拳銃を向けてきた刑事」

「それだけか？」

「そう」

あっさりとした答え方だった。女の目の光に揺らぎはない。嘘ではない。面識はない。現場から立ち去る途中で、すれ違ったときに見た黒い飴玉のような目ではなくなっていた。だが、殺意が消えた訳ではない。胸の奥に沈み、表に出てきていないだけだ。

「羽島安美さんは病院に運ばれた。生きている。今ならまだ引き返せ――」

梶原の呼びかけを遮り、女が冷静な口調で言う。

「動かないで」

同時にショットガンの銃口を上げ、大江運転手の後頭部に向けた。

梶原は右足を十五センチ程前に出したところで止めた。

女のハスキーボイスが耳に届いた。

「佐久保昭を呼んで」

「佐久――」

「都議会議員の佐久保昭。そう言えば分かるわね。一時間以内に連れてこなければ、誰か死ぬことになる」

その男を殺そうとしていたのか。佐久保昭という都議会議員は知らない。聞いたこともない。だが、女の方から梶原を指名して要求を伝えてきたのだ。脈はある。佐久議員との間に何があった。何をされたのか聞き出せれば、心を開かせる鍵になる。

梶原は女の目を見据えて語りかける。

「佐久議員と何があった？　話してくれ。話してくれれば、我々が調べ――」

「あなたと交渉するつもりはない。早く要求を伝えに行きなさい。さもないと、ここで一人死ぬ。一時四十一分。それがタイムリミット」

腕時計を見た後、女は大江運転手にドアを開けるように命じた。

白手袋をはめた手で額の汗を拭った大江運転手がスイッチに手を伸ばした。背後でドアが開き、寒風が入ってきた。

「早く」

女の声が一段と高まった。

梶原は女を見つめたままゆっくりと後退し、バスの外に出た。目の前で再びドアが閉じた。

しかし、なぜだ。これだけなら、野川に伝えられた。なぜ、自分が呼ばれたのだ――。

混迷に陥りつつバスに背を向け、梶原は警官たちの方へ足を踏み出した。

7

額の汗は容易には引かない。

刺すような視線が全身に浴びせかけられた。グラウンドの警官たちの目がこちらを向いている。

梶原は、特一係員たちに歩み寄り、ホシの女の要求を伝えた。

「都議会議員。一時間以内に。無茶な要求だ」

第一声を上げたのは、ネゴシエイターの野川だった。その隣にいた植村特一係長が後を継ぐ。

「無理難題を。大物、いや、気鋭の議員じゃないか」

植村は言って、スマートホンに指を走らせる。ディスプレイに視線を落としたまま、ホームページを要約して読み上げていく。

佐久保昭、五十歳。世田谷区選出の民生党の都議会議員。二つ年下の尚子夫人、大学四年の息子、高校三年の娘との四人暮らし。私立明喜大学法学部卒業。東成会稲城総合病院の理事時代に出馬して当選、二期目に入っている。六年間議会に籍を置いている。

「佐久議員の父親が大物議員だった。佐久庄一。都議会の陰のボス。引退した今でも都議会に働きかけているとの噂だ。息子の佐久保昭は、父親の地盤と看板を引き継いで当選した」

野川の顔が強張っていた。森岡管理官も水戸係長も一様に硬い表情を浮かべている。全員が佐久庄一の存在を知っているのだ。

佐久議員と並んで写った妻の写真もあったが、ホシとは全くの別人だった。

植村は特一係の錦と蒼井を選び、佐久議員の元へ直行して事情を聴くように命じた。

「相手は都議だ。慎重にな」

「了解です」

錦と蒼井の二人がパトカーの方へ駆け出していく。

「移動指揮車に戻ろう。詳しい話は中で」

植村が言って、マイクロバスに向かって歩き出した。森岡は梶原に来いと告げ、植村の後を追う。

梶原は胸がざわめくのを感じつつ、マイクロバスへと進んでいく。

世田谷区選出。都議会議員。だから、ホシがあんな奇妙な動きをしたのではないか。南青山から渋谷、そして世田谷へと方向を変えて動いていた。やはり、勘違いではなかった

――。

パトカーの列を抜けた植村たちは、少し離れた場所に止まったマイクロバスに入っていく。薄い水色と紺色のツートンカラーで、覗き見防止のフィルムが張られた特一係の移動指揮車だ。運転席の後ろに、モニターや無線機や衛星電話などが設置されており、後ろ半分が通常の座席になっている。

中程の座席に濃紺の背広を着た特一係付きの三隅大樹管理官が座っていた。五十三歳の警視。百六十五センチと小柄だ。痩せていて、頬骨が浮き出ている。

特一係員たちが、三隅の近くの座席に次々と腰を下ろしていく。新たに三人の特一係員たちが加わっていた。うち一人は三十代後半の女性刑事。黒髪をひっつめにしていて、黒いパンツスーツにコートを着ていた。残りの特一係員たちは引き続き外で待機している。

森岡は三隅と目礼を交わし、反対側にある座席に着いた。梶原は一列前に席を取った。通路を挟んで向かい合う形になった。

「またおまえとこういう話をすることになるとは。こういうところで」

三隅が通路越しに森岡を見やって吐き出すように言うと、森岡は短く応じた。

「三年ぶりだな」

三年前の冬に起きた氷川台事件。森岡は殺人班第六係を率いて、特一係の応援についたのだ。

「また一緒だ。よろしく頼む」

森岡が植村と野川を見て言うと、二人は唇を結んだまま首肯した。

梶原は三隅に訊く。

「安住課長は臨場されないんですか？」

「本庁に残っておられる。この現場は私に預けてくれた。私が指揮を執る」

殺人事件だけでない。傷害事件や強盗事件など、安住は捜査一課が抱えている事件の捜査に目を配っている。籠城事件だからと言って毎回現場に来る訳ではない。

三隅が話題を引き戻す。

「都議会議員を連れて来いとは。またとんでもない要求を」

異例中の異例の要求だった。籠城犯の要求は、金や逃走手段、もしくは思い入れのある人間になる。政治家が指名されることもあるが、大半が総理大臣など到底不可能な相手だ。不可能を承知の上で要求する。人を呼ぶ場合、殆(ほとん)どが家族やトラブルなどを抱えた相手になる。しかし、現役の議員が指名された事件は、聞いたことがない。

「なぜ、佐久議員なんだ。政治的な要求を突きつけるとは思えない。総理でも国会議員でもない。都議会、地方議会の一議員だ。大きな決定権がある訳でもない」

三隅が尖ったあごに手を当てて言うと、特一係の辰巳が応じた。

「男女関係のもつれでしょうか。ホシと佐久が交際をしていた。羽島安美に取られて逆上した」

三角関係のもつれ。妻の線はない。辰巳は愛人同士のいさかいの線を指摘したのだった。

「だとしたら、羽島安美を襲った時点で終わっている」

三隅が吐き出すように言うと、辰巳は同意した。他の特一係員たちも口をつぐんでいる。

梶原の脳裏に、犯行の模様が鮮明に蘇ってきていた。ホシは待ち伏せして羽島安美を襲った。アウディと壁の間に挟み、アウディを前進させる。拷問。いや、なぶり殺しのようだった。

襲撃事件後の逃走経路を含めて考えると、あの残虐行為にも納得がいく。やはり、ホシは殺意を持っていた。佐久を殺そうとしているのだ。

梶原は三隅の横顔を見て切り出す。

「佐久議員の殺害が目的だったんです」

「殺害。強力な殺意を感じたことを言っているのか？」

三隅が彫りの深い顔を向けて言う。

梶原は植村に訊く。

「佐久議員の住所は?」

「ホームページに事務所の住所は載っているが、自宅の方はない」

「世田谷区内であることは間違いない」

「世田谷区選出の議員ですから」

梶原は三隅に向き直る。

「ホシがバスを乗っ取ったのは世田谷の上用賀(かみようが)。事務所も自宅も世田谷にある。偶然とは考えられない」

続けてホシの動きに触れた。

「南青山のマンションを出た後、ホシは渋谷方面に向かった。それから北上し、事故を起こして車を捨てた。タクシーで渋谷方面に引き返し、世田谷通りを西に進んで行った。俺が追いついたところでバスに逃げこんだ」

「経緯は知っている」

「なぜ、世田谷に直行しなかったのか。世田谷方面に行くのなら、二四六号線を西に向かうのが一番早い。なのに、二四六号線を外れて北に進み、また二四六号線に戻ってきた。かなり遠回りをした」

「それが何だと言うんだ?」

　三隅の声には苛立ちが混じっている。

「ホシは新宿の都庁に向かっていたんです」

「都庁」

「事故現場近くの井ノ頭通りを北上していくと、都庁の近くに出る。都議会議事堂に行けば佐久議員に会える。待ち伏せもできると考えた。今は閉会中です。それに気づいて、二四六号線に戻ろうとした。かなり慌てていて、事故を起こした」

　三隅は窓ガラスに寄りかかり、森岡ははげ上がった頭を押さえている。二人とも黙考している。

　斜向かいに座った野川が鋭い一瞥と共に、疑問点を突いてきた。

「無理がある。その場合、ホシは佐久議員について殆ど知らなかったことになる。見知らぬ人間を殺そうなどと考えますかね」

「なくはない。あのとき、殺す相手を初めて知ったとしたら」

「初めて?」

「地下駐車場で襲ったとき。拷問し、羽島安美さんから佐久議員の名前を聞き出した。念のために羽島安美の携帯電話を取った。佐久議員の個人情報が入っていると思って。パスワードも聞き出していた。最初は都庁に向かったが、閉会中だと分かって世田谷に行き先を変えた。世田谷に向かっていたところで、俺が追いつく。バスを乗っ取ったものの、追跡を振り切れない。そこで考えを変えた。警察を使って佐久を呼び寄せることにした。そしてバスを止めた」

沈黙が落ちた。野川も三隅も大きく目を開いた。目に驚愕の色が浮かび上がっている。森岡は驚いた様子もなく、ゆっくりと手を下ろした。

通路の向こう側から、白山が梶原を見つめ返してくる。いつの間にそんなことを考えていた。そう言いたげな顔をしている。

三隅が梶原に確認を求めてきた。

「それが君の筋読みか？」

「そうです」

「強い殺意を抱いていると感じた。その勘も間違っていなかった訳だな」

特一係員たちから異論は上がらなかった。ホシの女は殺意を抱いている。その相手が佐久議員だったと認めたのだった。森岡も半信半疑だったのかもしれないが、確信に至り、梶原によくやったと目で伝えてきた。

三隅は特一係員たちの方を向き、両手で顔をこすった後、口調をあらためて言った。

「問題は対処方針だ。ホシの目的は佐久議員の殺害。無論、ホシの要求には絶対に応じられん。難題だぞ」

　真っ先に野川が応じる。

「対応可能です。佐久議員は我々のカード。人質を殺害したら、佐久議員は絶対に来ない。ホシにそのことをはっきりと思い知らせ、人質に手を出させないようにする。投降に持ちこむ」

「そう簡単にいくか？」

「殺意を抱く程です。大きなトラブルを抱えている。トラブルの内容が分かれば、説得材料になる。心を開く鍵にします」

「ホシがトラブルを口にするとは思えんな」

「佐久議員から聞き出すんです」

「それは難しいだろう。自分に都合の悪いことなら話さない。あるいは、ホシの一方的な逆恨みの可能性もある。佐久議員本人が知らないかもしれんのだ」

　鋭い指摘だった。佐久議員が自覚できていない点までは、考えつかなかった。

「ですが、管理官、これで行くしかありません」

　苦々しい表情を張りつけた野川の言葉に、三隅は太い腕を組んだ。

「トラブルの内容が分かっても、交渉に応じないことも十分にある。既に人一人に大怪我を負わせている」

野川は硬い表情を浮かべて黙りこんだ。

植村が三隅を見やって静々と口を開く。

「となると、強行突入、ですか」

「あの状況では無理だ。近づこうとすれば、すぐ見つかる」

三隅は窓ガラスの外に指を向けた。

雲が出始めていたが、大半は青空だ。冬の陽光がグラウンド全体に降り注いでいる。バスはグラウンド中央に止まっており、遮るものがない。一方、車内からはグラウンド全体を見渡せる。外の動きが手に取るように見えるのだ。

「暗くなるのを待ってからです。それまで野川に時間を稼がせる」

最後の方は声音が低くなった。タイムリミットは一時間以内。日没までは数時間近くある。そこまで野川が引き延ばせられるか、植村も確信できないのだろう。

再び車内が沈黙に包まれる。ディーゼルエンジンの太いアイドリング音だけが聞こえていた。

沈黙を破ったのは、森岡だった。

「切り札がある。ホシの腕を撃ち、一時的に動きを封じ、一気に接近して突入する」

脂汗が滲んだ額を一撫でした森岡が三隅に提案した。

二人の視線が交錯する。

三隅は首を横に振る。

「切り札は使えない」

「使えない？」

「無理だ」

「清水が来ている。配置についてるだろう」

「その清水が狙撃不能と報告してきた」

「狙撃不能？」

森岡の声のトーンがはね上がる。信じられないのだろう、本当なのかと重ねて問いかけた。

百メートル先の一円硬貨を確実に射貫く。千六百メートルを越える超遠距離狙撃も成功させた機動隊随一の腕を持った狙撃手だ。

だが、清水は病んでいる。ＰＴＳＤにかかっている。出動したものの、ホシを前にして引き金を引けなくなった。三隅にそう伝えたのか。

梶原は三隅の方に身を乗り出して訊く。

「どういうことですか？」

「詳しいことは分からん。だが、清水がそう言った以上、こちらは他の手を打つしかない」

梶原は混乱に陥っていた。引き金を引けない。人を殺すことはできない。清水はそう言ったのではないのか。違うのか。

三隅は特一係員の方へ向き直って、対処方針を示した。ホシと佐久議員の間に何があったか。錦と蒼井に詳しく事情聴取するように伝えろと命じた。市民からのホシの身元に関する情報精査担当に井上刑事が指名された。その他の特一係員は強行突入の準備。応援の警官全員が引き続きその場で待機となった。

梶原は三隅から清水の居場所を聞き、移動指揮車を出た。


非常階段の重い金属扉を開けると、屋上が広がった。

背後に白山の足音を聞きながら、梶原は西の方へ進んでいく。清明大学の五階建ての講義棟の屋上からは、四方が見渡せた。道路を挟んで北側に十階建てのマンション、西に体育館とプール、南に付属の高校と中学の校舎が並んでいる。大学の敷地の周囲には高い樹木が並び、フェンスで囲われている。その更に西側にマンションが建っている。

梶原は西の方へ進んでいく。屋上は四十センチ程の高さのコンクリートで囲まれているだけで、フェンスはない。

八十センチ程の高さのコンクリートの突起物の横に、黒い出動服に身を包んだ清水がいた。背中を向け、片膝を立てた状態で床面に直接尻をつけて座っている。三脚に載せた黒く長いライフルのレミントンを構えてスコープを覗いていた。

何かの間違いだったのか。狙撃不能と報告してきたにもかかわらず、清水は射撃態勢を取っていた。腰にはＳＩＧＰ２２６が収まったホルスターを吊っている。

近づいていくと、清水の方から先に口を開いた。

「梶原さんと白山さんですね」

なぜ分かったと問う前に、白山が言った。

「足音ですよ」

後ろからついてきていた白山が立ち止まった。清水は御明察と言っただけで、白山を見ようともしない。スコープをじっと覗きこんでいる。

連続狙撃事件の捜査に清水が投入されることが決まり、初めて顔を合わせたのは新宿署の人気のない地下駐車場だった。あのときも白山が一緒だったのだ。

梶原は清水を見下ろして言う。

「こんなに早くまた会うとは。しかもこんな形で」

瑞希と一緒に自宅で食事をしたのは、つい三日前だ。

「俺も思ってもみませんでした」

清水は無表情のまま接眼レンズに目を向け、淡々と返してくる。その先には、グラウンドに止まったバスがある。車内灯が点いており、窓ガラスごしに座席に座った人影が見て取れた。距離は百メートルといったところか。バスの右斜め前方から狙っている形だ。運転手とわきに立ったホシの女の人影も確認できる。絶好の狙撃位置だった。

梶原は清水のわきで膝をつき、彼の横顔を見て切り出す。

「三隅管理官から聞いた。狙撃不能とはどういうことだ？」

「言った通りの意味です。狙撃できません」

「だったら、どうしてライフルを離さない？」

「狙撃のためです」

訳が分からない。引き金を引けない。自分では射殺できないから、三隅にそう連絡してきたのではないか。

「分かるように説明してくれないか」

清水の口から白い息が一筋流れた後、短い答えが来た。

「バスはガラスの要塞です」

「ガラスの要塞？」

「弾頭がガラスに当たると、進行方向が大きく変わる。貫通した弾頭はどこに飛ぶか分からない。人質に命中する可能性がある」

清水はレミントンのストックを右肩に当て、左手をストックの下端に添えて狙撃態勢を取ったまま続ける。

「実例があります。アメリカのある地方警察のＳＷＡＴの新米狙撃手が射殺命令を受けて発砲した。武装した籠城犯は窓ガラスから二メートル離れた場所に立っていた。弾は籠城犯に当たらなかった」

「まさか」

「本当です。その狙撃手は想像以上にガラスが硬いことを知らなかった。ＳＡＴでも廃車処分になったバスで実験しました。中間膜を挟んだ二枚の合わせガラスの分厚いフロントガラス。サイドとリアは、普通のガラスの数倍の硬度がある強化ガラス。様々な部分をあらゆる角度から撃ってみたが、命中したのは半分以下だった」

更なる混乱の深みに陥った。脳裏に、清水と組んで捜査に当たっていたときに遭遇した、豊洲の狙撃現場の光景が浮かび上がってきた。

最初の狙撃事件は新宿中央公園で起きた。懸命に捜査が行われたが、肝心の発射場所が分からなかった。機動隊から呼ばれた清水が割り出し、特捜本部入りとなった。ペアを組むことになった梶原は、清水を連れて捜査に出た。被害者の葬儀会場、被害者の勤務先の都庁を回る。聞きこみ捜査の最中に、豊洲で第二の狙撃事件が起きたことを知らされたのだった。

梶原は清水ににじり寄る。

「以前から知っていたのか？」

「ええ」

「豊洲の現場を覚えてるな。莇田が放った弾頭は、メルセデスの防弾ガラスを抜けて青陵会の富川の首に命中した」

「富川は後部座席左側に乗っていた。防弾ガラスとの距離はせいぜい二、三十センチ。もっと近かったかもしれない。窓ガラスに顔を近づけ、外を見て莇田さんを探していたはず。窓ガラスとの距離は、二、三センチ。それぐらいなら大きく外れることもない」

同乗していた組員たちは、富川が撃たれる瞬間を見ていない。一人は運転手で、もう一人は莇田探しに夢中になっていた。清水の想像通り、富川が窓ガラスに顔を近づけていたため、狙い通り命中したというのか。

それだけではない。新橋の法律事務所でのことだ。あのとき、標的と窓ガラスとの距離はもっと開いていた。

「大西は事務所の部屋の奥にある机についていた。おまえは応接セットの陰でレミントンを構えていた。机は窓から約五メートル、応接セットは約三メートルの場所にあった。おまえは、窓ガラスごしに撃ち、千六百メートル以上離れたビルの屋上にいた苅田に命中させた。苅田はそのビルから撃ち、大西の首に当てた。互いに一発でガラスごしに狙撃した。ガラスがそれ程大きく弾道に影響するのなら、そんなことは不可能だろう」

「俺は二発目で苅田さんを仕留めようと考えていた。一発目でガラスに穴を明け、穴を広げてそこから銃身を突き出して、撃つつもりでした。一発目で当たることは期待してなかった」

「期待してなかった――。偶然命中したというのか？」

「命中する確率は五十パーセントです」

「苅田の放った弾も大西に当たった」

「苅田さんも同じことを考えていたはずです。二発目を撃つことになると予想していた。事実、苅田さんのライフルのチェンバーには弾が装塡されていた。しかし、二発目を撃つ前に、俺が撃った弾が苅田さんの首に命中したんです」

一発目を放った直後、苅田は梶原の目前でボルトを動かして次の弾を装塡した。二発目を撃つ気がなければ、装塡する必要はない。それまで神業のような狙撃を二度成功させた苅田をもってしても、あのときだけは二発目を放つことを考えていたというのか。

「おまえも苅田も半分の確率の方に入った。これが偶然でないとどうして言える？」

「二発とも弾道が乱れずにガラスを貫通する確率は二十五パーセント。統計学上、偶然起きたとは言えない。必然の範囲内です」

統計学などどうでもいい。二人ともガラス越しに命中させたのは事実だ。にもかかわらず、清水は狙撃不能と判断しながらも、今もレミントンを構えている。

「銃を放せ。狙撃できないのなら無意味だ」

清水は左目だけを動かし、足元にあるライフルバッグに載った双眼鏡に視線を向けて言う。

「バスの中を見て下さい」

梶原は双眼鏡をつかんだ。双眼鏡の視野にバスが入ってきた。ショットガンを持ったホシがオレンジ色の手すりに寄りかかっている。険しい表情をしたホシの顔がはっきりと見て取れた。

「運転席付近を」

言われるまま双眼鏡を少し動かすと、硬い顔をしたまま背もたれに寄りかかった運転手を視野に捉えた。

「運転席の右横にある窓です」

「見えた」

「あの窓は前後にスライドする。後方確認や料金所などでやりとりするときに使う。バスの中で開閉できるのはあの窓と座席の上の天窓だけ。天窓が開いても、ホシは射界に入らない。天窓ごしの狙撃は不可能。運転席横の窓が開いた瞬間を狙って撃つしかない」

運転席横の窓ガラスは一枚縦五十センチ、幅三十センチぐらいか。それが前後に並んでいる。

「今、運転手の向こうにいるのはホシだけです。人質はいない。人質がいたら撃てない。ホシの頭を貫通した弾頭がどこに飛ぶか予測不能。頭蓋骨の中で進行方向が変わって飛び出す。人質に当たる可能性もある」

清水が一旦言葉を切ると、梶原は双眼鏡を下ろした。

清水は左手をストックから離し、腰につけたポーチから予備のマガジンを取り出した。マガジンに詰まった銀色の弾頭のライフル弾が現れた。

「三〇八ウィンチェスターのシルバーティップハロウポイント。人体に当たった直後、弾頭はキノコのような形状になる。それでも、強いブレーキはかからない。二人の人間を貫通するだけの力は残っている」

「ホシはガラスに守られていることを知っているのか?」

「知らないでしょう。プロじゃない。素人か初心者。ショットガンの扱いに慣れていない」

　偶然逃げこんだのが、狙撃不能の場所だったのだ。ホシ自身もそうとは知らずに安全な場所にいる。

「しかし、運転席の窓を開ける方法はない。バスに無線機は積まれていない。人質全員の携帯電話が破壊されていた。運転手にだけ伝える方法はないんだ。紙に書いて掲げれば、ホシに見られる」

「だから、窓が開く瞬間、もしくは、窓ガラスが破壊される瞬間を待っているんです」

　強行突入時には窓ガラスを割って入口を作る。その瞬間を待ち続けるというのだ。けれども、最も重要なことが欠けている。

「射殺命令は出ていない」

「射殺命令が出て、狙撃空間ができたら、ただちに遂行する。射殺します」

「清水――」

「狙撃手の使命は人質の命を救うこと。少しでも遅れたら、人質が撃たれかねない。腕や肩を撃っても、ホシの動きを完全に封じられない。胸を撃っても、倒れるぐらいですぐには死なない。動ける。反撃してくる。それを阻止するには、脳幹を破壊して脳からの指令を絶つしかない。脳幹を一発で撃ち抜く。ワンショットワンキルです」

「ワンショットワンキル……」

「一弾で一人、確実に殺すという意味です。百パーセントの確率でホシだけを殺す。貫通した弾が人質に当たることがない状況で」

清水は淡々と言って薄い唇を結んだ。梶原の呼びかけにもまったく反応を示さない。レミントンを構えてスコープを覗く横顔からは、感情は見て取れない。まるで硬い殻をまとったかのようだった。

苅田を撃ち、精神に深い傷を負った。フラッシュバックも起きている。今は本心を悟られないように振る舞っているのではないのか。

本当にやれるのか。人を殺せるのか。

問いかけるのを止めて立ち上がり、梶原は非常階段に向かった。

8

渋面が四つ並んでいた。三隅管理官と森岡管理官が移動指揮車の通路を挟んで向かい合っている。植村係長と野川は、三隅がいる左側の座席についていた。

梶原は三隅に歩み寄り、狙撃不能の理由を報告した。

「ガラスの要塞か。そう言えば、氷川台事件のときも、リビングルームのわきの窓が少し開いていた。清水が撃った弾は、その隙間から入って籠城犯の頭に命中した」

三隅が痩せた額に手を当てて言うと、森岡は背もたれに寄りかかった。

「そうだった。リビングのサッシは全部閉まっていたが、一つだけ窓が開いていた。頭部を貫通した弾は壁の中に埋まっていたんだ」

三隅と森岡の二人の顔に、苦い表情が浮かび上がった。

三年前の冬に起きた氷川台事件。

氷川台にある四人家族が住む家に若い男が押し入り、籠城した。四人家族がリビングルームに集められ、縛り上げられていた。男は二十二歳の長女の首にナイフを突きつけた。

警官隊が一軒家の周辺を固めた。森岡は殺人犯捜査第六係と共に応援として出ていた。

男に投降するように呼びかけたが、反応らしい反応もなく時間だけが過ぎていく。

長女と付き合っていた男が、別れ話を撤回させようとして家に乗りこんでいったのだ。けれども、脅したところで、言うことをきく訳もない。長女は拒否し続けた。震えながら止めてくれと繰り返していたという。交渉担当者の野川が説得不能と判断したため、幹部が協議する。安住課長、三隅、森岡が顔を突き合わせて話し合った。植村と三隅が強行突入を上申したが、狙撃手の清水から観察報告がもたらされると、その案も退けられた。強行突入を開始した途端に、籠城犯は長女を刺殺するという内容だった。

強行突入での人質救出は不可能。狙撃による射殺しかないという清水の提案を巡って、移動指揮車内は紛糾する。それまで警視庁が射殺による解決を図ったことはない。数十年前に一度だけ他県警で乗っ取り犯を狙撃したことがあるだけだった。その事件で警察は強い非難にさらされる。乗っ取り犯を射殺した機動隊員が殺人罪で告訴までされた。結局不起訴処分となったが、その後の警察の対応に影を落とす。狙撃が最も適した対応策であっても、実行しなくなった。二の舞いになることを恐れて。

反対意見が多い中、安住課長は全責任を負うと明言し、刑事部長の許可を取り付けて、射殺命令を出す。警視庁として前代見聞の決断を下す。それだけ状況が逼迫していた。

だが、決行直前、射殺中止命令が出される。籠城犯が十七歳と判明したためだった。

成人であっても叩かれる。未成年の場合、更に強い非難が押し寄せる。警視総監が首を差し出す事態にまでなりかねない。警視庁の一大勢力であり、エリート集団の警備公安部門が陰で動き出す。

警備部長が刑事部長に働きかけ、中止命令を発令したのだった。警備部長も刑事部長も共にキャリアだが、警備部の方が格上だ。警備部には逆らえない。警視総監を追いこむようなこともできない。一旦は射殺に賛同した刑事部長が、直前になって逃げたのだった。

長女の悲鳴や母親の叫び声が上がり、一刻の猶予もなくなっていく。

安住は、犠牲者が出るのを覚悟の上で突入を決断。特一係が突入する寸前、狙撃は行われた。清水が独断で撃ったのだった。籠城犯は死亡し、人質全員が無事に救出される。

マスコミは警視庁の対応策を非難した。刑事部長は正当な行為だったと貫き通す。外部に対して警察組織が一枚岩となって、責任追及の手を遮る。警視総監が会見に応じることもなかった。狙撃した清水への処分もなかった。上層部が正当な行為とした以上、狙撃した警官を処分することはできない。殺人罪での告訴はなかった。

それか。氷川台事件も清水に影響を及ぼしていたのではないか。

梶原の中で一つの考えが頭をもたげてきていた。

「ライフル弾でも無理だったのか」

三隅がつぶやくように言って続ける。

「実弾を使った訓練で同じようなことがあった。ガラスごしに撃つと、標的から外れる。特級クラスの射撃の腕の特一係員が撃っても結果は同じ。命中することもあるが、外れることもあった。拳銃弾はライフル弾より遥かに威力がない。威力のせいだと思っていたが、ライフル弾でも同じだったとは」

三隅の後を植村が引き取る。前席の背もたれに手を置き、吐き出すように言った。

「確かに外れる方が多かった。十発中、命中したのは一発。頭を狙っていたのに、手足に当たったり、座席や壁に食いこんでいた」

特一係員たちにもガラス越しの射撃の経験があった。ライフル弾よりずっと威力が弱い拳銃弾のせいだと思いこんでいたのだ。特一係にライフルは配備されていない。狙撃不能と報告があっても、特別気にする様子もなく受け入れていたのだろう。

三隅は、立ったままの梶原を見上げ、淡々とした口調で言う。

「御苦労さんだった。対処方針に変わりはない。狙撃はなしでいく。君たちは応援待機についてくれ」

「清水を使わないんですね」

「ああ」

「引き揚げですか？」

「何もする必要はない」

狙撃できない以上、狙撃手を配置していても仕方がない。何らかの考えがあって、撤収させることができないのかもしれない。ともかく、清水が撃つことはない。もとから狙撃不能なのだ。そう思い至り、梶原は心の中で安堵の息をついた。

だが、白山は違った。

白山が再び率直に意見をぶつける。

「大江運転手に合図を送って窓を開けるように伝えれば、清水を使えます」

「バス会社と合同訓練をやるが、ごく一部の会社だけだ。香西バスとはしたことがない。伝える方法がない」

もう狙撃に触れるのは止せ。

目配せして白山にそう伝えようとすると、三隅は決然とした口調で言った。

「事件解決に狙撃は使わない。何があろうと、狙撃させない。俺の目が黒いうちは」

梶原は耳を疑った。氷川台事件で狙撃させたではないか。それだけではない。特一係に専属の狙撃手を置くため、適任者を探し続けていたではないか。そしてついに清水を見つけ出した。結局、特一係に入れることはかなわなかったが。

「どういうことですか？」

梶原の問いに、三隅は冷やかに言った。

「言った通りの意味だ。狙撃はさせない」

「一体、どういう意味――」

質問を続けようとすると、森岡に遮られた。

「梶原」

森岡は梶原を険しい目で睨みつけ、首を横に振る。なぜ、森岡まで止めてくるのだ。だが、それを知っても意味はない。狙撃不能状態なのだ。

梶原が大人しく引き下がると、三隅は話題を変えた。

「それより、対応策の検討だ」

情報精査担当の井上刑事の声が上がってくる。

「テレビ中継が始まりました」

前部の天井近くに並んだモニターに、バスが映し出されている。車内の全員の目がモニターに集まった。

敷地の北側から撮影しているのだろう、バスの運転席から後方の座席まで映っている。ショットガンを持った女がバスを乗っ取り、清明大学のキャンパスに入って止まっていると言う記者の声が流れてきた。分割されたモニター画面には、別の局のライブ映像が浮かび上がっている。

三隅は無線機で本庁に報道自粛要請と市民からの情報提供に備える態勢を整えるように頼んでいる。ヘリを飛ばすな。バスの車内を写しても構わないが、特殊部隊員の姿は流すなと。ホシの女の刺激防止と警察の動きを知られないようにするためだ。ホシが携帯電話でテレビを見ている可能性もある。

交信を終えた三隅に、森岡が訊く。

「車内を撮影禁止にしないのか？」

「ホシの顔が全国に流れる。ホシを知っている人間が通報してくる。佐久議員を殺そうとしている理由が分かるかもしれん。説得の材料を得られる。勿論、状況に応じて報道態勢は変えてもらうが」

三隅は淡々とした口調で答えた後、運転席後ろでヘッドセットをつけた井上に訊いた。

「錦と蒼井の方で何かつかめたか？　佐久議員には会えたのか？」

井上が振り返って三隅に報告する。

「佐久議員がいる病院に向かっている途中です」

「病院？」

「佐久議員は理事を務めている練馬区の総合病院で会議に出ているそうです」

自宅でも事務所でもない。佐久議員は全く別の場所にいた。あのままバスを走らせていても、ホシは佐久議員には会えなかったのだ。

「まだか。もっとも、会えたとしても、簡単には分からない。佐久議員に非があるのなら、話さない。殺意を抱く程だ。大きなトラブルに違いないだろうが」

ホシは羽島安美の携帯電話を奪っている。佐久の電話番号や住所などが登録されていたのではないか。勿論、通話履歴も。だから、携帯電話を取った。もしそうなら、事情聴取の際に、その件を使える。

梶原は三隅に言う。

「羽島安美さんの携帯電話の通信履歴を調べて下さい。通話、メール、ＬＩＮＥなど全部。羽島安美さんは佐久議員を知っていた。何らかのつながりがある。佐久議員の事情聴取に使えます」

「すぐに手配させる。間に合うといいが」

捜査関係事項照会依頼書を作り、すべての携帯電話会社に持参して頼む。携帯電話会社にも内規があり、手続きを踏んでから調査する。すべて出揃うまでにどれだけ時間がかかるか分からない。

三隅は落ち着いた口調で言って、両手の指を組み合わせた。

森岡は腕時計を一瞥して三隅に訊く。十二時五十四分になっていた。

「タイムリミットが来たときが問題だ。佐久議員は現れない。ホシはどうする？　人質を撃つか？」

ホシの目的は佐久議員の殺害だ。まったく関係のない人質を撃てるのか。射殺できるのか。

三隅の視線が野川に流れる。

「どう思う？　本当に撃つと思うか？」

意見を求められた野川は頭に両手を当てて考えていたが、吐き出すように言った。

「分かりません。普通の神経なら撃てない。梶原さんが言っていたことは間違いではなかったようだ。あのホシは強い殺意を持っている。既に一人に大怪我を負わせている。関係のない人間を射殺することも厭わないことも十分に考えられます」

野川の意見を受け止め、咀嚼しながら考えていた三隅は、特一係員たちの顔を一人一人見た後、意を決して言った。

「引き続きホシに投降を呼びかける」

すかさず森岡が訊く。

「投降しなければ?」

「暗くなるのを待って突入し、人質を救出する」

「暗くなるまで五時間近くもあるぞ。それまでもつか」

この時期、四時を過ぎると薄暗くなり始める。夜を迎えるのは六時近く。佐久議員を連れてくるように指定された時刻まであと四十六分だ。

「何とかしてもたせる他にない。野川にやってもらう」

野川は唇を嚙み、顔を引き締めて応じる。

「全力を尽くします」

強行突入策に決まろうとしている。このままでいいのか。人質に犠牲者が出かねないのだ。ホシも命を落とすのではないか。

梶原は三隅の方へ身を乗り出した。

「人質が撃たれることもある。危険過ぎます」

植村と野川が冷たい眼差しを向けてくる。部外者が口を出すな。余計なことをするなと。

三隅が立ち上がり、梶原に顔を近づけてきた。

「その可能性は否定しない。人質が亡くなるかもしれない。特一係は犠牲者が出ないように、慎重を期して素早く制圧行動を取る。状況によっては、ホシを射殺することにもなる。

特一係員にとっても危険だ。殉職者が出るかもしれない。しかし、他に解決法がないんだ。すべて私が責任を取る。首を差し出すくらいでは済まない。どんなに謝っても許されることはない。この方法でしか人質を救えない」

三隅の気迫に圧倒され、梶原は返す言葉もなく立ち尽くしていた。

人質、特一係員、それらすべての命が三隅にのしかかっている。それらすべてを受け止める覚悟で苦渋の決断を下したのだ。自分に口を差し挟む余地などない。

「待機していろ」

森岡が目配せすると、白山がそばに寄ってきた。行きましょうと低い声で促してくる。

梶原は特一係員たちに背を向け、移動指揮車を出た。


パトカーの屋根ごしに、梶原は双眼鏡を持ち、バスの車内を見ていた。

運転席の横にホシが立っている。少し落ち着いてきたのか、ショットガンの銃口を床に向けていた。薄い唇をきつく結び、車内の様子を見たり、警察を牽制(けんせい)するように外に視線を向けたりしている。

右側の席の乗客に大きな変化はない。運転席後ろの二十歳ぐらいの若い男は、身を硬くしてホシの方を向いている。三十代半ばぐらいの女は、隣の席の小さな男の子を抱き寄せている。その後ろに座った黒いコートの男が振り返り、ベージュのコートの男と時折、顔を見合わせていた。

左側の列の乗客にも変化は見て取れなかった。二十代前半の女、三十代後半ぐらいのOLも動いていない。七十代後半ぐらいの老人と黒いコートのサラリーマン風の男の姿は座席に隠れて確認できなかった。

人質たちは落ち着いているように見えるが、とてつもない強い緊張状態に置かれている。梶原とホシが交わした話は、全員が聞いていた。要求が受け入れられなければ、誰か一人が撃たれる。自分が選ばれるのではないかと怖れおののいているのだ。

人を救うためには、相手の命を絶つ必要があるときもあると思い知らされた。にもかかわらず、ホシを撃てなかったのだった。何のために拳銃を持ち歩いていたのだ。

梶原は右手を車の屋根にたたきつける。

「あのときに撃っていたら、バスジャックは起きなかった。乗客たちを危険にさらすことにはならなかった」

隣に立った白山が否定する。

「梶原さんは殺人を防いだんです。あのまま逃げられていたら、佐久議員は殺されていたかもしれない。大部分の警官が的外れの場所で捜していたんですから」

「できたのはそれだけだ。その代わりに市民を巻きこんでしまった」

もうかける言葉がないのか、白山は唇を結んで梶原の横顔を見て立っているだけだ。

梶原は握り締めた拳を震わせてバスを見つめていた。


寒さはグラウンドと変わらなかった。

微風が吹く屋上に出た梶原は、清水の方へ近づいていく。

「今度は一人ですか?」

片膝を立てて座り、三脚に載せたライフルを構えた清水が訊ねてきた。先程と同じ姿勢で、動いた形跡はない。

「おまえと話がしたかったんだ。白山は置いてきた」

梶原はそう答えて清水の右隣に腰を落とした。

「よく現場に出して貰えたな」

「上がどう考えているか俺には分かりません。休みで寮にいたところで、第六機動隊長に呼び出されて命令を受けました。安住課長のお気に入りだなと言われた。安住課長は全責任を負うと言ったそうです」

警備部としては清水を現場に行かせたくなかったはずだ。

清水がＰＴＳＤにかかっていることは、機動隊長が知らない訳がない。任務を全うできるか分からないのだ。

「おまえの病気のことは、機動隊長も知っているんだろう」

「診断結果は行ってます」

「なら、どうして来れた？　ＰＴＳＤを病んでいる人間を現場に出すのは無茶だ」

「回復したと言ってあります。克服したと。症状は消えたと毎回医者にも言っている。隊長は信じてくれました」

回復などしていない。病んでいるのだ。

機動隊長も清水の嘘を見抜けなかったのかもしれない。本人が認めなければ、症状があることは分からない。

「射殺命令は出ない。三隅管理官は絶対に狙撃はさせないと宣言した。指揮権は三隅管理官が握っている。暗くなるのを待って強行突入するそうだ」

清水の表情に変化はない。右目をスコープに向けたままだ。

「完全にそう言い切れるものではありません。射殺命令が出る可能性はゼロではない。窓ガラスが開くこともあり得る。いつ状況が変わるか分からない」

愚直にも程がある。

「わざわざそれを伝えるために来たんですか」

「それもある。一つ訊きたいことがある。氷川台事件のことでだ」

清水の目がスコープから離れた。ストックに肩をつけまま、顔だけ梶原に向けてきた。

「誰にも言いませんね」

「勿論。あの晩のことはずっと秘密にしてある」

清水は息を吸い、吐き出すように言った。

「どうぞ」

梶原は清水と一緒に捜査に駆けまわっていたときに、彼が口にした言葉を思い起こして訊く。

「氷川台事件の籠城犯を射殺したことを悔いていたと言っていたな。正確には母親の方だった」

清水の横顔が強張った。

「母親は息子が犯した事件と息子の死を苦にして自殺した。その母親を殺したようなものだ。何の罪もない人間の命まで奪ってしまった。以前俺にそう言った」

「言いました」

「おまえの苦しみはそのときから始まっていたんじゃないのか。人質を助けるために、犯人少年を射殺した。やむを得なかったが、人間を一人殺した。未来を断ち切った。苦しまないはずがない。悩まない訳がない。その次は母親だった。おまえに非はない。だが、息子の死が、母親を自殺に追いやった。そのことで心を痛めていた。悩み苦しんでいたが、隠していた。そして、今度は苅田。おまえが心から尊敬し、家族の一員のように迎えて愛情を注いでくれた苅田を狙撃した。苅田を射殺してから苦しみ始めたんじゃない。三年前からずっと苦悩を抱え続け、苅田を撃ってから、抑えがきかなくなった。眠れなくなり、フラッシュバックも起きるようになった」

見返してくる清水の瞳の光が微かに揺れている。左手で目をこすり、吐き出すように言った。

「ずっと心の奥底にありました。籠城犯の少年の顔も母親の顔も瞼に焼きついていた。氷川台事件のことが話題になるたびに、耳を塞ぎたくなった。胸をかきむしりたい衝動に駆られた。なんとか自制できましたが」

新宿の狙撃事件の捜査のときも、清水は何事もなかったかのように振る舞っていた。清水の心の傷は思っていたよりも、ずっと大きく深い。苅田だけではない。籠城犯の少年、その母親。彼の頭の中では、既に三人も殺しているのだった。

苦しみの中で、警官として、狙撃手として生きてきたが、耐え切れなくなって、あの晩、梶原にその辛さを吐露したのだ。

　これだけ苦しんでいる男に、また射殺ができるはずもなかった。

　それに、狙撃不能の状態は続いている。それだけではない。理由は分からないが、三隅も狙撃はさせないと断言したのだから。

　清水が撃つことはないのだ。

　梶原は清水の肩に手をのせた。呼吸の乱れが伝わってくる。こいつも人間なのだ。

　そう思い至ると、梶原は立ち上がった。清水に背を向けて出入口の方へ進んでいく。出入口の手前で振り返った。ライフルを肩づけして射撃態勢を取った清水は、石と化したかのように動かなかった。

9

　午後一時三十五分、移動指揮車のわきに止まった大型バンの後部扉が開き、黒ずくめの男たちが現れた。下腹部、太腿、膝、脛（すね）、上腕、首元。各部を覆う黒い防弾パッドを装着して、目出し帽を被り、防弾バイザー付きのヘルメットを被っている。全身に黒い甲殻をまとったかのような姿だった。

強行突入の準備を整えた八人の特一係員たちが次々と降り立ち、移動指揮車の陰に身を隠した。

現場からの生中継は全部止まっていた。テレビ局が報道自粛要請に応じたのだ。

梶原は双眼鏡をバスに向ける。

ホシの女の目が忙しなく動いていた。腕時計を見たり、外の様子を窺ったりしている。座席についた人質たちもそわそわと落ち着かない。

腕時計が一時四十分を指したとき、女が動き出した。タイムリミット一分前。女は大江運転手に一瞥をくれた後、両手でショットガンを持ち、左右に視線を振りながら歩いていく。獲物を探している目だ。

運転席後ろの若い男は首をすくめ、反対側の座席の若い女は身を縮めて視線を逸らす。後方にいる人質たちは首を振って外の様子を見たり、身を寄せ合ったりしている。自分が選ばれないようにひたすら願っているのだ。

梶原は移動指揮車を見やった。野川が出てくる。耳に当てていた携帯電話をズボンのポケットに入れた。羽島安美の携帯電話にかけていたのだろう。電源も落としているのか、依然として交渉にも応じる気はないようだ。

野川がバスの方へ歩いていく。ワイシャツ一枚で、防弾ベストも着けていない。丸腰だ。

白い息を吐きながら、両手を上げて進んでいく。

人質の影がざわざわと動くのを見て、梶原は双眼鏡をバスに向け直した。

女が細い顎をしゃくると、ベージュのコートを着た男が嫌だと首を横に振った。サラリーマン風の二人組の男のうちの五十代後半の方だ。ツーポイントの眼鏡をかけ、もみ上げには白髪が混じっている。

行けと女の口が動いた。眼鏡の男がおそるおそる立ち上がった。女より十五センチ近く背が高い。肩幅も広く大柄だ。

眼鏡の男が歩き出すと、野川はバスに近づいていき、運転席の横で立ち止まって声を張り上げた。

「話がある。窓を開けてくれ」

梶原は講義棟の屋上を見上げる。清水が見えるはずはないと分かっていても、そうせずにはいられなかった。窓ガラスが開けば、狙撃できる。一発で解決に導ける。だが、狙撃命令は出ていない。

バスの左側前部にある出口のドアが開いた。

野川はバスの出口に近づいていく。

梶原は警官隊の後ろを通り、出口が見える位置に移動した。白山が隣に来たが、他の第五係員たちは持ち場に留まっている。

バスまで約二十メートル。双眼鏡を使わなくても車内の様子がはっきりと見て取れた。

眼鏡の男が頭の上で手を組み、出口から五十センチ程の場所に立っている。

「止まれ」

眼鏡の男の背後に立った女のハスキーボイスが響いた。

野川はバスの五メートル程手前で足を止め、両手を上げたままゆっくりと一回転し、女に言った。

「この通り、何も持っていない」

「佐久は？」

女の声がイヤホンから流れ出す。野川がつけた高性能マイクが拾った音が、中継されて捜査員全員に届いている。三隅管理官も森岡管理官も移動指揮車の中で固唾を呑んで聞いている。

「手を下ろさせてもらうよ。このままだと話しにくい」

話を逸らし、興奮を鎮めようとしているのだろう。だが、女は来てないのねと嚙み締めるように言って続けた。

「約束の時間が過ぎた」

女は眼鏡の男を小突く。眼鏡の男が小刻みに顔を震わせながら、半歩前に出て立ち止まった。

黒い銃身が眼鏡の男の後頭部で止まった。

女は車内の人質たちを一渡り見回して釘を刺す。

「逃げようとしたら、順番を変える」

その一言で人質全員が動きを封じられた。座席に座ったまま動かない。唯一の出口は最後尾にある非常ドアだが、辿りつくまでに撃たれる。ショットガンを一振りするだけでいいのだ。

女のいる場所から、外の様子は見て取れる。特一係員たちは移動指揮車の陰で待機中だ。眼鏡の男はステップの端から十センチ程残した所に立っている。

両手を下ろした野川が女を見つめて言う。

「佐久議員はここには来ない。絶対に連れて来ない」

「来ない」

野川は淡々と言葉を継ぐ。

「佐久議員を殺害するのが目的だろう。警察が殺人の手伝いをすることはできない」

女の視線が泳ぐ。図星だ。

野川は佐久議員を交渉のカードに使おうとしているのだ。

人質たちは顔を強張らせ、野川と女を交互に見ている。

「要求を拒否するのね」

「そうだ」

女がショットガンを構え直した。ストックをつかんだ細い右手に筋が浮き上がる。引き金に細い指がかかっている。眼鏡の男の足が震え出し、人質たちから悲鳴が上がった。

「早まるな」

野川は声を上げ、女の目を見据えて語りかける。

「佐久議員と何があった？　殺したい程憎んでいる。恨んでいる。そうだろう。何があったのか話してくれ。佐久議員に非があるのなら、裁くこともできる」

細い肩を上下させながら野川を睨みつけている女の唇が、裁くと動いた。

野川は一歩前に出る。

「あんたにも家族がいるだろう。今の姿を見て辛い思いをしているはずだ。家族を苦しませるな。羽島さんは生きている。これ以上罪を重ねるな。今ならまだ引き返せる」

女は眼鏡の男の背中に狙いをつけたまま、冷やかな声を発した。

「家族なんていない」

野川はまた半歩足を踏み出して訴える。

「冷静になれ。その人を撃ったらどうなる。すぐにでも制圧部隊を送りこむ。あんたは目的を果たせない。それでも、撃つのか？」

賭けに出たのだった。女が人質を撃てるかどうか、試しているのだ。危険な賭けだ。

「恨むのなら警察を。佐久を恨みなさい」

女が言うと、眼鏡の男が震え始めた。止めろ、止せと訴えている。歯が噛み合わずに、カチカチと鳴っている。あと少し右手の指に力を加えれば、眼鏡の男は絶命する。

悲鳴が上がった。二十代の若い女と三十代後半の女が両手を小刻みに震わせて叫んでいた。三十代半ばの母親が、男の子に体を被せている。男たちは頭を低くして抱えこんだり、耳を塞いだりしていた。

野川は制止しようと身を乗り出し、女を見上げて繰り返す。

「撃ったら、二度と佐久議員に会えなくなる。いいのか？　関係のない人間の命を奪って終わりにして、それでいいのか？」

女が眼鏡の男から離れ、一歩後退した。ショットガンを構えて引き金を引き絞った。

銃声が轟き、ショットガンの銃身が大きく跳ね上がる。

ステップから一メートル程離れた地面に二十センチ程の穴が穿たれた。跳ねた散弾の一部がパトカーに当たった。

眼鏡の男は足を震わせてステップに立っている。

女は眼鏡の男の襟首をつかんで引き倒す。車内では悲鳴や叫び声が上がっていた。眼鏡の男は女から離れようと手足を動かしていたが、銃口を押しつけられると、動きを止めた。

包囲した警官たちは拳銃を女に向けたまま動かない。

第五係員たちは前のめりになってパトカーに手をつき、女を見ているだけだ。何もできないのだ。

「二時間」

女の張り上げた声が、グラウンドに拡散していく。

女は決然とした口調で続けた。

「二時間だけ待つ。三時五十六分がリミット。それ以上は待たない。一秒たりとも。今度はこの男の背中を撃ち抜く」

女は眼鏡の男を引きずるようにして奥に進んでいく。野川が一歩前に出て何か言おうとする前に、ドアが閉まった。

銃声が頭の中で反響し続けている。

梶原は拳を握り締め、パトカーの屋根ごしにバスを見ていた。

バスの中の空気は凍りついている。ようやく席に戻った眼鏡の男が肩を揺らして呼吸している。後ろの部下らしき男は声をかける余裕もなく見ているだけだ。

二十代の女も三十代後半の女も一時は悲鳴を上げたが、今は体を震わせているだけだ。灰色のコートを着た七十代後半の男が心配そうな表情で、子供に覆いかぶさった母親の方を向いている。大丈夫か。そう声をかけたように見えた。

一方、ホシの女は運転席わきの手すりにもたれかかっている。先程の姿勢に戻っていた。人質は誰一人として女を見ようとしない。恐怖心で目を向けることもできずにいるのだ。

威嚇(いかく)のための発砲だったが、引き金を引いたのだった。

放っておくことはできない。だが、自分に人質を救えるか。今の状態では無理だ。かと言って手をこまねいていられるか。

梶原はパトカーを離れて、捜査員たちの背後を通り移動指揮車に向かう。白山が背後からついて来る。

移動指揮車に入り、狭い通路を足早に進んでいく。三隅管理官、森岡管理官、植村特一係長、野川の四人が顔を突き合わせていた。発砲を受けて、彼らの顔の強張りは一層強くなっていた。

野川が梶原に険しい顔を向けてきた。

「部外者が来る所じゃありませんよ」

梶原は構わずに進んで行く。

野川が立ち上がって梶原を止めようとすると、森岡が割って入ってきた。

「入れてやってくれ。梶原は我々よりも長くホシを見てきたんだ。何かの役に立つかもしれん。余計な口出しはさせない」

諭すような口調で言った後、森岡は三隅に顔を向けた。三隅がうなずくと、野川は不満気な顔をしたまま元の席に戻っていった。

梶原は森岡に目で謝意を示し、彼が指した座席に座る。森岡の後ろの席だった。白山は通路の反対側の座席についた。

野川は渋々認めたようだ。ジャンパーを羽織り、暖気に包まれた車内にいても、まだ体が温まらないのか、興奮かそれとも恐怖のせいか、爪先が微かに震えていた。

「撃ったな」

三隅がつぶやくように言って切り出すと、野川が応じた。

「威嚇発砲です。誰も撃たれていない」

「それは皆分かっている」

三隅の言葉に、植村も森岡もうなずいた。女はわざと狙いを外して、地面に向けて撃ったのだった。

「問題は次だ。タイムリミットが来たら、ホシがどう出てくるか。今度こそ人質を撃つかどうか」

三隅の問いかけに、野川が顔を上げて答える。

「いきなり射殺することはないかもしれません。しかし、見せしめにはできます」

「見せしめ」

「手か足を撃つ。拳銃とは比べ物にならない威力です。足首切断になるかもしれない。怪我人をバスから下ろすのも難しい。できたとしても、出血多量で命を落とすかもしれない。ホシは銃に関しては素人。素人が一番危険です。人質は撃たれまいと非常ドアに殺到する。至近距離でも、動く標的を撃つのは難しい。足を狙っても、腹に当たるかもしれません」

森岡は汗が浮いた額に皺を寄せ、白山は手すりをつかんで身を乗り出すようにして、野川の言葉に耳を傾けていた。

白山にはまだ興奮が残っていたが、野川は冷静さを取り戻していた。

「ホシにはまだ冷静な判断力が残っているのも確かです。普通の神経もある。現に人質を撃たなかった」

「次も撃たないと断定できるのか？」

「あのホシはやらないと思います。今のホシの頭には佐久議員を殺すことしかない。それで頭がいっぱいです」

「根拠は？」

「ホシと話をしたときの印象です。口では撃つと言ったが、目の光が揺れていた。微かだがためらいがあった。見せしめにするなら、さっきでもできた。しかし、人質に当てなかった」

「だが、ホシは相当追いこまれているぞ。南青山で襲撃事件を起こしてから約四時間。バスジャックしてから約二時間。ここ数時間だけの話ではない。ショットガンを改造し、羽島さんのマンションに行って待ち伏せした。かなりの準備をしている。その間も羽島さんを襲うことを考え続けていた。人を殺すことを考えることは、非常に大きな精神的な負荷になる。爆発してもおかしくない」

「おっしゃる通りです。追い詰められた人間がどう出るか。確定的な判断は下せません。ホシの身元が分かれば、判断材料も入ってくるんですが」

　知り合いに似ているという曖昧（あいまい）な情報が十九件寄せられているが、未だ身元の確定には至っていないという。佐久議員に会った特一係の錦と蒼井が第一報を上げてきていた。バスジャック犯は知らないと答えていた。もっとも、佐久の答えは鵜呑みにできないが。

三隅は両手を額に当てて考えていたが、手を離して顔を上げた。

「やはり、強行突入しかないな」

吐き出すように言った後、三隅は決然とした口調に変えた。

「強行突入を繰り上げる。タイムリミット直前に実行する」

「直前——」

野川と植村が同時に声を上げていた。白山は驚きで目を大きく見開いている。森岡の表情は変わらないが、内心では驚き、動揺しているに違いない。

唯一の解決策は強行突入。強行突入になることは決まっていた。だが、明るいうちは接近できない。こちらの動きがホシに察知される。

梶原は思わず声を上げていた。

「待って下さい、三隅管理官。早過ぎます。タイムリミットは三時五十六分。まだ明るい。近づく前に見つかります。無理です」

「策はある」

三隅は立ち上がり、現場の見取り図が描かれたホワイトボードの前に移動した。

「特一係員たちをトラックの荷台に乗せる。トラックは機動隊の大型バスの横に移動して待機。機動隊の大型バスが盾になって、ホシからはトラックは見えない。バスの最後尾にある座席は高く、後方の視界は限られている。野川がホシと交渉をして気を引いている間に、トラックがバスの後部目がけて走る。バスに横付けすると同時に、特一係員たちが窓ガラスを割り、閃光手榴弾を投げ入れて一斉に車内になだれこむ。この方法なら、徒歩で接近し、ハシゴをかけて入る通常の突入方法より遥かに早い」

バス後部にある死角を利用して、発覚するまでの時間を稼ぐつもりなのだ。それでも危険は排除できない。

梶原が三隅の方へ足を踏み出そうとすると、野川が抗弁した。

「ホシが近づいてくるトラックに気づくかもしれない。人質が犠牲になりかねません」

三隅は無言で梶原の目を見つめ返す。肩を上下させ、大きく息をつき、吐き出すように言う。

「承知している。突入時に人質や特一係員にショットガンを向けた時点で射殺する」

射殺という言葉が吐き出されたとき、三隅の口の端が歪んだ。

「他に人質を救う方法がないんだ。犠牲者を最小限に抑えるしか」

自分自身に言い聞かせているようだった。頬骨が浮き出た三隅の横顔に、相克が浮かび上がっている。苦渋に満ちた顔をし、植村や森岡の顔を見ていく。ホワイトボード上の手は微かに震えていた。

最悪の事態を想定して、三隅はずっと次の手を考え続けていたのだろう。けれども、犠牲者をゼロにできるとは限らない。

「どうだ?」

三隅に意見を求められた野川は、悔しそうに顔を歪めた後、首肯した。

「それしかありませんね」

植村も硬い表情を浮かべて賛同した。白山は呆気に取られてその様子を見ているだけだった。

三隅が通路を挟んだ森岡を見やって訊く。

「おまえは?」

森岡は太い腕を組み、うつむいて黙考していたが、やがて、沈黙を破った。

「異論はない」

三隅はうなずき返した後、錦と蒼井を呼び戻すように植村に命じた。佐久議員の聴取は中止とされた。

犠牲者が出る。人質が命を落とす。森岡ともあろう人が、こんな危険な作戦をどうして承認するのだ。止めさせなければ。何とかして撤回させなければ。

梶原は三隅に近づいて訴える。

「犠牲者が出かねないのに突入するなんて、無茶です。無謀です」

植村が割って入ろうと腰を上げたが、三隅はそれを制して、梶原に訊ねてきた。

「なぜ今になって反対する？」

「できるだけ犠牲者が出ないように、制圧行動を取るとおっしゃった。その言葉を信じるしかなかった。ですが、死者が出ると分かっているのにやるのは危険過ぎます。受け入れられません」

「理想論で片づけられる問題ではないんだ」

「何があろうと狙撃はさせない。犯人射殺には反対されたではありませんか。にもかかわらず、強行突入では、バスジャック犯を射殺することにもなると言っていた。矛盾してます」

「矛盾はない」

梶原は一歩も退かずに三隅を見て続ける。

「人の命を奪うことに変わりありません」

「突入時には相手が特一係員を狙って撃ってくる。正当防衛だ。だが、狙撃は違う。相手に警告を与えずに死なせる。被疑者にも言い分はあるはずだ。それも聞かずに命を奪うことはできない」

「既にやっている。氷川台事件で狙撃させたではありませんか」

「私は狙撃に反対した。最後まで反対した」

まさか。

信じられない言葉を耳にし、梶原は三隅の目の奥底を覗きこむ。

森岡が三隅に代わって答えを寄越した。

「三隅管理官は譲らなかった。最後の最後まで反対した」

氷川台事件の対応協議の場に、森岡もいたのだった。

ならば、どうして狙撃が行われた。特一係の最高責任者が射殺に反対していたのに、どうして狙撃命令が下されたのだ。安住がすべてを押し切って狙撃を決めたのか。

更に問いかけようとすると、森岡に阻まれた。

「梶原は役に立たなかった。済まない、三隅」

苦々しい表情を浮かべて森岡が言う。三隅は黙ってうなずいていた。

森岡が梶原を見上げてきた。

「専門家が考えに考えた末の手だ。苦渋の決断だ。今度は本当に人質が撃たれる恐れがある。三隅の策で行くしかない。私も三隅の案を支持する」

森岡は氷川台事件を経験している。あのときもそうせざるを得ない状況にあったのだった。

戻りましょうと白山が促してきたが、梶原は床を見つめて考えを巡らせていた。犠牲者が出る。また命を落とす者が出る。黙って見ているしかないというのか。避ける手はないのか。

ホシの目的は佐久議員の殺害。しかし、なぜ、羽島安美を襲ったのか。一体、佐久議員とホシの間に何があったのか。未だ動機が見えて来ない。動機。それだ。

梶原は顔を上げ、野川に詰め寄った。

「動機が分かれば、投降にもっていけるんじゃないのか？」

植村と話していた野川が何事かと振り返った。

「動機？」

「ホシは佐久議員に強い恨みを抱いている。恨みの原因となったトラブル。それが分かれば、ホシを止められないか？」

「交渉材料にはなります」

あっさりと認めて、野川は続ける。

「トラブルの内容を把握するだけでは無理です。核心をつく情報でなければ、ホシを止められない」

「核心をつく情報というと?」

「実際に入手してみなければ分からない。今、ここでそれだと決められるものじゃない。そもそもそれを割り出す手がない。佐久議員の聴取は中止された。そちらに人員を振り向けることはできない」

「俺が調べる」

「二時間、いや、あと一時間四十五分。とても間に合わない」

このまま引き下がる訳にはいかない。

梶原は正面から野川を見据えて訴える。

「犠牲者を出したくない。人質を死なせてはならない。傷つけさせてはならない」

野川は困惑して立ち尽くしている。

森岡が立ち上がり、三隅に体を向けて言う。

「梶原にやらせてやってくれ。頼む」

三隅は森岡の目を見てじっと考えていたが、ほどなくして梶原に視線を向けてきた。

「タイムリミット直前までは待つ。それまでに入手できなければ、強行突入する」

どれだけやれるか分からないが、やるしかない。

梶原は即答した。

「やります」

白山も続いた。

「私も行かせて下さい」

森岡は当然だとうなずく。

「必ず見つけ出せ」

森岡の言葉に、梶原は深く一礼し、佐久議員の居場所を聞くと、ドアへ進んでいく。

移動指揮車を下り、白山を従えて歩き出したところで、後ろから靴音が聞こえてきた。

森岡だった。

もう話は終わったではないかと思いつつ、梶原は足を止めた。

森岡が梶原の前に来ると、バスを一瞥し、白い息を吐き出しながら言った。

「あいつは氷川台事件から何一つ変わってない」

「三隅管理官ですか」

「ああ。被疑者には自分が犯した罪の重みを分からせ、償わせるべきだと訴え、最後まで譲らなかった」

氷川台事件では、射殺か否かを巡って協議が行われた。反対者の方が多かったというが、そこには特一係の三隅も含まれていたのだ。

「三隅の考えはずっと前から同じだ。だから私が動くしかなかった。そしてやっと清水が見つかった」

森岡は言って、清水がいる講義棟の屋上の方に視線を投げた。

安住が計画した特一係専属の狙撃手の配備。適任者を探し出すため、安住と森岡が動いていた。本来、特一係の管理官の三隅の仕事だが、三隅が強く拒絶していたため、森岡が代行していたのだった。

「三隅はもともと殺人犯捜査係の刑事だった。殺しが専門の刑事だ。長いこと特殊犯捜査係にいるが、未だ刑事根性が抜けない。狙撃を嫌っている。俺も三隅も課長も犯人を殺したくない。警察官は皆同じ気持ちだ」

森岡は梶原の肩を叩き、力のこもった声を放つ。

「何としてでも見つけ出せ」

「了解です」

梶原が応じると、森岡は広い背中を向けて移動指揮車の方へ戻っていった。

与えられた時間はわずかだ。

梶原は白山に行くぞと告げた。

10

白山がステアリングを切り、西に向かってキザシを走らせる。助手席には梶原が着いていた。

封鎖区域を出たところで、梶原は赤色灯とサイレンのスイッチをオンにした。

環七通りを越えて住宅街入り、西へと走っていく。練馬駅前を通過し、豊島園(としまえん)通りを北上していく。ダッシュボードの時計は二時九分を指していた。

目的地の病院まで二キロ程の場所まで来たとき、白山が沈黙を破った。

「なぜ課長は現場に来ないんでしょう。そろそろ来てもいい頃でしょう」

「今来たところで何かできる訳じゃない。課長が臨場するとすれば、強行突入の前じゃないか」

現場の最高指揮官は三隅だが、今度は捜査一課長も立ち会う必要性が出てきた。強行突入が決定したのだ。

白山が納得するのを横目に、梶原は携帯電話を開いた。登録しておいた番号を押す。コール音が五回鳴ったところで、麻布署の中野刑事の声が聞こえてきた。

「中野です。どちら様？」

「梶原だ」

「大変なことになりましたね。バスジャックまで起こした。ショットガンも隠し持っていたとは。しかも撃った」

テレビの生中継は再開されていた。グラウンドに止まったバスを捉えたライブ映像と先程のホシの女が発砲する録画映像が流されている。中野はどこかでテレビを見たのだろう。

「あれは威嚇だ」

梶原は断ち切るように言って、本題に入る。

「そちらの捜査状況を教えてくれ。今どこにいる？」

「羽島安美さんの部屋です」

やはり、テレビが見られる場所にいた。

「佐久議員がそこに来ていた形跡はあるか？　泊まっていったような様子はないか？」

「ホシの女に呼び出された議員ですね」

中野はホシが出した要求を把握していた。バスジャック事件の状況はある程度、襲撃事件の捜査員にも伝わっているようだ。

「ありません。男の気配がない。詳しく調べてみないと断定はできませんが」

「羽島安美さんの常連客か？」

「そちらまでは手が回りません。勤め先は六本木のクラブ・アルファ。留守番電話になってます。この時間ですから、まだ従業員も出て来ていないんでしょう」

スタッフが出て来るのは夕方近くだろう。それまで勤務先での聞きこみはできない。

梶原は質問を変えた。

「近隣住民の評判は？」

「住み始めて三ヶ月。これといった情報は出てきません。すれ違ったときに会釈するぐらいで、話をしたこともない住人が殆どです。水商売をしている人だという認識はありました。高齢の婦人が助けて貰ったという情報があったぐらいで。階段で転んで怪我をしたとき、羽島さんが自分のスカーフを足に巻いて、救急車を呼んでくれた。そのとき看護師だったと言ったそうです。それぐらいですね。これから何か出てくるかもしれませんが」

「出たらすぐに知らせてくれ。直接電話をくれ」

「了解です」

進展らしい進展はない。けれども、看護師という言葉が頭に引っかかった。

梶原は携帯電話をポケットに戻し、白山に頼む。

「おまえの携帯を貸してくれ。調べたいことがある」

「スマートホン、使えるんですか？」

「瑞希に教えて貰った」

白山が背広の内ポケットから抜いて差し出してくると、梶原は受け取ってスマートホンに指を走らせた。様々なホームページを移動しながら、内容を頭に入れていく。

「何を調べているんです？」

「話しかけないでくれ。間違う」

梶原は小さな文字と格闘しながら、集中して作業を続ける。

環八通りにさしかかり、迷彩トラックの車列が現れた。近くに陸上自衛隊の練馬駐屯地がある。環八通りを渡り、都営住宅のわきを通過し、住宅街を通る道に入っていく。

作業を終えてスマートホンを返すと、白山が横目で見て言った。

「優秀な家庭教師のお陰ですね。それだけできるんなら、スマートホンにした方がいいのに」

「今ので十分だ」

「そう来ると思ってました」

替える理由もないが、替えない理由もなかった。意固地だと言われればそれまでだが。

低い家並みの向こうに、一際高いビルが現れた。

　緩やかなカーブを曲がりながら、目的のビルに近づいていく。左手に真新しい薄いクリーム色のマンションが五棟建ち並び、右手に特別養護老人ホームがある。更に進むと、灰色の十階建てのビル全体が現れた。

　東成会稲城総合病院。佐久議員が理事を務めている病院だ。

　病院の敷地に乗り入れたキザシが駐車場に止まった。

「相手は都議会議員です。容疑者でも重要参考人でもない。協力して頂くんです。くれぐれも失礼のないように」

「おまえがついているじゃないか」

　白山は言ってドアに手をかけた。

「止める方も苦労するんです」

　キザシを下り、梶原は病院を見上げた。灰色の雲を背景にして、真新しい外壁の建物が聳え立っている。今にも雨が落ちてきそうな気配で、また気温も下がったようだ。

　午後二時十五分、正面玄関の最初のドアをくぐった。壁に診療科目の看板が出ている。脳神経外科、心臓血管外科、内科、産婦人科、小児科、腫瘍内科、放射線科などと幅広い診療科目が入った最新の大型総合病院だ。

　明るく広いロビーに置かれた椅子は患者たちで埋まっている。

総合受付に歩み寄り、梶原は警察手帳を出して四十代後半の女性事務員に言う。

「警視庁捜査一課の梶原と言います。佐久保昭先生に取り次ぎをお願いします」

「捜査一課の刑事さんたちは先程帰られましたが」

特一係の錦と蒼井のことだ。

「あらためて佐久先生に事情を伺いたいんです。早急に」

女性事務員が受話器を取って話し始めた。ほどなくして受話器を置き、顔を上げた。

「九階の第一会議室で待っておられます」

梶原は受付を離れ、白山とエレベーターに乗りこんだ。九階で下り、案内板に従って進んでいく。話し声や機械の音が遠ざかっていった。病棟を離れ、静けさが増していく。

第一会議室のドアをノックすると、中から男の声が聞こえてきた。

「どうぞ」

梶原は会議室に足を踏み入れる。広い室内にコの字形にテーブルが配置されている。北側の窓の外には曇り空が広がっていた。

最も奥にある壁を背にして、黒い背広の男がテーブルについていた。そのわきに、濃紺の背広を着た中年の男が立っている。

両肘をテーブルにつき、険しい顔の前で両手を組んでいるのが、佐久保昭都議会議員、五十歳。広い額の上の豊かな髪はきっちりと整えられている。頬骨と鼻梁が高く、俳優のような整った顔立ちだ。だが、都議会のボスと呼ばれた父親の佐久庄一のような貫禄はない。

佐久に近づいていくと、濃紺の背広の男が前に出てきた。

「ご苦労様です。秘書の甲元と申します。先生はお忙しい身です。できるだけ手短にお願いします」

梶原が名乗るより先に、甲元が慇懃な口調で言って小さく頭を下げた。歳は五十代半ばぐらいか、髪は短くきっちりと整えている。メタルフレームの奥にある目は細い。革靴は先程磨き上げられたばかりのような艶やかな光を放っている。

「いいんだ」

佐久は組んでいた手を解き、甲元に言った。

「ですが、先生。会合に間に合わなく――」

「バスジャック事件のことだろう。犯人は銃を撃ったそうだね。非常事態だ。できる限りの協力はする。ただし、十分。それ以上の時間は取れない」

梶原がうなずいて礼を言ったが、甲元はどこうともせず、名刺を要求してきた。

梶原は聞きこみ用の名刺を差し出した。

「殺人犯捜査係ですか」

名刺を見ていた甲元が上目遣いで梶原に確認してくる。粘りつくような視線だった。警戒と敵意が混ざったような複雑な色が浮かんでいた。

「応援です。先程来た二人のバックアップです」

甲元は名刺を名刺入れにしまった。佐久が外してくれと言うと、廊下に出て行った。

梶原は佐久に向き直る。

「個人秘書まで付けておられるとは。さすがです。都議会議員の中でも個人秘書を雇っている方はごく一握りでしょう」

「理事の給料から支払っている。やましい金ではない」

都議会議員は、国会議員のように税金で公設秘書を置くことはできない。秘書を雇える程の高額の給料でもない。病院の理事であるからこそ、甲元をつけられたのだ。

佐久が座るように促してくると、梶原は長テーブルの下の椅子を引いた。白山は隣に腰を下ろす。角を挟み、佐久を斜めから見る形になった。

天井を振り仰いだ佐久は両手を頭の後ろに当て、吐き出すように言う。

「なぜ、私なんだね。私を呼んだところでどうにもならないだろう」

佐久の顔には、困惑の表情が浮かび上がっている。

特一係の二人は、バスジャック犯の要求内容を佐久に伝え、撮影したホシの女の写真を見せて、知っているかどうか訊ねている。ホシの女はまったく知らない。自分が呼ばれたことについてもまったく見当がつかないと答えていた。ここに来る途中で、佐久への事情聴取の内容を、三隅管理官から教えて貰った。幸い、ホシの目的だけは佐久に明かしていなかった。明かす前に、錦と蒼井の二人はバスジャック現場に呼び戻された。

「あらためてお訊きします。佐久先生はバスジャック犯の女をご存知ありませんか？」

「先程答えたが」

梶原は携帯電話を取り出した。ホシの女の映像をディスプレイに出し、佐久の前に差し出す。特一係が撮影した画像を転送して貰ったものだ。

「もう一度確認をお願いします。この女に見覚えは？」

佐久は吐息をつき、携帯電話を見やった。ディスプレイには、正面からとらえた女の顔が映っている。茶褐色の髪、くっきりとした目と少し小さめの鼻。美人の部類に入るが、鋭い眼光を宿した目が美しさを封じていた。

「何度訊かれても同じですよ。ありませんな」

そう言って、佐久は携帯電話から目を離した。女の顔を見ていたときの佐久の瞳に、揺らぎはなかった。何かを隠しているような様子も窺（うかが）えなかった。白山も同意見だという風に目でうなずいた。

ホシの目的は佐久を殺すこと。そのために、人一人を襲い、バスジャックまで引き起こした。

佐久に強い恨みを抱いている。一面識もないとは考えにくい。佐久議員を呼べと伝えられたときに、ホシの目の中には怨嗟（えんさ）の光が見て取れた。それとも、佐久が嘘をついているのか。白（しら）を切り通そうとしているのか。

梶原は別の方向から攻める。

「佐久先生は羽島安美さんという方を知っていますか？」

「知りませんな」

「三十五歳の女性。ゼクタス南青山というマンションに住んでいます」

携帯電話のディスプレイを見やり、佐久はまた否定した。運転免許センターから取り寄せた羽島安美の顔写真だ。

「知らないと言ったでしょう。さっき来た刑事さんにもそう答えましたが」

紳士的な口調だった。見下している様子はない。真面目に応対している。羽島安美の顔写真に目をやったときも、表情に変化はない。

「さっきから先生と呼んでいるが、止めてくれないか。そう呼ばれるのは好きではない。

身内は誰も使わない」

「秘書の方が先生と呼んでおられましたが」

「甲元は立場上仕方ない」

議員の中では異色だろう。先生と呼ばれて持ち上げられるのが当然だと思っている議員の方が多い。佐久の言葉づかいも丁寧で、居丈高な雰囲気はない。ただし、服装には金をかけている。高級腕時計のブライトリング。背広もブランド物の高級品のようだ。

「遠慮なくそうさせて頂きます」

梶原は素直に引き下がり、質問を再開する。

「率直に訊きます。佐久さんは羽島安美さんと交際していたのではありませんか?」

佐久の口角が上がった。

「刑事さんは皆同じことを訊くんですな」

梶原が答えようとする前に、白山が応じた。

「しょっちゅう嫌がられています」

そうだろうとでも言いたげな顔をしたが、佐久は笑みを浮かべただけだった。笑顔はすぐに消えた。

「愛人などいない。第一、その羽島さんという人を知らない」

「六本木のクラブ・アルファという店に行ったことはありませんか？」

「クラブ・アルファ」

佐久が繰り返し、宙を見て考えた後、首を横に振った。

「ありません」

「ホステスがいるような所に行きませんか？」

「銀座や世田谷区内の店は使うが、六本木には行かない。世田谷区内ではあちこちの店を回っている。特定の店にすると、票につながらない。父の教えですが」

東成会グループという票田を持っていても、不足なのか。

自信があるのか、愛人に関する問いには鷹揚だった。

「愛人がいるかどうかは家内に訊いてもらった方が早い。女の勘は鋭い」

「同感です。後ほど確認します」

政治の世界では、愛人の存在など珍しくもない。動揺する者の方が少数派なのか、佐久の表情に変化はなかった。

梶原は圧を加える。

「バスジャックした女は、羽島安美さんの携帯電話を奪った。携帯電話に佐久さんとの通話履歴が残っていた。もしくは、メールやＬＩＮＥでのやりとりが残っていたとしたら？」

「そちらも調べてくれて結構。仕事用と私用だ」

佐久は二台のスマートホンを出してテーブルに置き、パスワードを口にした。動じる様子はない。

羽島安美との通信記録はスマートホンには残っていないだろう。連絡があったとしても、簡単に消せる。スマートホンの本体になくとも、携帯電話会社に通信記録が残る。羽島安美の携帯電話の通信履歴を問い合わせたが、まだ出そろっていないという。今から携帯電話会社に照会依頼をしても、タイムリミットまでに間に合うかどうか分からないのだ。

顔写真にも通信記録にも反応なし。だが、まだ一つ残されている。

梶原は椅子ごと佐久の方に近づいて言う。

「もう一つお願いがあります。羽島安美という人物が、こちらの病院で働いていた記録がないか調べて貰えませんか？」

「働いていた？」

佐久の顔に困惑の表情が浮かんだ。

「特別養護老人ホーム、有料老人ホーム、デイサービスセンター、訪問看護センター。すべての記録を調べて下さい」

「東成会グループ全部か」

「そう。すべてです」

東成会稲城総合病院のホームページによると、職員は二百人を越えている。系列にある老人ホームや介護施設などを含めると、千人以上の人間が働いている。病院東側にあるマンションのような五棟の建物は、いわくに福祉会が運営する有料老人ホーム。資産家や高額所得者向けであることは、利用料と広い間取りの写真からもうかがえた。病院のすぐ隣に、巨大な介護施設が造り上げられているのだ。

白山は先程から一言も口をきかず、佐久と梶原の顔を交互に見ているだけだ。

梶原は佐久に問う。

「東成会グループで医療ミスや介護事故は起きていませんか？　ここ十五年の間で」

佐久は困惑を深めた。額に深い皺が何本も浮き上がった。

「羽島安美さんを襲った女は、この病院のせいで家族を亡くした。あるいは、介護中の不手際で家族が死亡した。それを恨んで犯行に及んだ」

「どうしたら、そんな考えが出てくるんだね？」

佐久は医師免許を持っていない。法学部の出身だ。佐久が直接関わるような案件はないだろう。だが、間接的な責任を問われることはあり得る。

「佐久さんは病院と介護施設の両方で理事を務めておられますね。都議会議員で顔も広く知られている。代表者としてホシの目に映ったのかもしれない」

「両方とも今の理事長は親父です。立候補前に、私は理事長を辞めた。一理事に過ぎない。代表者として見られるのなら、親父の方でしょう。有名人でもあるし。仮にそうだとしたら逆恨みだ」

「逆恨みでも、犯行の動機になるんです」

「医療ミスも介護事故も起きていない。裁判沙汰になったら、理事会に報告がある」

「記録を調べて下さい。裁判に訴えられなかった。けれども、抗議に来たかもしれません」

佐久は広い額に手を当てた。

「十五年分となると大量だ。電子化されていない物もある。どれだけ時間がかかるか」

「お願いします」

「分かった。調べさせよう」

羽島安美には看護師の経験がある。佐久庄一が率いる東成会グループで働いていたときに接点を持ったのではないか。そう踏んで質問したが、手ごたえは感じられなかった。

梶原は質問を変えた。

「佐久さんは都議会で主にどんな仕事をされているんですか？」

「厚生委員会所属。医療と福祉の充実を図るための活動がメインだ。ホームページを見て貰った方が早い。そちらに詳しく載せてある」

白山のスマートホンを借りて見たが、かなりの量ですべてに目を通す時間はなかった。

梶原は窓の外に目を向けて訊く。

「あの介護施設も佐久さんの政策の成果ですか？」

佐久が立ち上がる。長い時間座っていたのに、スラックスに皺一つできてない。高級品だ。

「父です。病院と老人ホームを一代で築き上げた。私は父の下で経営の手伝いをしてきただけ。手前味噌になるが、これだけの施設は都内でも他にないでしょう。その上、父は都議会でも事実上のトップの座に就いていた。勿論、都議会議員をしている間は、一理事だったが」

老人ホームの設立には都の認可が要る。これだけ大規模の施設となると、莫大な費用がかかる。公的な補助金も必要だ。都議会の実力者という力があったからこそ可能になったのだろう。表に出て来ないだけで。

佐久保昭自身も、父親が権力の行使をしたことは承知しているに違いない。だが、捜査対象になりかねないと気にかける様子もなかった。神経の太さは父親譲りか。

「東京でないのなら、地方にもないでしょうね」

沈黙していた白山が水を向けると、佐久は満足気にうなずいた。

「これで終わるつもりはない。高齢者の介護と医療はこれからもっと必要になる。生まれてから死を迎えるまで。人生生活すべてを充実し、豊かにするのが私の考え。病院と介護施設をセットにした街を都全域に広げていく。いつまでも二世と言わせてはおかない」

佐久の横顔は真剣そのものだ。ただの二世政治家とは違う。佐久は父親以上の野心家かもしれない。

肝心の交渉材料になるような情報は得られていない。何とかして、強行突入を回避する。人質が犠牲になるようなことはさせてはならない。何とかしてホシを止めなければ。

梶原は切り札を切る。

「バスジャック犯の目的は、あなたを殺害することです」

「私を殺す？」

佐久の表情はまったく変わらない。

梶原は腰を上げ、佐久の目を見据えて迫っていく。

「バスジャック犯はあなたを殺すために呼んだんです。心の底からあなたを憎んでいる。

間違いなく、大きなトラブルがあった。何があったんです?」

佐久の瞳孔が一瞬小さくなった。動揺の光が現れ、消えた。

佐久は冷ややかな声を放つ。

「勘違いも甚だしい。何かの誤解だろう。私は人に恨まれるようなことはしていない」

取り合う様子もない。

梶原は佐久に訴える。

「人質の命がかかっているんです。話して下さい」

詰め寄ろうとしたとき、ドアが開いた。甲元が入ってきて、梶原の前に立ちはだかった。

「時間オーバーです。お引き取り下さい」

「待ってくれ」

「最大限の協力はしました。これ以上しつこくされると、こちらも法的措置を取ります。どういう意味かお分かりでしょう」

事情聴取は任意であって、法的拘束力はない。

冷ややかに言った甲元が、真っすぐ梶原を見据えてくる。口調は丁寧だが、目には威圧的な光が宿っている。絶対に退かない覚悟を全身から漂わせていた。場慣れしている。弁護士を呼ぶとは言わなかった。自分一人で解決できる自信があるのだ。

甲元は有無を言わせぬ口調で繰り返す。

「二度とこちらには顔を出さないように」

佐久は襟元を整えながら立ち上がった。甲元の前に立ち、ドアの方へ進んでいく。甲元はいいですねと梶原に念押しし、佐久の後を追っていった。

11

梶原は白山と並んで、東成会稲城総合病院の建物に沿って駐車場へ歩いていく。雲の厚みは増し、今にも雨が落ちてきそうだった。

携帯電話のディスプレイに、バスの中にいるホシの顔が映っていた。アナウンサーがバスジャック事件の経過を繰り返し伝えていた。午後二時三十二分、今のところ動きはない。無線からもホシの動きは流れてこない。人質たちは無事だ。

携帯電話を畳んだところで、白山が口を開いた。

「ネット情報は信用できないと言ってましたよね」

東成会グループについてスマートホンで調べていたときのことを言っているのだ。

「便利なものだ。アウトラインを知るには十分だった」

「益々優秀な家庭教師に会いたくなりましたよ」

「もっとも、自分の目で確かめないと、本当のところは分からない。佐久議員のバックが大きいことも強いことも、話をして分かった」

「巨大な資金力と権力をものにしている。実感できました」

白山はそう応じ、羽島安美に話題を移した。

「看護師から水商売に転身する人は意外といる。全く違う世界だと思われがちだが結構似ているところがある。世話をしたり、話したりすることで相手が喜ぶ。羽島安美さんは看護師だったと言っていた。その線から辿ってみることにしたんですね。羽島安美さんは三十五歳。早い人だと十八歳で看護師になる。それでここ十五年と幅を取った」

「おまえもいい読みをするじゃないか」

「何年梶原さんについてると思ってるんですか」

「結構長いな」

「十年にはなりますね」

そんなにもなるのかと思いつつ、梶原は話題を戻した。

「羽島さんが勤務していた記録が出てくると思うか？」

「おそらくないでしょう。佐久議員は無反応に近かった。身に覚えがあれば、僅かでも反応がある。ここでの二人の接点はない」

「携帯電話はどうだ？」

「簡単に出してきましたからね。かなり自信がある。それぞれ別の携帯電話を使っていたのかもしれません。二人だけのホットラインとして。東成会の法人名義の携帯電話だとすると、痕跡をつかむのは難しい。タイムリミットには間に合わない」

「ホシの女が羽島安美さんから携帯電話を奪ったのは無駄だったってことか」

「そうなりますね」

白山の観察眼は鋭い。肝心なところは見逃していない。

「同感だ」

キザシの前で立ち止まり、梶原はドアロックの解除ボタンを押した。

助手席側に回った白山が、キザシの屋根ごしに問いかけてくる。

「佐久議員からの情報は期待できません。どうします？　襲撃現場に引き返しますか？」

佐久から辿る道は断たれた。これ以上粘っても、ホシの女の身元も、佐久との関係も分からない。

現場百回。一連の事件はマンションの地下駐車場から始まった。羽島安美のマンションの部屋に行き、佐久が出入りしていた痕跡を見つけ出す。白山はそう考えているのだ。

愛人関係にあれば、泊まることもあったに違いない。何らかの痕跡は残っている。そちらの線を追う方が確実だ。

だが、それで間に合うか。佐久も羽島安美と愛人関係にあったことを認める。けれども、ホシとの間に何があったかまで吐くとは思えなかった。

ホシは何としてでも佐久を殺そうとしているのだ。生半可なトラブルではない。

梶原はキザシの屋根に片手をついて考えを巡らせる。

一刻も早くトラブルの中身をつかまなければ。佐久が無理なら、ホシから辿るしかない。しかし、肝心のホシが何者なのか分からない。どうしたらいい――。

懸命に頭を絞る梶原は、一つの策に辿りつき、顔を上げた。

「俺はホシが乗ってきた車から割り出し作業をやる」

「車」

「カローラ・フィールダーの所有者を当たる」

「盗難車かもしれません。まだ届が出ていないだけで」

梶原は首を横に振った。

「ホシは計画的に動いていた。車を目立たない場所に止め、マンションに行って羽島安美さんを待ち伏せした。佐久議員のことを聞き出す前に、警察に捕まったらすべて水の泡だ。

盗んだ車を使うような危険は冒さなかっただろう。借りたか、ホシが普段から使える車に乗ってきた。車からホシを割り出す」

「それじゃ、俺はマンション担当ですね」

頼むと言って、梶原は自分の読みを付け加えた。

「ホシは下見して、羽島さんの行動パターンをつかんでいた。羽島さんは普段、正面玄関から出入りしていた。出勤するときはタクシーだろう。ホシは地下駐車場で襲っている。人目につきにくい場所を選び、待ち構えていた。ホシが防犯カメラに写っている可能性がある。マンションの住人や近隣住民に見られた可能性も。身元の割り出しにつながる情報を得られるかもしれん」

白山の口から白い息が流れた。吐息が風に飛ばされ、たちまちのうちに消えた。

「しかし、梶原さんを一人にする訳には――」

「一方が外れても、もう一方が当たるかもしれん」

「誰が止めるんです？　今度違法捜査をやったら、ただでは済みませんよ」

「約束する。そんなことはしない」

四ヶ月前の連続狙撃事件では明確な違法行為をした。次は懲戒処分は免れない。

梶原は白山の視線を受け止めた。

「時間がない。何としても強行突入を止めたい。人質も犯人も死なせる訳にはいかないんだ」

白山は二時三十四分を指した腕時計を一瞥し、鈍色(にびいろ)に染まった天を仰いだ。少し考えた後、梶原に向き直る。

「そちらで有力な線が出てきたら、すぐに連絡して下さい。一人で勝手なことをしないように」

梶原はうなずき、中野刑事に電話してカローラの所有者の住所を聞いた。大田区の蒲田(かまた)だった。

電車で南青山に戻る白山を乗せ、梶原はステアリングを握ってキザシを発進させる。白山がカーナビに日高工業の住所を入れて目的地に設定した。

一・五キロ程走ったところで、白山は外に出て地下鉄の駅へ駆けていった。

今、都の北西部の端だ。都の南端にある大田区蒲田まで二十キロ以上。タイムリミットの三時五十六分まで、あと一時間二十分だった。

梶原はアクセルを踏みこむ。空いたスペースを見つけて飛びこみ、ときには反対車線に出て進んでいく。スピードメーターの針は四十から八十に跳ね上がり、一気に下降する。急加速と急減速の繰り返しだ。

豊島園通りを南へ向かい、環七通りを目指す。環七通りに入ると、速度は更に上がった。都内の大動脈だというのに車線が狭く、隣の車が近い。交通量こそ多いものの流れはいい。ミニバン、タクシー、イタリア製の赤いコンパクトカーが、次々と車窓を後方へ流れていく。

追い越しをかけながら、環七通りを南に走り続ける。緩やかな下り坂だ。下りながら海の方へと続いているのだ。

長い車列の向こうに首都高速四号線の高架橋が見えてきていた。二時五十七分。目的地まで十二キロ。ルートの半分は消化した。

ホシは今何をしている。眼鏡の男はもちこたえているだろうか。

梶原は携帯電話を出して開き、発信ボタンを押した。四コール目の途中で、清水の声が耳元に流れてきた。

「清水です」

「今、話せるか?」

「無理なら出てません」

淡々とした口調で清水が応じてくる。

梶原はスピーカホンに切り替え、前方の車を避けて走らせながら清水に訊く。

「まだ屋上にいるのか？」

「ええ。狙撃待機中です」

「強行突入が行われることは知っているのか？」

「連絡がありました。あと五十六、七分ですね。状況によって、一、二分の誤差は出ると」

強行突入の決定は、清水に届いていた。当然、狙撃命令は出ない。にもかかわらず、清水は狙撃態勢を保っている。

「だったら、なぜ、そこに留まっている？」

「射殺命令が出たときに備えてです」

清水が淡々と返して続ける。

「万が一のためです」

射殺命令は出ない。なのに、清水は冷えたコンクリートに座り、二時間半近くもレミントンを構えてスコープを覗き続けている。狙撃態勢を取り続けているのだ。徒労に終わることも承知の上で。

「進展はあったんですか？　交渉材料になる情報は見つかったんですか？」

「森岡管理官から聞いたのか？」

「ええ」

ためらいの響きがあった。もしかしたら、清水は自分に期待しているのではないか。交渉材料が見つかり、ホシの女が投降する。人質は解放される。

人質もホシも特一係員も死なずに済むのだ。もしもだ。もし、仮に強行突入ができなくなり、狙撃に変更される。その可能性はゼロではない。何らかの事情で、運転席横の窓が開いたら——。

狙撃命令が出ても、清水には引き金が引けない。三人の命を奪った。四人目は無理だ。命令を遂行できる自信がない。だから、その前に事件が終息するのを願いつつ、捜査の進捗状況を訊ねてきたのではないのか。

「無駄です。たった一時間かそこらで見つかるものではないでしょう。こう言ったところで、梶原さんは諦めないでしょうが」

冷やかな口調に戻っていた。考え過ぎだったか。穿ち過ぎだったか。

「お互い様だな」

声は聞こえてこない。今それを確かめたところで、どうにもならないのだ。

梶原は一呼吸つき、最も気にかかっていた質問をした。

「さっきホシにドアまで引っ張って行かれた眼鏡の男は大丈夫か？　パニックを起こして

いないか？」

「落ち着いてます。眼鏡の男の震えは止まった。逃げ出す様子もありません」

「ホシは？」

「ずっと警戒態勢を取っています」

　わきばらの近くでショットガンが火を噴いたのだ。衝撃は収まったようだ。威嚇のための発砲だと気づいたかもしれない。だが、次は本当に撃たれる。衝撃が消え、不安と恐怖でいっぱいになっているに違いなかった。何とかして逃げ出そうとする。非常ドアに向かって走り出す。そうなったら、ホシは止めようとして撃つかもしれない。車内はパニック状態になる。三隅管理官は即強行突入させる。どれだけの犠牲者が出るか分からない。暴発の危険は時間が経つに連れて高まっていくのだ。

「何か起きそうな気配があったら、教えてくれ」

　頼むと最後につけ加え、左手を伸ばしてオフボタンを押した。清水の声が消え、一際大きくサイレンの音が聞こえてきた。

　今のところ、ホシが暴走する気配はなさそうだ。だが、いつまでも同じ状況が続くとは限らない。

　首都高速三号線の高架橋が遠くに見えてきていた。目的地まで十一・五キロ。到着予定時刻、三時七分と出ている。

梶原は、三時ちょうどを指した時計を一瞥し、アクセルを更に深く踏みこんだ。

12

野沢(のざわ)に入ったところで、ホルダーの携帯電話が鳴った。ディスプレイに瑞希の名前が出ている。

梶原は反射的にアクセルを緩めていた。

三コール鳴り、着信音が途切れた。

胸騒ぎがした。瑞希から仕事中にかかってきたことはない。緊急時以外はかけないようにと教えてある。勿論、梶原が今日から仕事に出ていることは、瑞希も知っている。

瑞希に何かあったのか。今日は始業式だ。普段なら学校にいる時間だが、早目に帰宅の途についている。何か起きて、助けを求めてきたのか。

梶原は左手を伸ばし、瑞希にかけ返す。一コール目で瑞希の声が聞こえてきた。

「父さん」

か細くつぶやくような低い声音だ。

「どうした？　何かあったのか？」

梶原が急（せ）いて訊くと、瑞希は安堵の息をついた。

「良かった。無事だったんだ」

「おまえこそ。誰かに何かされたんじゃないのか？」

「何にもない。家でテレビを見てるだけ。ごめんなさい。仕事の邪魔をして。切るね」

何もなかったのだ。安心すると同時に疑問が湧き上がってきた。これまで電話連絡を控えてきたにもかかわらず、今日初めて梶原の携帯電話を鳴らしたのだ。

梶原は前の車を避けながら、携帯電話に向かって言った。

「普段電話してこないおまえがかけてきたんだ。何かあったんじゃないのか？」

柔らかな口調で問いかけると、瑞希は逡巡（しゅんじゅん）し、遠慮がちに答えた。

「心配だったの。テレビでバスジャック事件をやってる。父さんの背中がほんの少し写った。犯人が銃を撃った。怪我人はいないって繰り返してたけど、本当かどうか確かめずにいられなくなって」

ホシの女が発砲したとき、生中継は行われていなかった。録画映像を流しているのだろう。バスジャック事件現場にいる父親の姿を見つけ、怪我をしていないか心配になって堪らず電話してきたのだった。

心配し過ぎだ。考え過ぎだとは言えなかった。まったく予想もできないことで、母親を亡くしている。それに、もし自分が命を落とすようなことになれば、瑞希は一人取り残される。

「大丈夫だ。現場は離れた。もう心配しなくていい」

「分かった。あと一つだけ言ってもいい」

「何だ？」

「あの犯人の女の人、ときどき悲しい顔をする。私にはそう見える」

「それだけか」

「そう」

「分かった。とにかく、何も心配する必要はないからな」

念押ししてオフボタンを押し、梶原はステアリングを握り直した。

瑞希の言葉がひっかかっていた。悲しい顔。これまで見てきたのは、怒りや恨みなどの激情に溢れた顔ばかりだった。なのに、瑞希は悲しいと感じることもあった。自分は何か見落としていなかったか。

考えたところでどうにかなる訳でもない。未だホシの名前も不明なのだ。交渉材料を見つけ出さなければならない。

梶原は瑞希の言葉を頭から追い出し、環七通りを飛ばしていった。

海が近いせいか、空が大きく広がったように感じられた。

梶原はキザシを飛ばし、第一京浜を南下していく。大型トレーラーや小型トラックなど業務用の車が多い。

京急線の踏切を越え、西に進んでいく。町工場が建ち並んだ一角に入った。路肩に止まったトラックのわきを抜けると、日高工業と壁に描かれたコンクリートの建物が見えてきた。

鉄製の古びた看板がかかった門柱のわきを通り、敷地内に入る。正面に十メートル程の高さのコンクリートの建物が立っている。建物の灰色の外壁は雨だれで薄汚れていた。

二台並んだトラックのわきにキザシを止め、赤色灯を落としてエンジンを切った。三時八分。タイムリミットまであと四十八分だ。

ドアを開けた途端に額に雨粒が来た。雲は一層厚さを増している。いつ本降りになってもおかしくない空模様だ。

コンクリートの建物にはシャッターが下りている。シャッターごしに、金属がこすれ合う音が聞こえてくる。シャッターわきのアルミドアの前で立ち止まり、インターホンを押した。

「ごめん下さい。警視庁の梶原と言います」

ドアが開き、四十代前半くらいの女性が出てきた。事務員だろう、紺色のカーディガンを羽織っている。

「警察の方ですか」

確認するような口調だった。

梶原は警察手帳を見せて切り出す。

「責任者の方はおられますか。こちらの会社の車のことで伺いたいことがあります。銀色のカローラ・フィールダーで――」

続けてナンバーを口にすると、女性事務員は梶原を招き入れた。事務室の一角にある応接セットに案内された。ファンヒーターが動いており、外とは比べ物にならないくらい暖かい。

「そちらでお待ち下さい」

女性事務員が言い置いて廊下に出て行く。

年季が入った合皮製の応接セットを前にし、梶原は事務室内を見回す。十五畳程の部屋の中央にスチール机がまとまって置かれ、二台のデスクトップパソコンが載っている。壁はロッカーで埋まっていた。東側にある窓から外が覗けた。仕事をしていて、女性事務員は覆面パトカーが入ってきたことに気づかなかったのだろう。隅にあるテレビの電源は入っていない。タイムカードは七枚。社員七名の小規模事業所だ。応接セットのわきには社長用とおぼしき机があった。

「お待たせしました。専務の日高祐介です」

灰色のつなぎを着た男が入ってきて、汗染みがついた帽子を取った。胸ポケットに会社の名前の刺繍が施されている。四十代前半くらいか、細身で背が高い。

日高が座るように促してくると、梶原は所々擦れて色が変わったソファーに腰を下ろし、早速本題に入った。

「カローラ・フィールダーはこちらの会社が所有者になっています。普段使っている方は?」

質問には答えず、日高が訊き返してきた。

「事故ですか?」

三隅管理官が所有者を調べるように手配したが、調査に取り掛かる前に打ち切られたのかもしれない。こうした類の聞き取りには、刑事の捜査技術が要る。相手に白を切られたら、肝心の情報は取れない。

梶原は日高の反応を窺いながら、代々木公園近くの住宅街で起きた事故の状況を説明してから訊いた。

「カローラの盗難届は出さなかったんですか？」

「盗まれていないんですから。どうしてそんな所にあったんです？」

「そのカローラに乗っていた女がバスジャック事件を起こした」

「バスジャック――」

大々的に報道されているのに、知らないのか。いや、知らなくても無理はない。事件が報道され始めたのは午後一時を過ぎてからだった。普通の会社なら昼休みが終わった後になる。

「テレビをつけて」

日高が振り返ると、女性事務員が慌ててリモコンを手にした。

テレビ画面に、大学のグラウンドに止まったバスが映し出された。ついでショットガンを持った女の映像に変わった。生中継は止まり、録画された映像が繰り返し放送されている。眼鏡の男のわきで、ショットガンが火を噴く瞬間もとらえられていた。その映像に、事件の経過を伝えるアナウンスが重なる。三時十二分。依然として膠着（こうちゃく）状態が続いていた。

「仕事で手いっぱいでニュースを見る暇もなかった。なんでうちの車が……」

困惑した表情を浮かべた日高の声が途切れた。女性事務員は食い入るようにテレビを見ている。

梶原は日高に問う。

「バスジャック犯の女を知りませんか。見覚えは？」

「ありません。知る訳がない」

日高はきっぱりと否定する。女性事務員も首を横に振った。

「こちらの社員では？」

「違います。こんな女はいません」

日高の声のトーンが上がった。

社員ではないのだ。盗まれたのだとしたら、ホシの特定は難しくなる。

「カローラはいつもどこに止めているんですか？」

「裏の駐車場です」

「見せて下さい」

うなずいた日高が、こちらへと言って立ち上がった。

梶原は日高の後を追う。コンクリート敷きの廊下を進んでいく。金属がこすれる甲高い音が、作業場から響いてくる。機械油と金属が焼ける臭いがした。曇り窓から射しこむ光と天井の蛍光灯の光の中で、四人の男が黙々と働いていた。

「何を作っているんですか？」

「事業所用のエアコンの送風口や車の排気管の口。へら絞り加工の何でも屋です」

日高は突き当たりのドアを開けて出て行く。工場の裏手で、車一台分程の駐車スペースがあり、狭い道に接している。道の向こう側には二軒の家が並んでいた。その奥にも作業場らしき建物がある。町工場の密集地帯だ。

「いつもここに止めてありました」

日高が指した駐車スペースの路面には、車を切り返した痕が残っていた。壁際に二本の赤いコーンがあるだけだ。

梶原は日高に向き直って確認する。

「防犯カメラはないんですね」

「工場の正面の方にはありますが、こっちにまで付ける余裕はありません。裏口のドアは狭くて金属資材は運び出せないし」

「今日、最後にカローラを使ったのは誰です？」

「朝使おうとしたときにはありませんでした」

「なかった。なぜ通報しなかったんですか?」

「盗まれたと分かってたら百十番しますよ。でも、うちの奴が貸したって言うもんだから」

「誰に貸したんですか?」

「知りません。聞いてない」

そんなことがあるか。営業日に、会社の車を他人に簡単に貸したりはしないだろう。本当は日高がカローラを貸したのではないか。ホシが何をするか知っていて。ホシを知っている人間が目の前にいる。佐久議員に当たるより、ここに先に来るべきだったか。

頭の中で後悔と疑念が入り混じっていた。

慎重な対応が必要だ。ここで口を閉ざされたら、何も分からなくなる。交渉材料は得られない。

落ち着けと自分に言い聞かせ、梶原は気を取り直して念を押す。

「奥さんが貸したんですね」

ばつが悪そうな表情を浮かべ、日高は首を縦に振った。

「そうです」

「奥さんに会わせて下さい。家の住所を」

　日高は道路の向こうにあるえんじ色の屋根の二階建ての家を指さした。日高家は工場の隣だったのだ。

「うちの奴は出かけています。信用金庫に行きました。もうすぐ戻ってきます」

「どこの信用金庫です？」

「電話します」

　日高が離れ、携帯電話を耳に当てた。

「俺だ。急用だ。すぐに戻って来てくれ。裏口にいる。真っすぐこっちに来てくれ。寄り道すんなよ」

　携帯電話に向かって一方的に言い、日高は回線を切った。

「駄目です。うちの奴は運転してるときはいつもマナーモード。出たためしがない」

　留守番電話にメッセージを入れたのだろう。あるいはふりをしただけか。

「信用金庫の場所を教えて下さい。そちらに行きます」

「たいてい三時二十分頃には戻ってきます。ここで待ってた方が」

　梶原は腕時計を見た。三時十五分。すれ違いになる可能性が高い。

　焦るな、急くなと頭の中で繰り返し、梶原は言った。

「待ちます」

日高は長い息を吐き出し、工場の壁に寄りかかった。

梶原はからめ手から攻めていく。

「こちらのトラックには日高工業の名前が入っていた。なのに、カローラには何も書かれてなかった」

「あの車は社員にも貸し出してます。休日に家族と遊びに出かけたいときなんかに。福利厚生の一環です。うちみたいな零細にはそうそう金を出せない。会社の名前入りの車だと、恥ずかしいって言う子供もいますからね。若い奴らも敬遠するし。うちの奴が気を遣って、無理して乗用車のワゴンタイプにした。俺は安くて頑丈な商用ワゴンで構わなかったんですが」

それでカローラに会社名がなかったのだ。

だが、日高は落ち着かない。爪先を何度も路面に打ちつけている。

甲高いエンジン音が聞こえてきた。白いフルフェイスのヘルメットを被り、赤いダウンジャケットを着た女が乗ったスクーターが近づいてくる。敷地に入ってきて、日高の前で停止した。

運転手はヘルメットと手袋を脱ぎ、慣れた手つきで乱れた髪を整える。日高の妻だろう、ズボンが日高と同じデザインだ。年齢も同じ四十代前半だった。

スクーターを下りた女が梶原を見て会釈すると、日高に向き直ってショルダーバッグを軽くたたいた。

「当座に入れてきた。間に合ったわよ。急用って？」

「刑事さんだ。おまえに訊きたいことがあるそうだ」

日高が言うと、女は一瞬怪訝（けげん）そうな表情を浮かべた。梶原に一礼して名乗る。

「妻の春美（はるみ）です」

梶原は春美に体を向けた。

「急にお呼び立てして済みません。警視庁の梶原と言います。ご主人から、カローラを奥さんが人に貸したと聞きました。本当ですか？」

春美の視線が日高に流れる。日高があごをしゃくって答えるように促した。春美は梶原から視線を逸らした。唇は結ばれたままだ。

まさかと思いつつ、梶原は春美に訊ねる。

「奥さんが貸したんですか？」

沈黙が落ちた。工場の音が一段と高くなって聞こえてくる。

春美はうつむいて考えを巡らせていたが、ほどなくして顔を上げた。

「そうです。私です」

「誰に？」

「言えません」

「なぜ言えないんです？」

「言えないものは言えません。絶対に言いません」

強い光を宿した目で見つめ返し、春美は決然と言い放った。

間違いない。春美がホシに貸したのだ。

日高が妻に呼びかける。

「春美。どうした？　なんで言えないんだよ？」

反応はない。春美は、夫に目を向けようとさえしなかった。

梶原は春美に近づく。携帯電話を開き、ホシの写真を出して春美の目前にかざした。

「あなたが車を貸したのは、この女ですね」

春美は足元に視線を落としたまま、写真を見ようともしない。

知っているのだ。車を貸した相手が、バスジャック事件を起こしたことも。

「いつ犠牲者が出てもおかしくない状況です。バスジャック事件を起こす前、女性に車をぶつけて大怪我をさせた。人を殺すことも厭わない。ホシは何か大きなトラブルを抱えていた。それで事件を起こした。トラブルが何か分かれば、説得できる。人質を救える。知っていることを話して下さい」

梶原は訴えるような口調で言った。

春美はショルダーバッグをつかんだ細い手をぎゅっと握り締める。

「知りません」

「人質に危険が迫っている。あなたの答えに人の命がかかっているんです」

懸命に訴えたが、答えは変わらなかった。

「知りません」

日高が春美の両肩をつかんだ。

「自分のしてることが分かってんのかっ。おまえ、何したんだ？　人が死ぬかもしれないんだぞ。話せよ。刑事さんに話せ」

声を荒げて迫る夫を見上げ、春美は冷やかな声で応じる。

「あなたのせい。あなたのせいでこんなことになった」

「春美」

「家の車を勝手に友達に貸して。今朝ガレージを見たら、車がなかった。だから会社の車を」

「平日は乗らねえ車だ。孝司に頼まれたから貸した。訳が分からない……」

困惑した日高の手が、春美の肩から滑り落ちていく。

梶原は春美に念を押すように言う。

「あなたが貸したのは間違いないんですね」

春美の口から低い声が流れた。

「ええ」

ようやく認めた。春美はホシに自分の家の車を貸す約束をしていたが、車がないことに気づき、代わりに会社の車を貸し与えたのだ。

梶原は穏やかに問いかける。

「友達ですか？」

「ええ」

「話してくれれば友達を救うことになります」

「そうは思えません。彼女の気持ちを考えたら、そんなことはできない。あんなことがあって」

「何があったんです？」

春美は問いには答えず、視線を下に落とした。

「頼まれたから車を貸した。どこに行くのって訊いても、教えてくれなかった。知らない方がいいって。変なことを言うと思っただけで、特別気にしなかった。バスジャックのニュースを見たときには驚きました。まさか、あんなことをするなんて思いもしなかった。考えに考えた。何をしようとしているのか、分かった。私は彼女を支持します。同じ母親として」

ホシの目的を知っている。車を貸したときは、ホシがやろうとしていることまでは知らなかった。無論、バスジャックが起きることも予想できない。だが、ホシが置かれていた状況から、目的を察したのだろう。とすると、トラブルの中身も把握している。

「名前を教えてくれるだけでいいんです」

「できません」

「今のうちに話してくれれば、あなたが罪に問われることはない。話してくれなければ、犯人隠避罪に問われます」

「構いません。そのときは私も罰を受けます」

日高は顔を上げて妻に言う。

「おまえ……」

そこから先は言葉が続かなかった。

春美は背筋を伸ばし、硬い光を宿した目で見つめ返してくる。

「絶対に言いません」

目の光に揺らぎはない。決意は固い。

梶原は腕時計を見た。三時十九分。粘っても、時間を無駄にするだけではないか。責める材料もない。

ホシの名前が分かればいい。友人が知っているくらいだ。トラブルの中身は、そこから割り出せるはずだ。

力を振り絞って考えると、梶原は二人のそばを離れた。ホシと春美の間には強い連帯感がある。日高家に遊びに来たことはあるだろう。ホシと春美が二人でいるところを見たことがある者がいてもおかしくない。ホシの身元を知っている工員がいるかもしれない。

工場の作業場に行き、梶原は工員に一人ずつ当たっていく。ホシの顔写真を見せて、春美が今朝車を貸した相手だとつけ加えて訊いていった。

還暦過ぎと思しき工員から、四十代後半のベテランまで。唸(うな)りを上げる機械の横で大声を張り上げて質問したが、見てないという答えが返ってくるだけだった。プレス機の横にいた三十代の工員も首を横に振った。

金属棒の先端を回転する資材に当てていた二十代の工員は、作業に夢中で取り合おうとしない。

梶原が彼の前に携帯電話を近づけると、やっと金属棒を資材から離した。

「この人――」

「知ってるのか？　名前は？」

梶原が迫ると、工員は金属棒を下ろした。金属がこすれる音は止んだが、モーターは唸り続けている。

目を細めて携帯電話を見ていた工員がつぶやくように言った。

「もっと髪が長かったような気がするけど」

「長かった。どれくらい？」

「肩、いや背中にかかるくらいあった」

ホシは事件前に髪を切ったのだ。

「顔をよく見て」

「名前までは分かりません。スポーツジムの人。インストラクターです。何度か見たことがある。専務の奥さんが通ってたスポーツジムの」

「そのジムの名前と場所は？」

工員が口にした答えを頭に入れ、梶原は廊下に向かう。外に出てキザシに乗ったところで、春美が工場の中から姿を現した。ドア口に立ち、不安と悲しみが入り混じったような目でこちらを見ている。かばいきれなかったと悔やんでいるのか。それとも、ホシが目的を果たせなくなると思って憂いているのか。表情から真意は読み取れなかった。

13

赤いテールランプの光が、フロントガラスからサイドガラスへと流れ、後方に去っていく。

梶原は大森駅の方へキザシを走らせる。三時二十九分。強行突入まで三十分を切っていた。

最初から日高工業に当たっていたら、時間を無駄にせずに済んだ。だが、もう少しでホシの名前に手が届く。トラブルの中身をつかめる可能性が出てきた。ホシが働いているスポーツジムまであと一キロ。一、二分で着く。

道の両側に建っていた医大の建物が遠くに過ぎ去った。町工場が立ち並んだ区域を飛ばし、環七通りを越えて大森北に入った。商店街を西に進んでいくと、目当てのビルが見えてきた。クレジット会社の青い看板が屋上にある、三階建ての細長いビルだ。

梶原は路肩にキザシを止めた。ハンコ屋の立看板を過ぎると、ビルの一階部分が見えてきた。道路に面した大きな窓ガラスに、Tシャツを着た女性とトレーニングマシンについた客の大きなポスターが貼られている。グリーンフォレストジムの文字がポスター上端に入っていた。あの工員が言っていたジムだ。

窓に寄って室内を覗いた。天井の蛍光灯がすべて落とされ、壁際にトレーニングマシンが整然と並んでいるだけで、誰もいない。

梶原は窓を離れ、ビルの入口に向かった。ビルに入り、スポーツジムのドアの前に立った。CLOSEDの札がドアにかかっている。

ドアのわきのプレートに目を移した。営業時間は午前十一時から午後九時までで、定休日の表示はない。今日は臨時休業か。

スポーツクラブの電話番号にかけたが、転送されず、留守番電話に変わった。同僚ならホシの名前も知っている。ホシが抱えた事情も知っているかもしれないと期待したが、空振りだった。

出入口に戻って表示板を見た。二階は夜間開講のカルチャー教室、三階は空室だ。カルチャー教室の従業員はまだ出てきていないだろう。ビル内の聞きこみは無理だ。

外に出て西隣にあるハンコ屋に入り、主人にホシの顔写真を見せて訊ねた。見たことがある。そこの道を通る人だと主人が答えただけで、名前もスポーツジムで働いていることも知らなかった。

隣の精肉店で訊ねたが、顔は知っているものの名前まで知っている者はいなかった。冬はジーンズにダウンジャケットにスニーカーかスポーツシューズ。夏はダウンジャケットがポロシャツになるぐらいで、通勤時もラフな格好をしていたという。バスジャック犯と知って驚きの声を上げる者もいた。テレビでホシの顔を見ても、当人だと気づかなかったらしい。

腕時計は三時三十三分を指していた。間に合うか。強行突入まであと二十一、二分しかない。

寒風が吹きつけてくるが、額から汗がうっすらと滲み出してきていた。焦りを抱えたまま、二軒、三軒と商店に飛びこんで当たったが、ホシを知っている人は出てこない。

ホシは近くに住んでいるとは限らない。遠くから通っていた可能性もある。

梶原は踵（きびす）を返し、京浜急行の平和島駅の方へ向かった。スポーツジムのビルを通り過ぎ、東に進んでいく。青地に黄色の文字でシューマート八木（やぎ）と書かれた店に入った。手広くチェーン展開している靴専門店で、ビジネスシューズから子供用の靴まで扱っている。客はまばらだ。ホシはスポーツシューズを履いていた。もしかしたら、この店で買ったのではないか。

梶原はレジにいた青い制服を着た中年の男性店員に、ホシの顔写真を見せた。グリーンフォレストジムのインストラクターだと言い、以前は髪が長かったとつけ加え、知ってはいないかと訊ねた。

男性店員は眼鏡を上げた。老眼なのか、受け取った携帯電話を遠ざけて目を細めた。ネームプレートには店長という表記だけがあるだけで、名前はない。

店長は顔をしかめるようにして見ていたが、やがてうなずいた。

「髪が長かった――。かわかみさんじゃないかな」

「下の名前は？」

「何と言っていたかな。お待ち下さい」

店長が奥に向かって、村木（むらき）さんと呼びかけると、陳列棚の上部から栗色の髪の女性の頭が出た。

女性店員がレジの方へ歩み寄ってくる。年は二十代後半くらいか。白いポロシャツの上に着た制服の胸ポケットにネームプレートがついている。社名と名字だけの簡素なものだ。

「この方、かわかみさんだったよね。下の名前は何とおっしゃってたかな」

店長が村木に携帯電話を渡して言うと、彼女は首を縦に振った。

「ゆきえさんです。髪、こんなに短くしたんだ。長い方が素敵だったのに」

そう答え、村木が上目づかいに梶原を見つめてくる。警戒の色が見て取れた。

どういう字を書くのかと訊くと、村木はポケットから取り出したメモ帳にボールペンを走らせた。

河上幸恵。ようやくホシの名が割れた。

梶原は逸る気持ちを抑えつつ問う。河上幸恵には支持者がいた。村木がもう一人の支持者とも限らない。河上幸恵と日高春美は友人同士。村木も友人であってもおかしくない。慎重に進めないと、二の舞いになりかねない。

店内にテレビはないが、携帯電話でテレビを受信できる。ネットニュースでバスジャック事件を知り、テレビを見たかもしれない。店長は事件を知らないようだが、村木は知っていて隠している可能性もある。

梶原は当たり障りのない質問から始めた。

「お店にはよく来ていた?」

「はい。前はランニングシューズや息子さん用のスポーツシューズを買いに来られていました。最近はいらしてませんが」

読みは当たった。ジムの近くで仕事用の靴を買っていないかと思ってこの靴店に飛びこんだのだった。

「河上幸恵さんがトラブルに遭ったとか聞いていませんか？」

「トラブル？」

「大変なことに巻きこまれて困っているとか」

「そう言われても——」

うつむいた村木が思案顔になった。

「ありません」

河上幸恵の目的は佐久議員を殺すことだ。しかし、佐久絡みの筋から訊ねてみても、答えは得られない。河上幸恵が佐久の名前を知ったのは、羽島安美を襲って聞き出したとき。今日初めて知ったのだ。もっとも、羽島安美の線は残っているが。

「河上さんから、羽島安美さんという名前を聞いたことはありませんか？」

「羽島安美さんですか」

「六本木でホステスをしていた女性。この人です」

梶原は、地下駐車場に横たわった羽島安美の画像を携帯電話に表示させて村木に向ける。

村木はおぞましい物でも見たかのように、顔をしかめ、冷静な口調で言った。

「知りません」

その目に嘘はない。三時三十七分。残された時間はあまりない。日高春美は河上幸恵の支持者だった。村木も同じなら拒絶される。これ以上の質問は無駄になる。

梶原は賭けに出る。

「それでは、日高春美さんは知りませんか？　日高工業の専務の奥さんです。河上幸恵さんのジムに通っていた」

村木はあっさりとうなずいた。

「知ってます。日高さんと河上さん、お二人でいらしたこともあります。どんな靴がいいのか、日高さんが河上さんに相談されていました」

「二人は仲が良かった？」

「とてもいい先生に恵まれたって、日高さんが話してました。すごく仲がいい友達でしたね。日高さんが娘さんを連れていらしたこともあります。三人で楽しそうに買い物されてました。日高さんの娘さんも河上さんを慕ってました。二人でじゃれ合いながら、品選びしていた。娘さんの要求が難しくてなかなか決まらなくても、耳を傾けてアドバイスしてました。日高さんの娘さんに甘えられるのが嬉しかったみたいです」

友人同士。母親同士。河上幸恵は日高春美親子と仲が良かった。二人は強い力でつながっていた。だが、村木は関係ない。

梶原は核心に切りこんでいく。

「河上さんの携帯番号は分かりませんか？」

「知りません」

「では、住所は？」

「困ります。個人情報を勝手に教えたりしたら――」

村木が言い淀む。知っているのだ。

「重要なことなんです。あなたから聞いたことは秘密にします」

村木はレジの後ろに回り、引き出しを開けて綴りを取り出した。綴りを繰り、カウンターに置いて指さした。

「これですね。ご注文頂いたときに書いてもらいました」

梶原は注文書を覗きこむ。マニキュアの先に、河上幸恵の名前がある。電話は固定回線の番号だ。その下に住所が書かれていた。

梶原は手帳にメモし、礼を言って踵を返した。出入口の自動ドアの前に立ったとき、背後から村木の声が届いた。

「河上さん、何をしたんですか？」

村木は何も知らないのだ。

「テレビニュースを見て」

背中ごしに言って、梶原は歩道に出た。キザシに駆け戻り、エンジンをかけた。三時四十分になっていた。

狭い道でUターンし、東に向かって進んでいく。車や自転車や歩行者が混在しているので、なかなかスピードを上げられない。

梶原は携帯電話で森岡管理官に報告する。

「ホシの名前が割れました。河上幸恵。大森北にあるグリーンフォレストジム勤務。スポーツジムのインストラクターです。今、ホシの家に向かっています。それから、以前は髪が背中にかかるまであった。最近になってショートカットにした模様です」

携帯電話から森岡のしわがれた声が流れ出す。

「確定できたんだな。トラブルの内容は？　佐久議員と何があったんだ？」

「これから調べます」

「間に合うか。突入はタイムリミットの一分前と決まった。今のところホシは落ち着いているが、状況次第では繰り上げられるかもしれん」

肝心のトラブルの内容が分からない以上、打つ手はない。

「見つけます」

梶原はオフボタンを押し、ステアリングを握り締めた。強行突入は三時五十五分。それまでにトラブルの中身をつかまなければならない。

サイレンを響かせながら、広い幹線道路を横断し、住宅街の一方通行の道を直進する。ほどなくして、目印の鉄工所の大きな建物が見えてきた。鉄工所の角を曲がって南に五十メートル程走ってキザシを止めた。十階建ての薄い灰色の外壁のマンションの上には鈍色の空が広がっている。

梶原はマンションの玄関に向かう。自動ドアをくぐり、管理人室の表示を横目に見つつ、ホールを抜けてエレベーターに乗りこんだ。七階のボタンを押し、呼吸を整えながら待つ。上昇していたエレベーターが止まると、外廊下に出た。潮の匂いが微かに混じった風が吹き抜けていく。

部屋番号の表示を見ながら進み、七一九号室の前で立ち止まった。濃紺のドアのわきにある表札には、河上幸恵と亮（りょう）の名前がある。亮はおそらく幸恵の息子だろう。

インターホンを鳴らしても応答はなかった。三時四十二分。小学生ならこの時間帯に帰っていてもおかしくない。学童保育や塾に行っているのか。中学や高校なら帰りはもっと遅くなる。

梶原は西隣の部屋に移動し、インターホンを押した。部屋の中でチャイム音が鳴っている音が微かに聞こえた。返事はない。次の部屋に当たったが、こちらも留守だった。七階だけで二十室。どこまで行ったら、住人に出会える。家族向けのマンションなのに、主婦も子供もいないのか。

河上幸恵を知っている住人に会えたとしても、どこまで事情を把握しているか。強い憎しみを抱く元になったトラブルだ。信頼できる人間にしか話せない。日高春美のような存在がこのマンションに住んでいるとは限らない。

ようやく在室していた四十代後半ぐらいの主婦が出てきた。けれども、会っても挨拶する程度の仲だった。

三時四十五分。あと十分だ。このまま続けても埒は明かない。

梶原はマンションの外壁に手をつき、思考を巡らせる。河上幸恵の部屋に入ってみるしかない。トラブルの内容が分かるとは限らないが、他に辿る線がない。

梶原はエレベーターに走る。一階で止まっているのを見て舌打ちし、隣にある階段を駆け下りていく。頭が熱を帯び、呼吸が荒くなっていく。一階に下り、真っすぐ管理人室に向かった。

インターホンを押すと間もなくドアが開き、二十代前半ぐらいの若い背の高い男が現れた。チノパンツにセーターのラフな格好だった。

「管理人さんは？」

梶原が警察手帳を出すと、若い男は警察手帳の顔写真と梶原の顔を見比べて口を開いた。

「父は出かけています」

「いつ戻られますか？」

「五時頃には帰ると言っていました。管理会社に行っています」

遅過ぎる。

梶原は、三時四十七分を指した壁の時計を一瞥して言う。

「七一九号室の河上幸恵さんの部屋を開けて下さい。すぐに」

「令状を見せて頂けますか」

バスジャック犯の顔は分かっている。名前も住所も割れた。家宅捜索令状を取れる要件は揃っている。けれども、申請書類を作って東京地裁に出向き、判事に令状を出して貰い、大森に届けて貰わなければならない。到底、タイムリミットには間に合わない。

「令状はないんだ」

「無茶ですよ。令状がなければ、勝手に開ける事はできません。刑事さんの方がよく知っているでしょう」

「一刻を争う。後から必ず届ける。今すぐ鍵を開けてくれ」

「無理を言わないで下さい」

「テレビをつけて。ニュースを見て」

「テレビ——」

梶原は部屋に入り、応接テーブルのリモコンを手にした。部屋の隅のテレビ画面にバスの映像が浮かび上がる。ついで、バスの車内に陣取った女の顔が画面いっぱいに広がった。

「河上幸恵はバスジャック事件を起こした」

呆然として画面を見つめていた若い男が、吐き出すように言う。

「こんな人は知りません」

「前はもっと髪が長かった。顔をよく見て」

「知りません」

「ここの住人だぞ」

「俺は広島から帰省したばかりで。ここには住んでません。確認できないから、開けられません」

管理人の代わりとして役目をしっかりと果たそうとしているのだ。

頑固者という言葉を飲みこみ、梶原は指示する。

「親父さんに電話してすぐにテレビを見るように伝えてくれ」

若い男は携帯電話を取って耳に当てる。時計の長針が四十九分を指していた。

通話を終え若い男が机の引き出しから鍵を取り出した。

「立ち会います」

梶原は管理人室を出て非常階段を駆け上がっていく。住人がいつ乗りこんでくるとも限らない。時間を節約したかった。太ももが悲鳴を上げる。管理人の息子も後ろからついてきていたが、七階に辿りついたときは息が上がり、顔が真っ赤になっていた。

梶原は七一九号室まで走り、腕時計を見た。三時五十一分。あと四分。部屋に入れても、トラブルの内容が分かるとは限らない。むしろ、可能性は低い。河上幸恵がトラブルの中身を書き残しているとも思えなかった。

管理人の息子はご丁寧にも、インターホンを鳴らして返事がないのを確認してから、ドアノブにマスターキーを挿しこんだ。ロックが解かれる微かな音がした。

「河上さん、警察です。入ります」

梶原は声をかけてドアを開けた。三和土(たたき)に子供用のジョギングシューズが揃えて置かれている。河上亮は帰宅していたのか。どこかで眠りこんでいるのか。だが、人の気配がしない。

三和土から真っすぐ廊下が延びていた。入って左側にリビングダイニングルームがあり、右側に部屋が並んでいる。

梶原は廊下を進み、左手の木製のドアをスライドさせた。カーテンはすべて閉まっていて、中は薄暗い。微かに花の匂いがした。

リビングルームに入ると、花瓶の花と白い箱のようなものが見えてきた。白い箱の下段に、鳥の模型やペットボトルのジュースが置かれている。一番上の段には大きな額に入った写真がある。遺影だ。遺影の下に三十センチ程の長さの髪が束ねて置かれていた。長さからして少年のものではない。河上幸恵のものだろう。

遺影の中では少年が笑みを浮かべていた。十一、二歳ぐらいか。河上幸恵の顔によく似ている。亮は亡くなっていたのだ。

愕然として廊下に出て、梶原は反対側にある部屋を開けていく。最初に開けた部屋に、子供用の机とベッドが置かれていた。壁には鳥の大きな写真が張ってあり、子供用のダウンジャケットも吊るされている。机の上にランドセルが置いてあり、机の本棚には教科書が並んでいる。ここだけ時間が止まったようだった。

梶原は机に歩み寄り、載っていた新聞を手にした。小学五年生、ひき逃げされて死亡という大きな活字が目に飛びこんできた。見出しの下には亮の顔写真が出ている。去年の十二月四日の日付が入った新聞だ。

大田区東海三丁目の路上で小学五年生の河上亮君が車にはねられて死亡。車がそのまま走り去ったため、警視庁東京湾岸警察署はひき逃げ事件として、運転手の行方を追っている——。

ひき逃げ犯は捕まっていないに違いない。逮捕されていたら、それを報じる新聞も一緒にしておくだろう。

背筋を戦慄が走る。

もしかしたら、その犯人が佐久ではないのか。これがトラブルの中身だとしたら、河上幸恵の行動にも納得がいく。河上幸恵は独力でひき逃げ犯を突き止める手がかりをつかんだ。羽島安美がその人物を知っていることを。自分の髪を切り、遺髪として息子のそばに置いた。死を覚悟し、息子の復讐を果たすために出て行った。

梶原は携帯電話を取り出す。三時五十三分。まだ間に合う。これで強行突入を止められる。

森岡の番号を表示させたところで、着信音が鳴り出した。清水治樹の名前がディスプレイに浮かび上がっていた。

梶原は携帯電話を耳に当てて言う。

「交渉材料を見つけた。強行突入を止められる。森岡管理官に報告する。かけ直す」

そう告げて切ろうとすると、予想もしない言葉が返ってきた。

「強行突入は中止されました」

「中止。三隅管理官が思い止まったのか？」

「状況が変わりました。佐久議員が今バスに向かって歩いていく。生中継も再開された」

佐久が現場に現れたのか。しかも、自分を殺そうとしている相手がいるバスに近づこうとしている。まさか――。

混乱に陥りつつ、リビングルームに走る。今度は自分がテレビを見る番だった。

14

黒い背広を着た男が、グラウンドに止まったバスの方へ歩いていく。

梶原は、リビングルームのテレビの前に立ち、画面を食い入るように見つめていた。

警官たちに動きはない。パトカーの後ろから黒い背広の男を見ているだけだ。野川らしき男が、黒い背広の男の方を向いて立っていたが、ズームアップされると画面から消えた。

画面の端には緊急生中継の文字が出ている。

「都議会議員の佐久保昭氏が、バスジャック犯の説得に向かっている模様です――」

記者の高ぶった声が、スピーカーから流れ出す。

黒い背広の男の横顔が大きく映った。佐久保昭議員。硬く唇を結び、険しい表情をしていた。カメラが徐々に引き、佐久の全身像となり、バスとその周囲を捉えた映像に変わった。

馬鹿な。説得などできる訳がない。河上幸恵は佐久議員を殺そうとしているのだ。

なぜだ。なぜ、こんなことになった。どうして佐久を止めない。佐久も河上幸恵の目的は分かっているではないか。自分が殺されると分かっているのに。

止めさせなければ。

梶原は携帯電話で森岡管理官にかけた。三隅管理官に代わってもらい、佐久を止めるように訴えるのだ。しかし、コール音が途切れる気配はない。

テレビ画面の中で、バスの前方にあるドアが開いた。佐久がドアから五メートル程の場所で立ち止まった。あの距離なら素人でも外さない。佐久にショットガンを向けて引き金を引くだけでいい。

清水なら止められるか。ホシが外に出てきたら、狙撃可能になる。

だが、狙撃命令は出ていない。もし、出たとしても、今のあいつに撃てるか。

バスの出口に河上幸恵が現れたときが、佐久の最期の瞬間になる。

バスの屋根に隠れ、車内の様子はあまりよく見えない。窓際にいる人質は映っているが、河上幸恵の姿は確認できなかった。

佐久は何かに引き寄せられるようにして歩き出し、出口に進んでいく。佐久がバスに入ると、ドアが閉じた。車内の中央へ歩いていった後、画面から消えた。

一分が経ち、二分が過ぎても、銃声はしない。どうした。なぜ、河上幸恵は撃たない——。

梶原はテレビに顔を近づけた。再び森岡の携帯電話を鳴らす。七コール、九コール。十一コールが終わると、森岡の声が耳元に届いた。

「森岡だ」

「どうなっているんですか？　河上幸恵は何をしているんです？　なぜ、佐久議員が来たんです？　なぜ、止めなかったんですか？」

矢継ぎ早に質問を投げると、森岡の大きな声が返ってきた。

「落ち着け」

苛立ちと緊張が森岡の声音に滲み出ていた。

テレビ画面にはバス全体が浮かび上がっている。左側の席の人質の姿がかろうじて確認できるが、河上幸恵も佐久も死角に入っていた。

梶原は携帯電話を握り直し、最も気にかかっていることを訊く。

「河上幸恵はどうしているんです？」

「大江運転手の左斜め後ろの通路に立ち、ショットガンを佐久議員に向けている。佐久議員はバスの中央に立って河上幸恵を見ている。二人とも黙ったままだ。睨み合いが続いている」

移動指揮車はバスから四十メートル程離れた所に、バスと並行して止まっている。森岡らはバスとほぼ同じ高さに座っているため、バスの車内を窓ガラスごしに見通すことができる。

待ち望んでいた人間が現れた。憎悪の対象が現れたのに、どうして河上幸恵は撃たない——。

疑問を胸に押しこめ、梶原は更に訊く。

「なぜ、佐久議員が来たんですか？　佐久議員にはホシの目的を伝えました。河上幸恵に殺されると分かっているのに」

「分からん。突入準備を整えようとしていたところに、突然、秘書と一緒に現れた。犯人を説得する。自分以外に説得できる人間はいないと言って。警官たちが止めた。三隅管理官も許可できないと伝えた。そこに安住課長から緊急連絡が入った。佐久議員を通してやれとの命令だった」

「課長が？」

「刑事部長直々の命令だったそうだ。危険過ぎると訴えたが、三隅管理官も従うしかなかった。それから佐久議員がバスに進んでいき、現場は凍りついた」

納得できなかった。都議会議員という公職についているとはいえ、一市民でもある。犠牲者が出ると分かっていながら、なぜ、そんな無茶な措置を講じた——。

「どうしてそんな命令が出たんです？」

「副総監が動いたようだ。都議会から圧力がかかってきた」

「都議会」

「警視庁を所管しているのは東京都公安委員会だ。おそらく五人の公安委員の中に、佐久庄一の親しい人物はいなかったのだろう。だが、都議会には警察・消防委員会がある。警察と消防を監督している。警察で不祥事が起きた場合、議会でもチェックする。警察・消防委員会に警視総監を呼ぶと言って、圧力を加えたらしい。あるいは都議会本会議に。その委員会には佐久庄一の子飼いの議員が入っている。都議会議長と副議長。二人とも大物だ。元ボスの頼みを聞いて動いた訳だ。都議会に警視総監が呼ばれることなど聞いたことがない。都議会側の要求を呑まざるを得ない。副総監から刑事部長、安住課長に命令が下された」

現場の最高指揮官は三隅だが、上層部の命令には逆らえない。

警視総監は警視庁のトップであると同時に、警察庁長官に次ぐ位置にある。全国の警察組織のナンバーツーだ。警視庁という地方警察のトップではあるが、身分は国家公務員。しかも国のキャリア官僚。国家の権力者が、地方議会でやり玉に挙げられる。

本来、警視庁を監督指導する立場にある公安委員会だが、まともに機能しているとは言えない。お飾りのような存在だった。警視庁の意見をそのまま受け入れる傾向がある。下にある警視庁の意向が通ってしまうのだ。

都議会で追及されるのは屈辱だ。部下としては絶対に避けなければならない。副総監ら上層部が警視総監を守るために動いた。醜悪以外の何物でもない。

そして佐久はバスに入っていった。父親の力を借りてまで警察を抑え、危険地帯に踏みこんでいる。何がそこまでさせた。やはり、佐久がひき逃げして隠蔽したのか。しかし、どうやって……。

「それから現場は大混乱になった。特一係員たちを引き返させるのが精いっぱいだった」

対応に追われ、梶原に連絡する時間はなかったのだろう。第五係員たちもそれどころではなかったに違いない。ただ一人、講義棟の屋上から観察していた清水が異常事態を知らせてくれたのだった。

遅過ぎた。やっと交渉材料をつかんだのに、佐久が先に動いたせいで、役に立たなくなった。

梶原は苦い思いを胸に抱えたまま言う。

「続報です。スピーカホンに切り替える。トラブルの内容が分かりました」

相克の表情が張りついた三隅の顔が脳裏に浮かんだ。

「佐久議員は河上幸恵の息子をひき逃げして死なせた」

梶原が言うと、三隅の声が耳に流れこんできた。

「ひき逃げ？　本当か？」

「一ヶ月程前に、河上幸恵の小学生の息子の亮君が大田区東海で車にひかれて死亡しています」

河上亮のひき逃げ事故の記事が載った新聞を握り締める。

「佐久議員がひき逃げ犯だと確認できたのか？」

まだですと応じて、梶原は言葉を継いだ。

「河上幸恵は何らかの方法で、ひき逃げ犯に関する情報をつかんだのでしょう。羽島安美がひき逃げ犯を知っていると。そこで羽島安美を拷問し、佐久議員の名前を聞き出した。佐久議員の元へ向かう途中で見つかり、バスに逃げこんで乗っ取った。追跡は振り切れない。そこで考えを変える。佐久議員を呼ぶことにした。殺すために。河上幸恵は遺髪を息子の遺影のそばに置いていった。死を覚悟しています」

「遺髪――」

　三隅は束の間黙りこみ、再び口を開いた。

「それが分かったところで、打つ手はないぞ。交渉の切り札が向こうに渡った。この状況では強行突入はできない。突入した途端に、河上幸恵は佐久議員を撃つ。散弾だ。人質に当たるかもしれない。多くの犠牲者が出かねない」

　強行突入により人質を救出する計画は、佐久が乗りこんできたことで、暗礁に乗り上げたのだ。

　野川の声が割りこんできた。

「管理官、梶原さんの筋読みが事実だとしたら、人質は無関係です。無関係の人間を巻きこむなと呼びかけます。解放するように伝える。ホシの携帯番号を調べるように伝えて下さい」

野川の提案を三隅は退けた。

「人質が盾であることに変わりはない。呼びかけてあっさりと解放するとは思えん」

「やってみなければ分かりません。ともかく携帯番号を」

三隅は分かったと野川に応じた後、梶原に念押ししてきた。

「こちらで出来る限りの対応策を打つ」

おまえに構っている時間などないとでもいった口調だ。

三隅の声が遠のき、ついで森岡の声が戻ってきた。

「今から調べた所でどうなるものでもない。戻って来い。こちらの案件が片付いた後からでも捜査はできる。いいな」

森岡が一方的に言った後、電話は切れた。

梶原は携帯電話をゆっくりと下ろす。

テレビ画面に新たな映像が映し出されていた。眼鏡の男が強張った顔をして、隣に立った佐久を見たり、目を逸らしたりしている。三十代半ばぐらいの母親は、小さな男の子を抱きかかえて身を縮めていた。河上幸恵を見たり、椅子の陰に隠れようとしている人質もいる。

爆発寸前の緊張感が車内に漲(みなぎ)っている。佐久に向けられたショットガンが火を噴く瞬間が間近に迫っている。人質たちは交渉の様子を間近で見聞きしていた。河上幸恵の目的が佐久の殺害であることも知っているのだ。

河上幸恵は唇を結び、ショットガンを持って佐久を見ている。佐久は背中を向けているので、表情までは分からない。恐れる様子もなく立ち、河上幸恵と向き合っていた。

なぜ、撃たない。先程は威嚇発砲までしたではないか。念願の人物が現れたというのに、撃てないのか。迷っているのか。

そう思った瞬間、脳裏に長谷の顔が蘇ってきた。妻の由里子をめった刺しにした男。長谷の眼球に映りこんだ自分の顔が記憶の底から浮かび上がってきた。

憎悪の塊となり、まるで血を浴びたように真っ赤になった眼球で長谷を睨み、ニューナンブの銃口を向けた。結局は引き金を引けなかった。

河上幸恵はあのときの自分か。撃とうとしても、撃てないのか。いくら考えても分からなかった。

バスの映像が消え、カメラがスタジオに戻った。報道自粛要請に応じたのか、すべての局が生中継を止めていた。

梶原は目頭を揉んだ。息を吸い、長く吐き出す。

河上幸恵を止められないのか。思い止まらせる方法はないのか。

冷え切ったリビングルームで、懸命に考えを巡らせる。

殺されると分かっていながら、なぜ、佐久がやってきた。佐久には、河上幸恵が殺すために呼んでいると伝えた。心の底から憎んでいると。

そう教えたとき、佐久の瞳に動揺の光が浮かんだ。あのとき、佐久は河上幸恵が本気であると悟った。けれども、誤解だ、人に恨まれるようなことはしていないとも答えている。

もし、佐久の方が正しいことを言っていたとしたら。

河上幸恵は、羽島安美を拷問し、佐久の名前を聞き出した。だが、羽島安美の答えが、真実だったとは限らない。両足を車と壁の間に挟まれ、激痛に襲われ、死の恐怖におののいていた。事実と違う人間の名前を口にしていた可能性もゼロではない。

頭の中で二つの考えがぶつかり合う。

佐久はひき逃げ犯ではないが、事件に関して重要なことを知っている。もしかしたら、ひき逃げ事件の真犯人を。それが羽島安美だとしたら——。河上幸恵に真犯人の情報を与え、投降を促す。バスジャック事件解決の立役者として認められる。成功すれば、勇敢な都議会議員と称賛される。都民の大きな支持を得ると同時に都議会議員たちの間でも一目置かれる存在となる。父親の威光を借りた二世議員というレッテルもはがれる。そこまで考えていたのではないか。

佐久が現れても、河上幸恵はすぐには撃たなかった。佐久がひき逃げの真犯人であるとの確信はなかったのかもしれない。だから、バスに入れて、佐久と向き合っている。しかしだ。羽島安美がひき逃げ犯だったらどうする。その可能性もあるのではないか。拷問を受けた羽島安美が苦し紛れに佐久の名前を口にしたとしたら。

佐久から真実を聞き出した後で、河上幸恵は羽島安美にとどめを刺しに行く。けれども、今から病院を割り出すこともできないし、警官がついている。すべて突破して復讐する。そこまでやりとげる自信があるのか——。

考えても、答えは見い出せない。

バスジャック事件の元となったひき逃げ事件は未だ闇の中だ。事件の真相が分かれば、人質解放につなげられるのではないか。ひき逃げした真犯人を突き止めて河上幸恵に教える。羽島安美であるにせよ、佐久であるにせよ、真犯人を法の裁きにかけると。復讐が無意味な行為であることを理解させるのだ。

もっとも、真相に辿り着く前に、ショットガンが火を噴くかもしれない。可能性は低いかもしれないが、やるしかない。

梶原は携帯電話を開いた。東京湾岸署に電話して本庁捜査一課の梶原と名乗り、河上亮のひき逃げ事件の担当者につないで貰うように言った。

まずは現場だ。現場を見なければ、捜査は始まらない。新聞記事だけでは事故当時の詳しい状況は分からない。担当刑事からの連絡を待つ他にない。だが、時間を無駄にすることはできない。

梶原はリビングルームを出て、隣の部屋に入った。六畳程の広さの洋室。河上幸恵の書斎兼寝室だろう、ベッドの隣にある小ぶりの机の上の本立てには、筋肉トレーニング、有酸素運動、人体構造などに関する専門書ばかりが並んでいる。パソコンもない。引き出しを次々と開けて探ったが、目的のものは見つからない。

そもそも河上幸恵はどうやって羽島安美に辿りついた。羽島安美がひき逃げ犯を知っていると、どうして分かった。肝心な点が分かっていない。

警察が割り出せずにいるのに、素人が突き止めることはまず不可能だ。腕の立つ探偵にでも調査を依頼したか。部屋中を探しても調査報告書は見つからなかった。既に処分したのだろうか。

洋服ダンスの中には色柄ものワンピースは一着もない。礼服が一着あるだけだった。ジーンズやズボンなどのユニセックスものの服で占められている。女の気配がしない。唯一女を感じさせるものと言えば、隅にあるドレッサーぐらいだろう。実に素っ気ない。もともとあまり服にこだわらない性格なのかもしれない。

ドレッサーの引き出しを開けると、写真立てが出てきた。写真の中央に河上幸恵、その左側に河上亮が立っている。右側に立っているのは、セーラー服を着た女の子。目鼻立ちが河上幸恵にそっくりだ。三人の後ろには散り際の桜がある。河上幸恵には娘がいたのだ。

家族なんていない。人質にショットガンを向け、河上幸恵は冷やかな声で言い放った。日高亮と二人暮らしだったからそう答えたのか。それとも娘も以前に亡くしていたのか。日高春美の娘とも仲が良かったのは、自分の娘の姿を彼女に重ねていたからか。いや、亡くなっていたら、遺品があるはずだが、それも見当たらない。

梶原は隣の部屋のドアを開けた。窓の近くに学習机があり、反対側の壁に接してベッドが置かれている。収納棚には本や流行りのアニメのフィギュアが並んでいる。

亮の部屋だ。あちこちに傷がついた黒いランドセルと教科書が机に載っている。この部屋は、ひき逃げ事件の日で時間が止まっている。

天井近くの壁にポスターの痕が残っている。机の本棚のわきに、鳥を撮影したポストカードが立てかけられていた。手に取って裏を見ると、サインペンで描かれた鳥の絵があった。海の方を向いた鳥が、枝をしっかりとつかんで立っている。形もタッチもいい。小学生が描いたとは思えない程上手い。

亮の部屋を後にし、反対側にある部屋に入る。ここにもガンロッカーはない。ショットガンを所持する場合、ガンロッカーの設置が義務付けられている。河上幸恵の銃ではないとしたら、どこから手に入れた——。

「刑事さん」

部屋の外から男の声がした。

梶原は写真立てを戻して部屋を出た。黒いポロシャツに灰色のジャケットを着てショルダーバッグを提げた六十代前半の男が、管理人の息子と一緒に廊下に立っていた。

年配の男が口を開く。

「管理人の北島(きたじま)です。せがれから聞いてびっくりして、会議を抜け出して帰ってきました」

北島の後ろで、息子がうなずいている。

梶原は北島を見て切り出す。

「バスジャック犯は河上幸恵さんですね」

「最初は別人かと思いました。河上さんです。河上幸恵さんです。けど、どうしてあんなことを。あんなことをする人じゃありませんよ」

走ってきたのか、息が荒い。ジャケットの肩が上下に揺れていた。

梶原は北島とリビングルームに引き返す。北島をソファーに座らせ、テーブルを挟んで反対側に座った。亮の祭壇を背にする形になった。

　梶原は質問を再開した。

「河上さんの年齢は？」

「三十八歳。うちの娘と同い年だったので」

「ひき逃げ事故で亡くなった息子さんと住んでいた」

　北島は沈痛な面持ちで小さく首肯した。北島の呼吸が徐々に落ち着いてきていた。

「娘さんはどこにいるんですか？」

「真澄（ますみ）ちゃんならお父さんと一緒に暮らしています」

　娘は生きている。家族なんていない。どうしてあんな言葉を吐いたりしたのだ。疑問を飲みこみ、梶原は質問を続ける。

「離婚したんですか？」

「二年ぐらい前だったか。お父さんが娘さんを連れて出て行きました。実家に戻ったとか」

　長い間シングルマザーとして息子を育てていたと思ったが、違った。家族四人の写真ぐらい残されていてもいいのに、まったく見当たらない。

　元旦那の写真がなくても不思議ではないが、娘は別だ。自分の血を分け、腹を痛めて産んだ子供だ。しかし、家族が集うこのリビングルームにも、他の部屋にも、他の人間が暮らしていた痕跡は見て取れなかった。

梶原は本題に入る。

「ひき逃げ事件後の河上さんのことを教えて頂けますか。河上さんはどうしていました?」

「気丈でした」

「気丈」

「お通夜でも葬式でも涙一つ見せなかった。亮君の同級生や親たちがたくさん来て、河上さんに声をかけていました。河上さんの職場の方やお友達も。河上さんは悲しい顔をすることもなく、お礼を言って、頭を下げていました。元の旦那さんも娘さんも棺に取りすがって泣いていた。ずっと涙していたのに」

「元のご主人の名前は?」

「井川政男(いがわまさお)さん。娘さんの名前は真澄。中学二年生」

北島はショルダーバッグから抜いたメモに名前を書いて、梶原に渡してきた。

「離婚の原因は分かりますか?」

「そこまでは。とても仲のいい家族に見えたんですが。河上さん、以前は仕事を休んで、ご主人たちとよく遊びに出かけていましたし。亮君が通っているスイミングクラブの送り迎えもしていました」

あくまで管理人だ。入居者の生活の深いところまで立ち入らない。

スポーツクラブは土日も営業している。子供に合わせて休みを取って一緒に行動していたくらいだ。子供に深い愛情を注いでいたのは間違いない。

夫婦の間に何があったのかは分からない。なぜ、娘と別れて暮らすようになったのか。子供二人を養うのが無理だったとは思えない暮らしぶりだ。

梶原はひき逃げ事件後の河上幸恵の様子に話題を引き戻す。

「葬儀の後はどうでした?」

「何度も警察に行ってました。犯人がなかなかつかまりませんでしたからね。仕事が終わった後、警察に寄って夜遅く帰ってくる。働き者で強い。アクティブな人でした。大変ですねと声をかけると、あっさりと母ですからと答える。疲れてくたくたになっていたのにとても悲しそうだった。それ以上は話せなかった」

「よく訪ねてきていた人間はいませんでしたか?」

「というと?」

「探偵社の調査員」

北島は首を横に振った。

「見てませんね。事件直後は新聞記者が来たりしていましたが、そんな人はいなかった。夜中帰ってきて、朝早く出て行く。その繰り返しだったと思います」

探偵を使った線は消えない。この部屋に来ないだけで、事務所かどこか外で会っていた可能性もある。そちらの可能性の方が高い。

梶原は気を取り直して訊く。

「亮君が亡くなった後、井川さんがこちらに来ましたか？」

「三度お見えになりました。線香を上げに。部屋にも入れてもらえなかったそうです。管理人室の前で途方に暮れてました」

「娘さんは？」

「いつも井川さん一人でした」

北島の視線が、梶原の背後の遺影に流れる。別れたとはいえ、亮の父親だ。河上幸恵は実の父親にも焼香を許さなかったのか。

亮の姉が一度も来ていないのは気になる。母親は父親の弔問も断ると分かっていたから来なかったのか。

そう思ったとき、携帯電話が鳴り出した。知らない番号がディスプレイに浮かび上がっていた。

通話ボタンを押して名乗ると、男の声が耳元に流れてきた。東京湾岸署の交通課の刑事からだ。

梶原はすぐ行くと伝えて携帯電話を切り、リビングルームを出た。

15

第一京浜の陸橋をくぐり抜けると、雨滴が時折フロントガラスに当たり始めた。雨は強弱を繰り返している。

梶原はワイパーを作動させ、東に向かって環七通りを飛ばしていく。

午後四時十二分。渋滞はまだ起きていない。モノレールの高架をくぐり、京浜運河を渡った。

コンテナを積んだ大型トレーラーや大型トラックが一気に増える。大井埠頭(ふとう)の南端にある場所で、左手にたくさんの物流会社の倉庫が建ち、JR貨物の広大な敷地が広がっている。コンテナ輸送の巨大ターミナル基地だ。

右手には東京港野鳥公園の鬱蒼(うっそう)とした森の緑が続いている。その向こう側が大田市場だ。

城南島(じょうなんじま)につながる道路に入り、百メートル程進むと、反対車線の歩道に花束が置かれているのが見えた。ひき逃げ事故現場だ。

中央分離帯があるため、すぐにはUターンできない。先の交差点まで行って引き返し、道の左端にキザシを寄せて止めた。トランクにあった折りたたみ傘をつかんだ。歩道に上がり、コートの襟をかき合わせて現場に近づいていく。気温は五度ぐらいだろうが、海風があるためもっと寒く感じられた。

フェンスの向こうの野鳥公園の木々の葉が揺れている。そばの車道を大型トレーラーや大型保冷車などが列になって通過していく。車の轟音と雨風が降りかかってくる。

梶原は屈(かが)んで、花が供えられた場所に向かって手を合わせた。最近は訪れる人もいなくなったのか、大部分の花は枯れ、葉が萎(しお)れている。目を閉じて冥福を祈った。

腰を上げ、梶原はあらためて周囲を見回す。家もマンションもなく、歩行者の姿もない。野鳥公園があるぐらいで、近くにはコンビニもない。マンションから約四キロ。自転車なら二十分もあれば来られるだろう。しかし、河上亮はこんなところに何しに来ていたのだ……。

着信音に思考を断ち切られた。

梶原は携帯電話を出して耳に当てた。

「白山です。ひき逃げ事件現場ですか？」

「よく分かったな」

「森岡管理官からすべて聞きました」

ホシの名前を割り出したこと。ホシの河上幸恵の息子がひき逃げされて亡くなったことも。それがバスジャックの原因になったことも、白山は把握していた。

「捜査の原点は現場。バスジャック事件の原因となったひき逃げ事件を調べ直すことにしたんですね」

「その通りだ。河上幸恵の目的は佐久議員の殺害。呼び寄せたものの、射殺はしていない。おそらく、佐久議員がひき逃げ犯だという確信には至っていないからだろう。亮君をひき殺した真犯人を突き止めて河上幸恵に教える。投降に持ちこめる可能性がある」

「あくまで可能性だけです」

「そうだ。だが、やる」

車の流れが途切れた。僅かの間静寂になり、白山の声が戻ってきた。

「俺は何をすればいいんですか？」

「まだ手伝ってくれるのか」

「バスジャック現場に戻ったところで、我々は役に立たない。役に立つことをすべきでしよう。可能性が低くても」

「いい手綱をつけてくれた」

携帯電話が沈黙する。苦笑する白山の顔が浮かんだ。

「こんなことじゃ、手綱を交代させられるかもしれませんが」

再び流れてきた車のエンジン音が押し寄せてきた。

清水か。いや、彼には刑事になる意志はない。頭の中から清水を追い出し、捜査方針を考え始めた。

やはり、羽島安美か。なぜ、河上幸恵は真っ先に羽島幸恵に辿りついた。羽島安美に拷問を加えて佐久の名前を聞き出している。だが、なぜ、羽島安美がひき逃げ犯を知っていると分かったのか。その点が不明なのだ。

もしかしたら、ひき逃げ事件が起きたとき、羽島安美は佐久が運転する車に乗っていた。河上亮がひかれる瞬間、羽島安美は車内にいた。助手席か運転席に乗っていたとしたら――。

しかし、そうだとしても、河上幸恵はどうやって羽島安美が乗っていたことを知った。警察が割り出せずにいたのに。

羽島安美の意識は戻っていない。事情聴取はできない。となると、残りの線を当たらせるしかない。

　考えた末に、梶原は指示を出した。

「引き続き、羽島安美の周辺調査をしてくれ。部屋にひき逃げ事件の手がかりが残っているかもしれない。事件当日とその後の彼女の行動を調べてくれ。事件は去年の十二月三日の夜だ」

「そちらは中野刑事にやってもらいます。俺は今、マンションにはいません」

「おまえ、どこにいるんだ？」

「クラブ・アルファ。同僚のホステスから話を聞いています。早めに出てきたホステスに会えました。マンションは中野刑事たちが調べています。羽島安美さんがどんな人間だったのか、職場で当たった方が早く分かると思って、こちらに来ることにしました」

　南青山に引き返す途中で、白山は自分の判断で聞きこみ先を変えていたのだった。

「どうだった？　佐久議員は常連客だったか？」

「半年に一回利用。同伴はなかったそうです。羽島安美さんは前に勤めていた渋谷のクラブで佐久議員と出会って気に入られた。埼玉の高校を出た後、地元の食品工場に就職。工場を辞めて専門学校に入り、看護師になった。病院で何年か働いていたそうです。上京後にホステスになった。そのときからの関係ですね。上昇志向が非常に強い人で、渋谷では物足りなかった。六本木、銀座の高級クラブを目指していた。今の店には佐久議員の伝で入ってます。あの高級マンションも佐久議員に買って貰った。南青山にこだわってねだった。青山の地名がついているところがいいって。高級ブランド好きです」

「男が泊まっていった様子がなかったのだろう」

「高級ホテルマニアだったんです」

「ホテルマニア？」

「高級ホテルのスイートルームが好きで、都内有数の高級ホテルを泊まり歩いていた。高級レストランで食事して、最高のサービスを受ける。あんな家具がいいとか、こんなデザインの部屋にしたいと言っていたそうです」

普通なら愛人の家を使う。そのためにマンションまで買い与えていたのだろうが、あてが外れたか。

「いい鴨だったのか」

「見方によるでしょうね。佐久議員の方はぞっこんだった。大のお気に入りだった。甘えられることが好きだったのかもしれない。それに応えられる財力もある」

「大いに参考になった。聴取を続けてくれ」

携帯電話を切ったとき、視界の隅に点滅する赤い光が入ってきた。赤色灯を載せた白いセダンが大型トレーラーの間を抜けてくるのが見えた。小型車のグレイスだ。

グレイスが近づいてきて、キザシの後ろに止まった。

運転席から下りてきた灰色のコートの男が、柵に両手をついて太い体を支えるようにして跨ぎ越え、傘を広げた。歩道に上がり、梶原に歩み寄ってきた。

「先程電話した東京湾岸署交通捜査係の最上洋二です」

歳は五十代後半だろう、梶原より頭一つ分背が低い。体重は百キロ近くありそうだ。目は細く、最近珍しい七三分けだ。サイドファスナー付きのウォーキングシューズを履いていた。

梶原は最上に迫るように言う。

「なぜ、バスジャック犯が河上幸恵だと気づかなかったんです？　被害者家族とは何度も顔を合わせていたでしょう。テレビ放送されていた。素人ならともかく、警官なら気づいて当然だ」

警察の失態と言われても仕方ない事態なのだ。

最上は動じることなく、梶原を見つめ返してくる。

「連絡が来るまでテレビは見てなかった。地取りに回ってた」

憮然とした顔をして応じて、最上が額をこする。最上の方が年上なのは確かだが、階級は分からない。だが、定年間際で所轄の交通課にいるのだから、自分より上の階級とは思えない。にもかかわらず、対等な口を利く。

「他にも捜査員はいるでしょう」

「交通捜査係の六人全員が目撃者捜しに出ていた。大井埠頭、大田市場、城南島全域に地取り範囲を広げて捜し回ってた。テレビを見てる暇はない。お宮入りしそうになったら引き揚げられる一課の刑事さんのようにはいかないんでね」

ひき逃げなどの交通事故の捜査は交通捜査係が行う。被害者が死亡した場合は、不休で働く。

この道路の周辺だけではない。半径約三キロまで拡大していたのだった。巨大コンテナターミナルと大田市場。出入りするトラックは全国各地からやって来て再び散っていく。最上らは懸命に捜査をしていたのだ。バスジャック事件に気を留める余裕もなく。

ひき逃げ事件発生当初は、交通事故を専門に扱う交通鑑識係員など多くの警察官が被害者家族を目にする。だが、急速に被害者家族に接する警官は少なくなっていく。被害者家族から話を聞いても、被疑者の特定にはつながらない。殺人事件とは違う。

署内の人間がバスジャックを知ったとしても、犯人が河上幸恵と気づくのは難しいかもしれない。気づいたとしても、もっと時間がかかるかもしれない。バスジャックが起きてから四時間余り。テレビ中継されていたが、ずっとホシの顔だけが流れていた訳ではない。

「済まない。気が立ってた」

　梶原が興奮を鎮めて言うと、最上は鷹揚にうなずいた。

「構わんさ。獲物を追うとき、猟犬は必死になるものだろう」

「俺を知っているのか?」

「噂は聞いてる」

　最上は素っ気なく応じ、持っていた書類鞄を右手に移した。雨に濡れないようにして鞄を開け、ファイルを取り出した。

「署に戻って取ってきたんで時間がかかった」

　東京湾岸署は、海を隔てた対岸の江東区の埠頭近くにある。ここから八キロ以上あるのではないか。往復十六キロ走り、詳細に説明するために資料を取ってきてくれたのだった。

　最上は太く短い指で、花束のわきの車線をさした。

「亮君の遺体はそこにあった。十二月三日の午後十一時十二分に入電。通報者は小島運輸の事務員。帰宅途中に道路に黒っぽい布のようなものがあるのを見つけて停止した。人だと分かって慌てて通報してきた」

　淡々と説明した後、ファイルを差し出してきた。

梶原はファイルを受け取り、右肘に傘を挟んで支え、表紙を開く。一ページ全面に大きく印刷された写真を見て、息が止まった。内臓を鷲づかみにされた。傘に落ちる雨音も聞こえなくなった。

歩道の縁石に沿って、少年の死体が横たわっている。ダウンジャケットは引き千切られ、大量の血がついている。破れたジーンズの所々に黒いタイヤの筋がついていた。

柔らかそうな黒い髪が、こめかみのあたりにかかっていた。顔には無数の小さな擦り傷がある。顔が原形を留めていることだけが救いか。身元確認のため、河上幸恵は遺体安置室でこの無惨な姿を見たのだ。

かじかみ始めた指で次の頁を開く。河上亮の自転車は大きくねじ曲がり、ライト類は潰れていた。ブルーシート上に並べられた着衣のダウンジャケット、トレーナー、帽子、手袋。その殆どが赤黒い血で染まっていた。

死因は内臓破裂による失血死。

交通鑑識の資料に、ひき逃げ車両のタイヤ痕に関する分析が出ていた。大型トレーラーの後輪のダブルタイヤの痕があった。腹部から足首の辺りまで。それと胸にもう一本のタイヤ痕がある。幅が二十センチから二十五センチまでの乗用車。タイヤ痕の幅とパターンからそう推測されていた。

「二度もひかれたのか」

梶原がようやく口を開くと、最上は太い首を振った。二重顎が揺れた。

「乗用車に続いて、大型トレーラーの後輪が亮君の上を通過した。ジーンズの生地の中に乗用車の小さな塗膜片がめりこんでいた。その上に大型車のタイヤ痕があった」

逆の順番はあり得ない。逆なら、タイヤ痕の上に塗膜片が残る。

「致命傷となった傷は？　乗用車、それとも大型トレーラー？」

「どちらも致命傷と言える大きな傷だった。乗用車がはねた時点で死亡していたかもしれない。その点は鑑別不能」

最初にぶつかった車の運転手に大きな非がある。しかし、避けられなかったとしても、次に当たった車の運転手にも責任はある。

「事故当時の状況はこうだ。車道の端を走っていた亮君の自転車に、後方から来た車が衝突。倒れた亮君の腹の上を乗用車のタイヤが通過。その後、横たわっていた亮君の上を大型トレーラーの後輪が通過。路面にブレーキ痕はまったくなかった」

「なかった」

「乗用車の運転手は、亮君の存在に気づかずに衝突した可能性が高い。大型トレーラーの運転手も気づかなかった。道路の端に転がっていると見えにくい。この辺りは普段から歩行者は殆どいない。おまけに夜だ。人はいないと思いこんで走っていたのかもしれない。二台の通過時刻は特定できず。三十分から一時間ぐらいの間隔が空いてひかれたと推測されただけだった。大型トレーラーでも、動物や人間をひくと、振動は運転席にも伝わる。何かを踏んだと分かる。人間だとは思わなかったと答えて責任逃れをする運転手もいる」

「いずれにせよ、二台とも逃げた」

「そうだ」

「事故状況は河上幸恵に伝えたんですか」

「話さない訳にはいかないだろう。唇を嚙み締めてじっと聞き入っていた。涙一つ見せず」

河上幸恵にはもう一人殺そうとしている人間がいる。トレーラーの運転手。佐久から大型トレーラーのナンバーや車体の会社名などを聞き取って警察に伝え、その運転手を連れて来させる。今、佐久に尋問しているということなのか——。

考え過ぎだ。最初に亮を佐久がひいたとしても、次にひいた大型トレーラーを見たとは限らない。

ふと浮かんだ考えを頭の隅に追いやり、梶原は捜査状況に話題を移した。

「難航したんだな」

「難航中」

最上が訂正する。佐久がひき逃げ犯と確定した訳ではないのだ。

「周辺には防犯カメラもＮシステムもない。一番近いガソリンスタンドで事件当日に給油した車を調べたが、事故を起こした痕跡がある車はなかった。目撃者捜しも徹底的にやった。事故発生の時間帯に検問を設けて、通行する車の運転手に見てないか訊いた。収穫なし。大型トレーラーの方は特定できる材料なし。一方、被害者のジーンズについていた塗膜片から乗用車の車種が絞れた。シルバーのメルセデスベンツのＳＬシリーズ。ここ三年以内に生産されたモデルだ。佐久議員はメルセデスＳＬに乗っていなかったか？　あるいは、使える立場になかったか？　ここに来る前に所有者リストを調べたが、佐久保昭の名前はなかったんだ」

切迫した顔をした最上が梶原に近づいて訊ねてきた。

「佐久議員の病院では見なかった。オープンカーのような派手な車は仕事には使わないだろう。彼の自宅には行ってない」

「そうか。その点は詳しく調べてみる。本人名義とは限らんし」

最上は項垂(うなだ)れた後、顔を上げ、気を取り直して説明に戻った。

「ひき逃げ事件発生時刻の前後十二時間に絞って、首都高速のインターやここから近いＮ

システムの記録を調べたが、該当車なし。Nシステムの下を通らなかったのかもしれないし、大型車両の後ろについて隠れたのかもしれない。東京、神奈川、千葉に絞って車当たり捜査をかけた。登録されていた一九二台中、一〇六台の調査を終了。何も出なかった」

東京湾岸署の捜査員たちは、目撃者捜しと並行して、河上亮をはねた乗用車の特定作業を行っていた。青空駐車場に止まっている車なら、確認作業はし易い。だが、こういった高級車は車庫に入っていることが多い。持ち主が帰宅するのを待ち、協力を得て見せてもらう。持ち主が現れるまでは張りこみだ。目撃者捜しと広範囲にわたる車当たり捜査。捜査員たちは休みも取らずに働いていたのだった。

「トレーラーのコンテナは入れ替わる。地方に行ってまたやって来る。城南島から大田市場、大井埠頭に拡大しているところだった」

一ヶ月にわたる捜査が空振りだったところで、捜査方針を見直し、範囲を広げて捜査に打ちこんでいたのだ。

「大変でしたね」

労い(ねぎら)の言葉をかけても、最上はきつく唇を結んでいる。苛立たしげに路面を靴でかいた。相当歩き回るのだろう、ウォーキングシューズの靴底が片減りし、靴の表面には幾筋もの皺が寄っていた。

最上はファイルを握り締め、悔しそうな表情を浮かべて吐き出すように言った。

「大変なのは当たり前だろう。それに、捜査方針が間違っていたら、捕まえられるものも捕まらない」

「間違い？」

「事故現場はここだけじゃない。もう一つあるはずだ」

「どういうことです？」

「血痕の状態が一様ではなかった」

最上は車道を指さす。亮が倒れていた付近を中心にして、指で半径五メートル程の円を描いた。

「血はその辺り一帯に飛び散っていた。大きさは五ミリから二十センチまで。事故で出血した場合、路面上に広がったり流れたりしてから固まる。俺が臨場したとき、薄い血痕もあったが、盛り上がった厚い血痕があちこちにあった。最初にひかれたときに体内にできた血の塊が、二度目にひかれたときに、固まっていない血と一緒に出てきたと思った」

血液凝固は怪我をした時点から始まる。しかも体内のすべての血液が固まることはない。

「交通鑑識の見立てでは一時間の幅があった。遺体の損傷程度から見て、最初にひかれたときに全く出血がなかったとは思えない。その可能性はゼロじゃない。つまり、一台目が走り去ってから、一時間の間に二台目にひかれた。そんなに長い間、他の車が死体に気づかずに走り去ってしまうとは考えられない。別の場所でひかれた後で、ここに運ばれてきた。そして大型トレーラーにひかれた。そう考える方が自然だ。もう一つの現場を探すべきだと係長に訴えた」

なんとも大胆な推理だった。もしそうなら、メルセデスSLの運転手は何のためにそんなことをしたのだ。偽装工作にしてはお粗末。死体も自転車も完全に隠さなければ意味がない。事故がなかったことにはできない。

「認められなかった訳だ」

梶原が言うと、最上は力なくうなずいた。

「俺一人でこの周辺一帯を探し歩き回った。納得できないものを放ってはおけない。仕事が終わった後で。しかし、見つからなかった。どこにも事故の痕跡がなかった。損な性分だ」

担当の仕事をこなすだけでも精一杯のはずなのに、最上は寝る時間も削って徒労と思える作業を続けていたのだ。

「逃げ得は許さない主義でね」

拳を握り締めた最上が顔を歪め、腹の底から声を絞り出した。同じ匂いがした。同類だ。

強い使命感を持った刑事だ。

梶原の頭の中で、一つの可能性が浮かび上がってきていた。

もしかしたら、羽島安美の方か。マンションにあった羽島安美の車はアウディだったが、ひき逃げ事件の前に、誰かからメルセデスＳＬを借りた可能性もある。

事故現場から逃走するメルセデスＳＬを誰かが見ていた。その目撃者がナンバーを覚えていた。河上幸恵が目撃者を見つけてナンバーを聞き出したとは考えられないか。しかし、素人がナンバーから所有者を割り出すのは困難だ。

以前はナンバーが分かれば、陸運局で簡単に所有者に辿りつけた。所有者の名前と住所が載った登録事項等証明書を発行してもらえた。

だが、今は車台番号も必要となる。車台番号は車検証かエンジンルームに貼ってあるシールに記載されている。先に事故車両そのものを見つけなければならない。

けれども、調査業界の人間の手にかかれば、ナンバーだけでも十分だ。警察を辞めて調査業界に入った者が、元仲間の警官に金を払って照会作業を頼んで割り出せば済む。探偵業や警備業などの認可監督は生活安全部が行っている。中には不正行為に手を染めている警官もいるのだ。もっとも、河上幸恵が独力で目撃者を探し出したという条件がつくが。

そう思い至ると、梶原は携帯電話で白山にかけた。十二月三日に、羽島安美にシルバーのメルセデスSLを貸した人間がいないか調べるように頼んだ。

「了解です。俺から中野刑事に頼んでおきます。車の持ち主がマンションまで届けた可能性もあるでしょう」

やはり頼りになると思いつつ、梶原は電話を切った。

通話を終えた梶原に、最上が言う。

「同乗者がいたのか。すると、その羽島安美が運転していた可能性もあるんだな」

頭が回る。白山との会話から、佐久ではない人間がメルセデスSLに乗っていたと考えたのだろう。

ひき逃げ事故の真相解明が、人質解放につなげられる唯一の道。それもまだ可能性の段階に過ぎない。決め手ではない。

河上幸恵はひき逃げ車両を突き止めた。けれども、事故当時の運転手までは分からなかった。そこでメルセデスを使える立場にあった羽島安美に直接当たる。マンションの地下駐車場で。しかし、あのとき、羽島安美が真実を口にしただろうか。激痛と恐怖の中だ。助かりたい一心で佐久の名前を出した。河上幸恵もまた、それが真実とは受け取らなかったのかもしれない。どちらが河上亮をはねたのか、未だに誰も分からないのだった。

ひき逃げ事件の真相。羽島安美か、佐久か。真犯人が分からなければ、打つ手はない。

梶原は引っかかっていた疑問を最上に投げかける。

「被害者はどうしてそんな夜遅くにこんな場所にいたんです？」

通報時刻は午後十一時十二分。普通なら家にいる時間だ。

「それも不明だ。母親も知らなかった。亮君は行き先を言っていなかった」

亮の机にあったポストカード。裏に鳥の絵が描かれていた。

「鳥が好きで見に来ていたんじゃないんですか？」

「鳥は夜動かない。母親の話では特別鳥が好きだった訳でもない。公園の職員にも当たったが、当日亮君を見た者はいなかった」

夜来ても意味のない場所なのだ。ならば、なぜこんな所にいた。

「亮君がいないのに母親が気づいたのはいつ？」

「母親が仕事で遅くなることはよくあった。亮君も慣れていた。用意されていた夕食を温めて食べ、テレビを見たりして起きて待ってたそうだ。その日も心配していなかった。同僚たちとの飲み会が終わり、帰宅したのが十二時少し前。そのとき亮君がいないのに気づいて携帯電話を鳴らした。電源が入っていないか電波の届かない場所にいるというメッセージが流れるだけで出ない。慌てて同級生たちの家に電話をかけ始めた」

母と子どもの二人暮らし。子供は寂しい思いを強いられる。

ふいに瑞希の姿が脳裏に浮かんだ。小学校までは親戚の所で面倒を見てもらっていたが、中学に上がってからは梶原との二人暮らしになり、殆ど家に帰ってこない父親を一人で待っていたのだった。

「署の遺体安置室で身元確認をして貰った。あんな気丈な人は見たことがない。取り乱したりもせず、苦痛を堪えるようにして、廊下の椅子に座ってた。事情を聴いている間も冷静だった。涙一つ見せない」

「事件後、河上幸恵はここに来ていなかったか?」

「最初の頃は毎晩。検問を置いて聞いているときに、河上さんも同じことをやる。捜査の邪魔になるので、止めてくれるように頼んだ。聞き入れてくれたが、後日また大型トラックを止めて休憩している運転手に聞き回っていた。仕事を休んでやってた」

「東京湾岸署には来なかった?」

「一度だけ来た。それと俺の携帯に何度か電話があった。必ず捕まえる。そう答えるしかなかったが」

たとえ被害者家族が相手でも、警察は捜査状況を明かせない。捜査は殆ど進展していなかったから、報告する内容もない。

「父親は？」

「一人でここに線香を上げに来てた。河上さんのように訊いて回ったりはしていない。穏やかな人だ。捜査内容は話せないと伝えると、納得してくれた。犯人が捕まるのを待つと」

「一人？　娘さんは？」

「来てない。少なくとも捜査員は見てない」

中学二年生。微妙な年頃だ。一度ぐらいは現場を訪ねただろう。だが、弟が殺された場所に立たせるのは酷だと父親が考えたのか。

梶原は河上幸恵に話題を戻す。

「河上幸恵が姿を見せなくなったのはいつごろ？」

最上は曇天の空を仰いで考えていたが、梶原に向き直った。

「事件から三週間ぐらいだったな。それから姿を見なくなった」

その頃に河上幸恵はひき逃げ犯に関する手がかりをつかんだのではないか。目撃情報を見つけ出したのではないか。メルセデスＳＬのナンバーをつかみ、探偵に割り出しを頼んだ。

しかし、そうだとしても役には立たない。人質解放につながる情報とは言えない。

行き詰まりか。

梶原は手の甲を額に打ちつけて考えを巡らせる。ここにいてもひき逃げ事件の真相は見えてこない。他を探すしかない。けれども、佐久も羽島安美も手の届かない所にいる。ともかくひき逃げ事件の真相をつかむことだ。あまり時間は残されていないが、それしか手はない。

「父親の住所を教えてくれ」

最上は一瞬当惑の表情が浮かべたが、ファイルを開き直した。

梶原は住所と電話番号をメモし、最上から名刺を貰った。梶原と同じ巡査部長だった。

「前にどこかで会ったことがあるかな？」

梶原の問いかけに、最上は首を横に振る。

「捜査一課とは無縁だ。刑事になったこともない。交番勤務の後はずっと交通部門で働いてきた。あちこちの署を渡り歩いてきた。おそらく、ここが最後の職場だろうよ」

交通課一筋。日向(ひなた)の部門とは言えないが、その道を歩いてきた専門家だ。死亡ひき逃げ事件となれば、殺人犯捜査係と同様の仕事をする。そういう意味では、最上もまた立派な刑事だ。

柵を越えて車道に下りると、最上も続いてきた。

梶原はキザシのドアを開けながら、後方のグレイスに乗りこもうとしていた最上に訊く。

「署に戻るのか？」

「バスジャック現場に行く」

「バスジャック現場――」

「佐久議員一人でやってきたのではないだろう。秘書がついてきたと聞いた。秘書に当たる」

佐久議員の周辺から洗うつもりなのだ。

「佐久議員がバスから出てきたら、真っ先に当たって絞り上げる」

最上は素っ気なく答え、傘を畳んで車内に放りこみ、グレイスの運転席についた。やはり、この男は同類だ。

梶原はキザシに乗りこみ、エンジンをかける。グレイスを先に行かせ、キザシを発進させた。

16

深く深く落ちていく。

梶原はキザシを駆り、猛スピードで臨海トンネルを下っていく。トンネル壁に赤色灯の光が当たり、サイレン音が反響する。前を走るワゴン車や大型トラックが次々と避けていく。

ひき逃げ事故現場を離れ、東京港臨海道路を東へと進んでいる。首都高速湾岸線が事故で渋滞していたため、南回りの道を選んだ。

臨海トンネルを出た途端、本格的な雨になった。周囲には廃棄物処理場が広がっている。人工物と言えるのは道路と信号機ぐらいだ。

頭上から轟音が降ってきた。旅客機がキザシを追い越し、東の方へ飛び去っていく。

夜空に駆け上がっていく旅客機を視界の端に見つつ、梶原は北に進路を変える。

再びトンネルを抜けるとビル群が現れた。有明(ありあけ)インターから首都高速湾岸線に乗って深川(ふかがわ)線に移り、枝川(えだがわ)インターで下りると、潮の匂いがし始めた。

四時三十七分。佐久議員がバスに乗ってから四十分以上になるが、動きはない。警察無線は沈黙している。

河上幸恵は何をしている。

おまえが息子をひき殺したのか。羽島安美の方かと佐久に訊いているのか。それにしては長過ぎないか。

佐久がひいたとしても、認める訳がない。認めた途端に撃たれるのだ。

佐久は羽島安美に罪をかぶせようとしているのか。それとも、本当は羽島安美が河上亮をひいた。その事実を納得させようと、説明を尽くしているのか。

だが、監視待機についている清水は、二人が話し合いをしている様子はないと伝えてきていた。

河上幸恵は一体、何を考えている。何をしているのだ。

今、ホシの考えを読み解こうとしても、どうにもならない。ひき逃げ事件の真相を解き明かす。どちらがひき逃げ犯なのかを割り出す。証拠を出して伝える。もっとも、佐久がひき逃げ犯だった場合は、打つ手はなくなるが。

着信音が鳴った。

スピーカホンにして携帯電話をホルダーに入れると、白山主任の声が流れてきた。

「メルセデスＳＬの所有者が分かりました。羽島安美さんです」

「それじゃ、あのアウディは？」

「管理人の話では、最近アウディに買い替えたと。中野刑事が調べてくれました。以前はお気に入りでよくオープンにして乗り回していたそうですが、気が変わったから新しい車にした。流行りのクロスオーバー車に替えたと自慢げに話していたそうです」

「いつ替えた？　十二月三日の前か、後か？」

「納車されたのは十二月十日。それまでの一週間程、駐車場に車はありませんでした」

「十二月三日はメルセデスＳＬで出かけたのか？」

「そこまでは確認できませんでした。ただ、四日以降、納車されるまで駐車スペースは空いていたとのことです」

十二月四日はひき逃げ事件の翌日だ。人をはねた車でマンションには戻れない。誰かに送られて来たか。タクシーを使ったか。

そして事件から時間を置かずに、羽島安美は新車を買っている。おそらくメルセデスＳＬはひき逃げ事件直後にどこかに運ばれ、密かに処分されたのだろう。登録抹消からスクラップ処分まで引き受ける違法業者がいる。金さえ積めば、事情は問われない。

最上の読みが現実味を帯びてきた。偽装工作が行われたのだ。

羽島安美が河上亮をはねたと仮定しよう。佐久はどう動いた。

愛人がはねた車に乗っていても、佐久が罪に問われる確率は低い。けれども、一大スキャンダルだ。同義的な責任を問われる。都議会のボスへの道が断たれる。議席も失う。

佐久本人がひいたのなら、交通刑務所行きは免れない。どちらにせよ、ひき逃げ事件から逃れる必要があったのだ。

しかし、羽島安美と佐久の二人だけで偽装工作をできるとは思えない。突然のことで混乱し、頭が回らなかったはずだ。そうした状態で証拠を完全に消せるか。やり遂げられるか。

第三者の力が必要だ。佐久は助けを呼んだ。

メタルフレームの眼鏡をかけた男の顔が、脳裏に浮かび上がってきた。

甲元秘書が手を貸したのではないか。あるいは、甲元が第三者にやらせた可能性もあるが。

まだ甲元と断定することはできない。だが、偽装工作を引き受けるとすれば、彼の可能性が最も高い。どちらが運転していたかは把握しているはずだ。

梶原はそう判断し、偽装工作の件と推理を要約して白山に伝えた。

「その線、あり得ますね」

甲元を吐かせることができれば、ひき逃げ事件の真相は明らかになるかもしれない。けれども、簡単に吐くような相手ではない。揺さぶりをかける材料もない。ともかく甲元秘書は最上に任せるしかないのだ。他に真相に辿り着く道はないか。

梶原は四時三十九分を指した時計を見て、白山に訊く。

「羽島安美の容体は？　今度は事情聴取できそうか？」

「意識が戻りません。今日中にできるかどうか分からないそうです」

佐久がバスに入ってから一時間になろうとしていた。いつショットガンを撃っても不思議ではない。羽島安美の回復を待っている余裕はない。他に手はないか。

白山を呼んで一緒に捜査をするか。しかし、それで成果が上がるとは限らない。今合流しても意味がない。

考えを巡らせた後、梶原は再び口を開いた。

「羽島安美の周辺に甲元秘書が現れていないか調べてくれ。アウディを買うのを手伝ったかもしれない。どんな小さな情報でもいい。最上に伝えて、甲元秘書を揺さぶる」

「間に合いますか」

「それしか手がない」

苦々しい口調で言うと、白山は「了解です」と答えを寄こした。

梶原は一旦通話を打ち切り、二本の電話をかけた。野川とバスジャック現場に向かった最上に捜査状況を伝えた。

「有効な情報だ。絞り上げる」

最上の鼻息は荒い。

梶原は頼むと言って電話を切った。

額と手のひらに汗が滲んでいる。

梶原は汗を拭き、ステアリングを握り直す。今から真相をつかめるか。いや、つかまなければならない。そう自分に言い聞かせ、アクセルを踏みこんだ。

汐見運河と汐浜運河を渡って木場に入った。低い家並みが続く下町だ。スカイツリーが一際大きくなってくる。スカイツリーの頂点付近は分厚い雨雲に溶けこんで見えない。

永代通りの手前で細い道に入った。サイレンを消し、赤色灯の光を落とし、目的のビルに近づいていく。

梶原はビルの玄関前の小さなスペースにキザシを止め、ビルを見上げた。灰色の外壁の三階建てで、かなりの奥行きがある。経営状態は良さそうだ。両隣はごく普通の二階建て住宅だった。

ビルの三階のベランダに洗濯物が吊るされている。店舗と住居が一緒になっているようだ。

一階と二階の間に井川印刷所の文字が並んでいる。一階の玄関のガラスドアにも同じ文字と電話番号が入っていた。

梶原は玄関に歩み寄った。玄関ドアを押し開ける。正面にカウンターがあり、左手に応接セットが置かれている。壁には見本と思しきポスターが貼られていた。

カウンターの向こうで事務机についていた銀髪の男が顔を上げた。七十を少し過ぎたくらいか、紺色のセーターを着ている。

「申し訳ありません。今日の営業は終わりました」

梶原は警察手帳を出して男に見せる。

「警視庁捜査一課の梶原と言います。井川政男さんはおられますか」

男は事務机を離れて近づいてきて、カウンターの前で立ち止まった。

「捜査一課――。バスジャック、ですか？」

訊ねる声が微かに震えていた。硬直した表情で梶原を見つめてくる。

テレビニュースを見たのだろう、捜査一課の特殊班がバスジャックの対応に当たっているとアナウンサーが何度も繰り返していた。となると、バスジャック犯が河上幸恵であることも知っているはずだ。

「そうです。井川政男さんにお話を伺いに来ました」

男は奥にあるドアを開けて中に入っていった。裁断機らしき音や印刷機の音が、少し開いたドアと壁の隙間から流れてくる。店の奥が印刷工場になっているようだ。

ドアが開き、デニムシャツを着てカーキ色のズボンをはいた男が現れた。洒落たデザインの黒いセルフレームの眼鏡をかけている。胸ポケットには軍手が突っこまれている。猫毛のような柔らかそうな髪。大きな目と高めの鼻。顔形は先程の男に似ていた。十センチ程背が高いだけで、同じように細身だ。

「本当に幸恵がやったんですか？」

梶原の前に来るなり、男は言った。

梶原は確認する。

「井川政男さんですね」

「井川です」

「バスジャック事件を知ったのはいつです？」

「ついさっき。それまでテレビは見てなかった。友人から会社に電話が来て。ずっと印刷機のそばに張りついていたんで」

井川が頭を抱えこんだ。その手が小さく震えている。髪をかきむしった後、こちらへと低い声で言って背を向けた。

梶原は井川の後を追う。工場への出入口のわきにある階段を上っていく。二階を通り過ぎ、三階に出た。

井川が茶褐色のドアを開け、廊下を進み、リビングルームに入った。サイドボードの上の壁にかけられた小さな額が梶原の目に留まった。翼を広げた鳥の絵が入っている。黒い線だけで描かれている。亮の机の上にあったポストカードの裏にあった絵と同じだ。こちらの方が二倍程の大きさだ。なぜ、ここにあの絵がある。亮が描いた絵を持ってきたのか。

井川がキーホルダーを取って戻ってきた。廊下の一番奥にある部屋のドアを開け、照明を点けた。三畳程の狭い洋室のあちこちに段ボールが積んである。縦長の金属製のロッカーと金庫が並んで壁際に置かれていた。

井川は真っすぐロッカーに近づき、鍵を挿して扉を開けた。黒光りした銃が一挺立てかけられている。上下二連式のショットガンだ。

項垂れた井川が吐き出すように言う。

「あいつ……」

「ここから持ち出したのか？」

梶原が訊くと、井川は首を縦に振った。

「ガンロッカーには二挺入れてありました。このベレッタとレミントンＭ８７０。レミントンがなくなってる」

迂闊(うかつ)だった。元夫がショットガンを持っていたとは。しかし、凶器の入手先を調べていたとしても、数が多過ぎて、ここに当たっていたとは限らない。そんな時間もなかった。

梶原は自分の愚かさを呪った。

「何発持って行った？」

井川は腰を落としてガンロッカーわきの金庫を開け、木箱を抜き出した。木箱は空だった。

「ダブルオーバック二十発」

河上幸恵の手元にはまだ十八発もの弾がある。

井川は踵を返して部屋を出ていく。足早に廊下を進んで行き、玄関に向かう。

井川の後を追いながら、どこへ行くと声をかけたが、返事はない。足も止まらない。

娘の真澄にも話を聞いておきたかった。三和土に女の子用の靴はなかったから、まだ学校にいるのか。

井川は一階に下りて裏口から出て、路地を渡って反対側の並びにある家と家の隙間を抜けていく。

開けた空間に出た。民家に囲まれた小さな庭の南側に、古びた建物が建っている。

井川が鍵を開け、シャッターの下をつかんだ。ガラガラと音が響き、シャッターが上がっていくと、古いオープンカーが現れた。奥には工具箱やタイヤや作業台が並んでいる。

ガレージ兼作業場といったところか。ガレージ全体に錆びた鉄の臭いが漂っていた。

井川は万力が取り付けられたテーブルに両手をつき、腰を落とし、膝を床のコンクリートについた。

「あいつだったのか」

梶原は床のコンクリートを見た。小さな金属の破片や粉、おがくずが散らばっている。河上幸恵はここで万力にショットガンを挟み、銃身に金鋸(かねのこ)を走らせて切断し、ストックも切り落としたのだ。鬼気迫る顔をして、両手で握った金鋸を力をこめて押して。必ず復讐すると自分に言い聞かせながら。

「なんでだ。なんであんな馬鹿なことを——」

金属くずを握り締めた井川の顔が歪み、右手に血の細い筋が走った。

ニュースを見ても、バスジャック犯が元妻だとは信じられなかった。認めたくなかったのだろう。そして、今になってやっと確かめた。ショットガンがなくなり、工作した痕跡を見てようやく受け入れたようだ。

梶原は井川の右手を取った。

「離して。それを離せ」

井川の手のひらが開き、金属片が落ちていった。

井川は体を持ち上げるようにして立ち上がり、壁際のベンチに腰を落とし、背もたれに寄りかかった。

「使ってくれ」

梶原が差し出したハンカチを、井川は受け取って右手に巻きつけた。荒い呼吸を繰り返す井川の息が、ガレージ内に白く流れる。

梶原は井川の前に立って切り出す。

「元奥さん。河上さんと言った方がいいか。河上さんは、ガンロッカーの鍵の保管場所を知っていたんですか？」

「ええ。以前からずっとあのサイドボードに入れてました」

「ショットガンの弾が残っていることも？」

「知ってました。クレー射撃向きの弾じゃない。でも、興味があって買った。殆ど撃たずに弾薬ロッカーに入れておいた。役に立たないものは処分しろって叱られてました。おそらく、こっちに住むようになっても変わらないと思っていたはずです」

「家の鍵は渡してあったんですか？」

「渡してません」

かつては一緒に暮らしていたのだ。河上幸恵が予備の鍵を作っておいた可能性はある。

「その車の鍵は？　一緒にいたときからマンションにあった？」

梶原が黒いオープンカーを見やって訊くと、井川は吐息混じりに答えた。

「TVRは動きません。エンジンや補機類やドアなどあちこち直してます」

「いつから動かなくなったんですか?」

「二年半ぐらい前かな」

「そのことを河上さんは知っていた?」

「イギリスから部品を取り寄せて直しているって言ったら、病気だって呆れられた。その病気は一生治らないって。当たってるんで、何も言い返せなかった」

「最近、河上さんはここに来た?」

「来る訳がない。ずっと来てませんよ。一緒に暮らしていたときから来たこともない。秘密基地なんかに行きたくもないって」

「あなたは以前からこのガレージを使っていたんですか? ショットガンも実家に保管していた?」

「このガレージは十年ぐらい前に借りた。実家での仕事が終わった後、時々ここで息抜きをしてから、大森のマンションに帰った。ショットガンをマンションから移したのは、離婚したときです」

「あなたが最後にこのガレージに来たのはいつです?」

「昨日の早朝。家と仕事場が一緒になったんで、早朝でも来れる。昨日来たときはこんなんじゃなかった」

　元夫の実家にショットガンと弾があることを知っていた河上幸恵は、それを使うことにした。おそらく、昨日家にしのびこんでショットガンを盗み出し、ここで切断作業をした。衣服の下に入れて隠し持ち歩けるように短く改造した。一旦マンションに戻ったかどうかまでは分からない。ガレージを離れた後、蒲田の日高家に現れている。日高春美の車を借りる約束だったが、夫が友人に貸していたため、急遽、日高工業のカローラを使うことになったのだった。ＴＶＲが使えれば、そんな遠回りをすることもなかっただろうが。

「なぜです？　幸恵はどうしてあんなことをしたんですか？」

　見上げてくる井川の目が赤く充血している。興奮は収まっていない。

「亡くなった亮君の復讐です」

「復讐って――」

「河上さんは、ひき逃げ事件の犯人を捜していた。犯人の車を突き止め、持ち主を割り出した。事件当時、持ち主の女性と都議会議員の佐久保昭が乗っていたと思われる。持ち主の女性を襲って重傷を負わせた後、バスジャックした。そして佐久議員を呼べと要求してきた。殺害するために」

「待って下さい。佐久議員は自分からバスに入っていった。テレビでバスに乗りこむシーンを繰り返し流していた。殺されに行くようなものじゃないですか。どうしてそんなことを――」

「我々にも分からない。もしかしたら、説得しようとしているのかもしれない」

「説得」

「ひき逃げ事件が起きたとき、どちらが運転していたのか、つかめていない。持ち主の女性だった可能性もある。佐久議員は事件の真相を話して、バスジャックを止めさせようとしているのかもしれない」

逆の場合もある。佐久がひいたのかもしれない。佐久は、自分がひき逃げ犯ではないと河上幸恵に思わせようとして乗りこんできたのではないか。

けれども、もしうまくいったとしても、警察の本格的な捜査が始まる。佐久と羽島安美の周辺が徹底的に調べ上げられる。それとも、偽装工作が完璧で、絶対に見破られないとでも思っているのだろうか。

本当の事故現場から野鳥公園まで、河上亮の遺体と自転車を運んだ。移動するところを誰かに見られた可能性もある。二度目にひいて逃げ去った大型トレーラーの運転手が、偽装工作した人間を見た可能性も。

あるいは、河上亮がひかれた瞬間を目撃した人間がいるかもしれない。目撃者が出たら、佐久であったにせよ羽島安美であったにせよ、言い逃れはできない。

やはり、羽島安美がひき逃げ犯だったのか。そうでなければ、佐久が危険を冒すとは思えない。いずれにせよ、まだどちらとも断定はできないが。

「何だってあんな馬鹿なことを。あんなことをしたって、亮は還って来やしないのに」

井川は顔を歪め、右手の拳を握り締めて膝に打ちつける。拳に巻いたハンカチに赤い滲みが広がっていく。

「何て女だ。なんであんなことまでする。許されることじゃない……」

徐々に声が低くなっていく。最後の方は聞き取れなかった。

「確かに強い人だ」

梶原が実感のこもった口調で言うと、井川が訊いてきた。

「会ったんですか？」

「呼ばれてバスの中で話をした。一方的に要求を伝えられただけだったが。芯が強いと感じた」

その前に銃を向け合ったことには触れなかった。

「強過ぎるんです。相手に対して強く当たる。亮も苦労した。我慢した。大変な思いをさせた。結局、最後には苦しい思いを。守ってやれなかった」

守れなかったとはどういうことだ。井川はひき逃げ事件に関係していない。

「自分を責める必要はありませんよ」

井川の首が今度は横に振れた。

「責任はあります。父親としての責任を果たせなかった。引っ張ってでもこっちに連れてくるべきだった。亮と真澄と一緒に暮らしていたら、あんな事件には遭わなかった……」

冷たい風が吹きこんでくる。シャッターが上がったままなので、温度は外と変わらない。コートを着ていても寒い。デニムシャツの井川は寒さなど気にしていない。まるで心まで凍ったかのようだった。

梶原は井川に問う。

「離婚したことを後悔しているんですか？」

「してませんよ。そうするしかなかった。別れて暮らす以外に」

「離婚の理由を話してもらえませんか」

「俺にとってはでき過ぎた女でした。こんないい加減な男と一緒になってくれたのだから、文句は言えないし、言うつもりもなかった。幸恵にすべて従ってきた。幸恵の仕事場に近い所にマンションを買い、実家の印刷工場に通って働いていた。不便でもそれぐらいの我慢はした。でも、引けないこともある」

「子供さんたちのことですか」

「刑事さんにも子供がいるんですね」

「娘が一人」

「いくつです？」

「十七。高二だ」

「三つ上か」

井川の娘の真澄は中二と聞いていた。息子のことを話題にしているのではなかったか。疑問に思ったが、梶原は黙っていた。

「恥ずかしい話ですが、真澄は引きこもりです。五年間、ずっとこもっている」

井川の視線が後ろの壁の方へ流れた。路地の向こう、井川印刷所の方向だ。

「今も部屋にいる。学校には行ってません。小四のときに突然いじめが始まった。原因は分からない。言い返さないから、ますますエスカレートしていく。もともと気が小さくて繊細な子で。一年ぐらい我慢したが、学校に行かなくなった。気を強くもって。学校に行きなさい。あいつはそう真澄に言い続けた。強くなりなさい。そんなことで負けてたら、生きていけない。何もできないって。正論です。しかし、できない子もいる。そうしたくても、いざとなると萎縮してしまう。真澄はできずに苦しんでいた。俺は転校してもいい。

いじめる人間がいる所に行く必要なんかないって言ったんですが、あいつは聞き入れなかった。このままじゃ、真澄の心が潰れてしまう。今度は俺とあいつが言い争うようになって。家中いつもぎすぎすしてた。真澄を守るためにも、別れて暮らす以外になかった。真澄を連れて実家に戻ってきた。亮を置いて」

真澄は先程入った井川家のどこかにいたのだ。

井川は深く項垂れ、顔を上げて続けた。声に悔しさが滲んでいた。

「あいつは、亮だけは渡せないって言い張った。それだけは絶対に譲れないって。亮と真澄はとても仲が良かった。姉思いの子だったんです。真澄を心配して、こちらに来たがっていた。けれど、母親と一緒にいるって言い出して。お姉ちゃんを頼むよって。仕方なく亮の申し出を受け入れた。たまに電話すると、ちゃんとやれてるから心配しないでって。真澄のことを心配してくれた。父親がいなくて、色々迷惑をかけた。なのに、最後にはあんな酷(ひど)い目に。こっちで一緒に暮らしていたら、夜遅くまで出歩くなんてさせなかったのに……」

考え過ぎだ。そう思ったが、口にはできなかった。井川の目に光る物があった。未だ混乱の極みにある。自分たち夫婦のせいで大切な子供を失った。悲しみだけではない。悔やみ切れない思いを抱える羽目になったのだ。息子をひき逃げした相手への憎悪をも抱くことなったのだ。

　なのに、井川はひき逃げ犯には触れなかった。悲しみや絶望感が、憎しみに蓋をしているのか。それとも、憎悪の噴出を自制しているのか。自分を抑えているのだとしたら立派だ。とても自分には真似できない。妻を殺されたときは、憎しみの塊だった。河上幸恵と同じように、犯人に銃口を向けたのだから。

　梶原は苦い思いを飲みこみ、井川から視線を外した。

　無駄足だったか。ひき逃げ事件の真相に迫れる材料を井川から得られるかもしれない。僅かな可能性に賭けてきたが、見つからなかった。

　どうする。どうしたら、真相に辿りつける。

　懸命に思考を巡らせる梶原の頭に、二つの絵が浮かび上がってきた。

「リビングルームの鳥の絵は誰が描いたんです？」

　梶原は井川に目を向け直して訊く。

　井川は涙を拭って答えた。

「ハヤブサの絵ですか。真澄です。親父が気に入って額に入れて飾った。真澄はそんな大したもんじゃないって言ってたんですが」

「亮君はこちらの家によく来ていた？」

「来てません。離婚してからは一度も。俺が亮に会うことも許されなかった」

「真澄さんと亮君もずっと会っていなかったんですか？」

「ええ。大森のマンションから引っ越すときが最後だったと思います」

「真澄さんが亮君と連絡を取るときは電話でしたか？」

それが何なのだという表情を浮かべつつ、井川は答えを寄越した。

「電話とメールじゃないかな。二人とも携帯を持っていたし。ですが、真澄は俺の前で亮に電話することはなかった。気を使って」

「手紙や葉書は？」

「俺には何も来てない。葉書ぐらい書いてくれてもいいのに。母親の言うことをきっちり守っていたんです」

「真澄さんは鳥が好きなんですか？」

「さあ。真澄の部屋にはずっと入っていないし。誰も入れない」

亮の机に立てかけられていた絵葉書の裏に描かれた鳥。あれもハヤブサだ。あの絵は、真澄が描いていたのだ。あの絵葉書には宛先も書かれておらず、切手もなかった。

両親の知らないところで、真澄は亮と会っていたのではないか。そして、描いた絵を弟に手渡した。亮はそれを大事に飾っていた。

亮の遺体発見現場は野鳥公園のすぐそばだ。

ひき逃げ事件があった日、真澄は亮と会っていたのではないか。だとすれば、真澄がひき逃げ犯の顔を見た可能性もある。

「亮君が事故に遭った日、真澄さんはどこにいました？」

「部屋です」

「確認しましたか？」

「真澄は引きこもりです」

外に行く訳がないと思っているのだ。確認は取れていない。直接本人に訊くしかない。

真澄さんに会わせて下さいと口にしようとしたとき、胸ポケットで着信音が鳴り出した。

梶原は携帯電話を抜き、井川の元を離れた。雨が降る中庭に出て通話ボタンを押す。軒下に入って雨を避けた。

「清水です。バスが動き出します」

「動く――」

清水が冷静な口調で報告してくる。

「向きを変え始めた。ネゴシエイターが止めようとしているが、止まらない。佐久議員はバスのフロントガラスに両手をついて前方を向いている。その後ろにショットガンを持ったホシがいます。パトカーをどかせという風に片手を振っている。南側の道路に出るつもりだ」

「どこに行――」

梶原の問いが途中で遮られた。

「現場から離脱します」

その言葉を最後に通話が切れた。

今になってなぜ、大学を離れる。佐久を殺すのなら、引き金を引くだけでいい。それで目的は果たされる。移動する必要などないではないか。

一体、何があった。河上幸恵は何を考えている。どこに行こうとしている。

17

暗くなった空から、冷たい雨が落ちてくる。

梶原は携帯電話を握り締めて立ち尽くしていた。井川はガレージ奥のベンチに座ったまま項垂れている。興奮が鎮まり、一気に疲れが出たのか、動かない。

午後四時五十八分。清明大学のグラウンドに止まっていたバスが、四時間半程経って再び走り出した。河上幸恵はこれから何をしようとしている——。

携帯電話をテレビに切り替えた。アナウンサーはバスが大学を離れたと報じているだけで、自主規制しているのか、映像は出てこない。

梶原は森岡管理官に電話をかけた。五コール。七コール。対応に追われて手が空かないのか、出ない。

十六コールが終わりかけたとき、しわがれた声がやっと耳に届いた。

「森岡だ」

「バスが走り出したそうですね。何が起きているんです？　人質は無事なんですか？」

「なぜ知っている？」

「清水から連絡がありました」

あいつかと納得したようにつぶやき、森岡は言葉を継いだ。

「清水はバスを追跡している。どこを走っているか分からんが」

移動指揮車からは見えない位置にいるのだ。警官隊も清水を確認できない。清水は潜行しながらバスを追っている。

「人質は無事だ。バスは環七通りを南下中。中野区に入ったところだ。佐久議員は運転手の隣で、フロントガラスに両手をついて前を向いている。河上幸恵はバスの中央でショットガンを持って立っている。人質全員が席についている」

　バスジャックが起きてから清明大学に行くまでとほぼ同じ追跡態勢だった。携帯電話からはサイレンの音と、三隅管理官が指示を飛ばす声が重なって聞こえてくる。森岡は一旦言葉を切り、冷静な口調で続ける。

「佐久議員と河上幸恵が話をしていた様子はない。四時五十六分、河上幸恵がバスの中央にいた佐久議員を呼び寄せ、入れ替わるようにして今の位置に移動した。それからパトカーをどかせと命令してきた。パトカーを移動させ終わらないうちに、バスは包囲網をかき分けるようにして清明大学を出た」

　亮を殺した相手かどうか見極めるには、質問をするだろう。だが、殆ど言葉を交わした様子がない。

　どういうことだ。佐久に会っただけで、羽島安美がひき逃げ犯だと確定できたのか。羽島安美を殺しに行こうとしているのか。けれども、羽島安美の居場所を教えろという要求は出ていない。

　苦々しい声音で森岡は言葉を継ぐ。

「打つ手がない。野川が電話で接触を試みているが、出ない。三隅管理官の案は使えない。トラックに特一係員を乗せて近づき、強行突入して制圧しようにも、バスに横付けできない。バスの左右とも、トラックが並走できるスペースがないんだ」

狙撃に関しては一言も出なかった。バスの窓はすべて閉まっている。窓ガラスごしに撃てば、河上幸恵に命中するどころか、人質に当たる可能性がある。狙撃を解決策にすることはできない。

九人の人質のうち、四人の身元が判明したという。交渉時に引っ張り出された眼鏡をかけた男は、コンビニチェーン店の新規店舗開発部の課長の晴山利文(はるやまとしふみ)、五十七歳。隣にいた男は同僚の白河亘(しらかわわたる)、四十一歳。二人は出店の打ち合わせに向かっているところで巻きこまれた。都立大の三年生の古橋里佳(ふるはしりか)、二十一歳。七十五歳の二階堂一(にかいどうはじめ)。二階堂が最も危険な状況にあるという。心筋梗塞を患っていて、通院途中で事件に巻きこまれた。ニトロは切れている。バスジャックが起きてから五時間。極度の緊張の中、水分もまったく取っていない。いつ発作が起きてもおかしくない。

状況は切迫してきている。長引けば長引く程、危険が高まっていく。

河上幸恵は目的の人物は呼び寄せた。これから先また別の場所に移動して止まるとは考えにくい。

目的地はどこだ。もしかしたら、ひき逃げ事故現場か。そこで佐久を射殺しようとしているのか。

あり得ない。河上幸恵は佐久と話しらしい話しはしていない。佐久か羽島安美か。どちらが亮をひき殺したのか分からないのだから。

ひき逃げ犯が確定できない以上、バスを動かしても仕方がないのに、清明大学を出た。何を企んでいる——。


「こちらの状況は分かったな」

当惑する梶原の耳に、聞き慣れた別の声が届いた。

捜査一課長の安住康人。五十五歳の警視正。銀色のフレームの眼鏡をかけ、白髪の混じり始めた髪をした安住課長の顔が頭の中に浮かび上がってきた。安住課長は移動指揮車に乗っているのだ。

梶原は驚きつつ訊く。

「臨場されていたんですか？」

「二十分程前だ」

安住は抑揚のない口調で短く答え、言葉を継ぐ。

「驚くことはないだろう。今回が初めてではない」

氷川台事件でも移動指揮車に詰めていたのだった。

「来られないとばかり思っていたので」

「今度は絶対に邪魔をさせる訳にいかない。そのときに備えて、本庁で待機していた」

「そのとき」

「氷川台事件の二の舞いにはしたくなかった」

氷川台事件が影を落としていた。射殺命令を出すまでに至ったが、籠城犯が少年と分かったため、直前になって刑事部長から中止命令が下されたのだった。

今回のバスジャック犯は成人だ。もしもだ。仮に射殺となっても大問題とはならない。そもそも狙撃不能なのだ。

「考え過ぎでは？　穿ち過ぎでは？」

梶原が疑問を呈すると、安住はふっと息を吐いた。

「どんな事態になるか分からない。上がどう動くか予想もできなかった。射殺するしかない状況になっても、また急に撤回されるかもしれん。上層部の命令を拒否する手はずを整えていた」

「そんなことができるんですか？」

「やれる。苅田が元警官ではなく、現役の警官だったとマスコミにリークする。ＳＡＴのナンバーワンの狙撃手だったことを公表すると言って上層部にかけ合うつもりだった」

背筋を冷たいものが駆け抜けていく。

その情報が公になれば、警視庁で隠蔽工作が行われたと分かり、警視総監の首が飛ぶ。安住もただでは済まない。反逆者になる。懲戒免職にはできないが、退職に追いこまれる。

「そこまで考えていたんですか」

梶原が絞り出すように言うと、安住は自嘲を含んだ声で応じた。

「今回ばかりは考え過ぎたようだ。しかし、予想もしない所から予想もできない要求が来た。佐久議員をバスに入れるように都議会から要求が来たんだから。賛成しかねたが、抵抗できなかった。それから本庁を出た」

上層部の介入を避ける手を打つため、安住は敢えて本庁に残っていたのだった。射殺するしかない状況が訪れる。人質を守るためにはそうする他にない。実際に手を下すのは狙撃手だが、決断するのは安住だ。一人の人間の命を絶つ。犯罪者とはいえ、一人の人間だ。殺してもいいのか。取り返しのつかないことにならないか。未来を奪ってもいいのか。すべて安住にかかっている。狙撃手と同じ、いやそれ以上かもしれない。強大な重圧の中で悩み苦しむ。煩悶(はんもん)の末に出す命令を必ず実行させなければならない。そのため、防波堤となって不当な命令をはねのける。大きな代償を支払うことになる。警官生命を捨てる覚悟で一人で動いていたのだった。すべては人質を救うために。

梶原は安住の決意に打ち震えていた。

自分のことなど構わず、誰もが避けたがる方法の準備をしていた。すべては最悪の事態を避けるために。もっとも、狙撃不能状態に変わりはないが。

だが、肝心の清水が撃てるかどうか分からない。安住が知っているとも思えない。知っていたら、清水を送りこんで来ない。

清水に強く口止めされていた。誰にも話さなかった。けれども、狙撃を最後の解決手段として考え、実行しようとしているのなら、それもできなくなる。

もしもの場合に備えて、安住に知らせておくべきではないか。手遅れにならないうちに。ガラスの要塞の窓が今後も開かないとは限らない。

梶原は意を決した。

「清水が撃てないとしたら、どうするつもりだったんですか？」

「ガラスが狙撃の障害になることは聞いた。だが、障害がなくなれば撃てる」

「以前の清水ではありません。精神的な問題です」

「精神的――。どういうことだ？　おまえ、何か知っているのか？」

「清水は苦しんでいます。病んでいます。ＰＴＳＤです。苅田を射殺し、心の傷が更に深くなった。氷川台事件の少年犯を狙撃したときから、手にかけたことを悔やみ、悩んでいた。突然、少年の顔や苅田の顔が蘇って動けなくなる。崩れ落ちていく相手の姿がずっと頭に焼きついている。殺すしかなかったのか。撃つべきだったのか。少年にも未来はあった。償いをして立ち直るチャンスもあったはずだと。悩み苦しんでいるんです」

「心配して清水に訊ねたが、清水はそんなことは言わなかった。おくびにも出さなかった」

「フラッシュバックも起きているし、不眠症状もあります。隠れて酒も飲むようになった。PTSDと診断された」

「あいつが……」

「知らなかったんですね」

「何も聞いていない」

直属の上司の第六機動隊長には医者から診断結果が行った。だが、安住には伝えられなかったのだ。

安住が絶句する。愕然としつつも考えていたようだが、ほどなくして口を開いた。

「狙撃できなければ、強行突入しかない。より多くの犠牲者が出る可能性が高まるが」

安住が大きく息を吸いこんで吐き出した。携帯電話が沈黙する。

ともかく清水が抱えている問題は伝えた。それよりも報告しておかなければならないことがある。

「ひき逃げ事件の真相が分かるかもしれません。被害者の姉が事件現場にいた可能性があります。事故の瞬間を見たかもしれない」

「目撃者がいたのか」

安住は絞り出すように言う。鋭い眼光が眼鏡の奥の目に宿る姿が脳裏に浮かんだ。

「話ができるかも分かりません。精神状態が非常に不安定です。中学二年生の井川真澄さん。引きこもりが続いています」

森岡管理官から随時報告を受けていたのだろう、安住はバスジャック事件の根底にひき逃げ事件があることも把握していた。

「真澄さんが目撃者だとしたら、なぜ、ひき逃げ事件のことを黙っていた？　警察に言わなかった？」

当然の疑問だったが、梶原も答えを持ち合わせていない。不明ですと答えるしかなかった。

まだ解決の道がすべて閉ざされた訳ではない。僅かだが、手がかりが見えてきそうな気配がしている。手がかりがつかめれば、事件解決に結びつけられるかもしれない。

「河上幸恵の目的はただ一つ。息子をひき殺した犯人を殺すこと。未だ河上幸恵も分かっていないが、いずれひき逃げ犯を突き止めるはずです。しかし、こちらが先に割り出せば、何らかの策を講じられるのではありませんか?」

梶原は自分の考えを安住に投げかけた。

携帯電話が沈黙した。安住は黙考している。今、片手で銀色のフレームの眼鏡の上から両こめかみをつかんで考えているはずだ。

ほどなくして、安住の声が戻ってきた。

「慎重に捜査を進めろ。慎重にだ」

力のこもった低い声で念を押してくる。

「いいな」

「了解しました」

回線が切れ、鳴っていたサイレン音も消えた。

梶原は携帯電話をポケットに戻し、ガレージに引き返す。小雨に濡れた指先がかじかんでいた。頭を抱えて座った井川に歩み寄った。

「娘さんから話を伺います」

井川は頭から手を放し、顔を上げた。

「話?」

「息子さんのひき逃げ事件のことで」

「真澄は何も知らない。警察から電話が来て初めて知ったんです」

「関係者全員に話を聞き直しています」

捜査の常套句を告げてドアの方へ向かおうとすると、井川に腕をつかまれた。

「真澄は傷ついてる。弟をあんなことで亡くして。またその話を持ち出したら苦しむ。今度はそれだけじゃない」

「配慮します。井川さんがそばについていて下さい」

「出て来ませんよ」

「お願いします。娘さんと話をさせて下さい」

井川の手の力が緩み、梶原の腕から離れていった。ようやく受け入れる気になったようだ。

梶原は井川の後についてガレージを出て、道路の向こう側の建物を見上げた。井川家が入ったビルの三階部分だけが電気が点いていなかった。

家の中は静まり返っている。真っすぐ延びた廊下の床が、天井の照明の光を跳ね返している。

梶原は先程通った廊下を進み、茶褐色のドアの前で立ち止まる。

井川政男がノックして、ドアに向かってそっと呼びかける。

「父さんだ。刑事さんが話を聞きたいそうだ。出てきてくれるか」

返事はない。

「心配するな。父さんも一緒にいる。リビングに来てくれないか？」

柔らかな口調で井川が頼んでも、まったく反応がなかった。

梶原がノックしようと手を上げたところで、井川に止められた。

「とても繊細な子なんです。あの子の神経はガラスです」

「ガラス？」

「弱いんです。脆（もろ）い。いつ砕けるか分からない」

少し力を加えただけで、心が折れてしまいかねない。だが、ひき逃げ事件の真相がつかめるかもしれないのだ。躊躇している場合ではない。

梶原はノックした。ドアごしに真澄に向かって語りかける。

「警視庁の梶原と言います。真澄さん、君と話がしたい」

井川が梶原とドアの間に体を入れてきた。立ち塞がって梶原を見上げ、震える声で言った。

「やはり、駄目だ。無理だ」

訴えてくる井川の目が小刻みに揺れていた。止めてくれと強く懇願している。

梶原が再び部屋の中の真澄に向かって声をかけようとしたとき、ロックが外れる音がした。

ドアが少し開き、隙間から片目が覗いた。紡錘形のきれいな瞳だ。ドアが二十センチ程開いたところで、斜め下を向いた真澄の顔が見えてきた。漆黒のような長い髪が背中の真ん中あたりまで伸びている。唇は薄く、鼻は丸みを帯びて可愛らしい。

「どうぞ」

小さな唇が動き、低い声を発した。落ち着いた声音だった。

真澄が部屋の奥へ進んでいくと、梶原は足を踏み入れた。六畳程の広さの洋室だ。右手の壁にベッドが置かれ、廊下側の壁には本棚とタンスが並んでいた。北向きの窓には厚いカーテンがかかっている。人気アイドルのポスターもなく、可愛らしい飾りもない素っ気ない部屋だった。

テレビはない。バスジャック事件のことも知らないに違いない。事件の犯人が自分の母親だったら、これ程平静ではいられない。

真澄はベッドの反対側にある机についた。黒いジーンズに薄い灰色のパーカを合わせている。首を前に傾けているので、長い黒髪が背中の上に広がっていた。艶はあるが、不自然に膨らみ、所々毛羽立っている。長い間髪を切っていないのだろう。真澄自身で髪をとかしているだけか。いたたまれなかった。外出もできず、年頃の女の子がお洒落心を封じている。壁際のフックに茶色のカチューシャがかかっていたが、飾り気もなく、年頃の女の子のものとは思えない。真澄の心は固く閉ざされている。

「いいのか?」

梶原の隣に立った井川政男が恐る恐る問うと、真澄は小さくうなずいた。

井川は大きく目を開いた後、深々と息を吐き出した。初めてだと低くつぶやく声が聞こえた。大森のマンションから引っ越してきて二年。その間、父親は一度も娘の部屋に入ったことがなかったのだろう。

梶原は真澄の背後に立ち、彼女の背中を見つめていた。どう切り出していいか分からない。入室を許してくれたが、小学校のときから五年もの間ひきこもっていたのだ。対応次第でいつ拒絶されてもおかしくない。

学習机の上の本立てには教科書やノートやスケッチブックが並んでいる。ペン立てには、濃紺のボディーのサインペンが数本まとまって入っていた。グラフィック用のサインペンで、ミリ単位で太さが違っている。本格的だ。教科書は中学二年生のもので、一人で勉強しているのか、背表紙に折り皺がついている。進学する意思があるのか。けれども、出席日数がゼロなのだから、困難を極める。

　井川は無言のまま部屋の中を見回している。二年ぶりに入った部屋を見て何を思っているのか。硬い表情をした横顔からは何も読み取れない。

　梶原は振り返って本棚を覗いた。絵に関係した本がぎっしりと詰まっている。その殆どが写真集や画集だ。鳥の写真集が一冊あるだけで、他の写真集はアフリカの野生動物、高山植物の花、花火大会と実に様々だ。特別、鳥が好きな訳ではなかったのか。

「絵を描くのが好きなんだね」

　そう切り出したが、真澄は背中を向けたまま沈黙している。責められたと感じたのだろうか。一日数時間勉強していたとしても、時間はあり余る程あったはずだ。通学や部活や友達と遊ぶ時間も必要ない。長い空白の時間をどう過ごしていたのか。スケッチブックにペンを走らせて空白を埋めていたのだろうか。

　それに触れられることが責苦になり得る。部屋には入れたが、質問を拒絶されたら終わりだ。

　梶原は慎重に続ける。

「リビングルームのハヤブサの絵、とても上手だ。生きているみたいだ。君が描いたんだね」

あの絵は真澄から家族に見せた。真澄の方から家族に一歩近づき、褒められ、彼女自身喜びを感じていた。家族とのつながりの証のようなものなら、触れられても、心に痛みを感じないだろう。

真澄は身じろぎ一つしない。

「生きているんです」

力がこもった声音だった。

「亮君の机の上にもハヤブサの絵を描いた絵葉書があった。あの絵も君が描いたんだね」

真澄は弱々しくうなずいた後、梶原に短く問いかけてきた。

「見たんですか?」

「亮君はとても大切にしていたようだ」

再び真澄は小首を振った。

「ホントだったんだ。私の絵になんか興味なさそうな顔をしてたけど。別の絵を描いてって言われても、私には描けなかった。興味のないものは描きたくないんです。我がままだって叱られることもありました。小学生のくせに生意気だって言い返しました」

硬い殻の中から、真澄の肉声が漏れて来た。最後の方は微かに声音が震えていた。これで二人が会っていたことは確認できた。

梶原は真澄の横に回り、立ち座りの格好を取った。見下ろしていたのでは、真澄に圧迫感を与える。

「亮君とはよく会っていたのかい？」

「二ヶ月に一回ぐらい」

真澄は潜めた声で答えた。父親を気遣っているのだろう。当の井川は半歩前に出たところで足を止めた。

「どこで会っていたのかな？」

「大田区の野鳥公園です」

「昼間？」

「昼間のときもあったけど、たいてい夕方か夜でした。母が家にいないときの方が多かったから。亮は自由が利いたけど、私はそうはいかない。お父さんが出かけていていないときに、おじいちゃんの目を盗んで外に出ました。電車とモノレールを乗り継いで、野鳥公園まで歩いて行った。亮は自転車を走らせてきた」

「ここからだと大分遠いね。一人で行けたの？」

「それぐらいは」

部屋からまったく出られない訳ではない。家族とは話をしている。この家が真澄にとって安全地帯なのだ。それに父親と一緒に弟の葬儀にも参列した。

「どうして野鳥公園で会っていたのかな？」

「一緒に住んでたときからよく行ってた。昔の同級生も来ないし」

井川は棒立ちになって真澄を見ている。子供同士が密かに会っていたことに彼も全く気づいていなかったのだろう。

「二人で何をしていたの？」

真澄は横目で梶原を見て、窓の方に細い指を向けた。

「椅子を使って下さい」

梶原は窓際にあった丸椅子を取って真澄の横に戻り、腰を下ろした。髪が横顔にかかっているせいで表情はよく見えない。

「野鳥公園には色んな鳥が来ます。カモメ、アオサギ、ハクセキレイ、ハヤブサ、オオタカ。海鳥も山鳥も集まってくる。すごく広い。亮と森や干潟の近くを歩いたり、鳥の絵を描いたりしてた。お母さんは相変わらず張り切って仕事をしてる。前よりずっと活発になったと話してくれました。亮は大丈夫なのって訊くと、お母さんとはちゃんとやってるって。色んな勉強させられたり、サッカーも始めたけど、ついていけてる。でも、心配でした。強がりじゃないかって。勉強は得意な方じゃなかったし。無理をして音を上げてないか。一人になって余計に力がかかって、潰れそうになっているんじゃないか。亮はにこにこ笑って、心配性なんだよ、お姉ちゃんは。僕は強いからって言ってました。亮はもともと強い。それで私も安心できた」

　井川は呆然として娘を見ているだけだ。

「亮も私のことを気にかけてくれてましたが、詳しくは訊いてこなかった。絵を描いたり、勉強したりしてる。お父さんもおじいちゃんも優しい。相変わらずだって言うと、それ以上はもう。あとは馬鹿話。亮の話を聞いているだけで心が楽になった」

　壁にかかった時計が午後五時十分を指している。時間をかけている余裕はない。真澄がひき逃げ犯の顔を見ていなければ、他を当たらなければならない。

　視線を机に落としたままの真澄の横顔を見て、梶原は本題に入る。

「去年の十二月三日のことは覚えている？」

　髪の隙間から、真澄の眉の端が微かに動くのが見えた。

「忘れる訳がありません」

「ここにいた？　それとも、出かけていた？」

「野鳥公園に行きました」

　真澄はずばりと答えを返してくる。井川が身を乗り出した。

いけない。

真澄は無言で小さく首肯した。やはり、二人はその日一緒だったのだ。だが、急いては

「その日のことを話してくれないかな。亮君と会って何をしていたんだい？」

「いつもの話。お互いの家の様子を教え合ってた」

「寒かっただろう。夜も遅い時間だ。他の場所で会おうと思わなかった？」

一度、弱々しく真澄の首が横に振られた。

「風が吹いて森の木々がざわざわしてた。すごく寒かった。でも、亮は寒さなんかへっちゃらだって、ダウンジャケットを着て自転車を走らせてきた。あの頃、仕事が忙しくて、お父さんとおじいちゃんは毎日家で仕事をしてた。印刷工場や事務所に出たり入ったりして。休みなく働いてた。事務所の中を通らないと外に出られない。お父さんたちに見られてしまう。あの日、夕方になってお父さんが風邪気味だって言って、自分の部屋で寝てしまった。おじいちゃんも早目に仕事を終えた。亮にずっと会ってなかった。その日しかないと思ってメールを送ったら、八時半過ぎならいいって返事が来て。お母さんは十二時近くまで帰って来ないからって。それで思い切って、出かけた」

「ずっと野鳥公園にいた？」

「亮君に会っていたんだね」

「二人でベンチに腰掛けて、久しぶりにゆっくり話をしました。鳥たちは動かないし、鳴かない。車が通る音が聞こえてくるだけで、誰も来ないから。話が途切れると、亮の横で絵を描いたりして。とても落ち着ける時間でした」

暗く静まり返った森の中で、小さな明かりの下で話をする姉弟の姿が、梶原の脳裏に浮かんだ。暗闇に包まれ、心を許せる相手に、自分の思いを伝える。真澄にとって貴重で、心安らげる時間だったのだろう。自ら壁を作って閉じこもるのにも、精神的なエネルギーが要る。

「亮には物足りなかった。飛行機が見える所に行こうって言い出して。亮は飛行機が好きだったんです。旅客機が飛び立ったり、下りてくるのを見たいって。今度は私が付き合う番」

「飛行機好きだったのか。アニメのフィギュアはあったが、飛行機の模型はなかった」

「亮の部屋に入ったんですね。お母さんに飛行機が好きだってことを知られないように我慢してたんです。私と鳥や飛行機を見に行っていることを悟られないように気をつけてた」

真澄は小さく息をして、事件の夜に話を戻した。

「二人乗りしてそっちに行って、羽田空港の方を眺めてた。亮は嬉しそうで、興奮してました。帰ろうって言ってもなかなかうんと言わなかった。いつの間にか時間が経ってた。突然、車が入ってきて走り回り始めた。最初は暴走族かと思って怖くなって、二人で隠れた。車が止まって、乗ってたのがおじさんとおばさんだった。違う、大丈夫だから帰るって亮が言って」

真澄の顔が強張っていく。両手を足の上で強く握り締めていた。

「お母さんが帰ってくる前に戻ってないとまずいから。駅まで一緒に行けない、ごめんて言って自転車で走り出した。ライトを消して道路の方に走って行ったとき、また車が動き出した。危ないって亮に言おうとしたとき、亮が弾き飛ばされて転がってた……」

事故の瞬間を目撃していたのだ。

真澄の顔が青ざめ硬直していく。細い肩を揺らして二度深く呼吸し、口を開いた。

「動けなかった。どうしていいか分からなかった。二人が車から下りてきた。男の人が倒れた亮に近づいて屈みこんだ。亮は苦しそうな顔をして、男の人の方を向いた。体は動かなかったけれど、意識はありました。亮と何か話した後、車に戻った。それから――。車を出した。亮のおなかの上にタイヤを乗り上げた。亮はうめき声を上げて動かなくなった」

梶原は愕然とした。動けなくなった亮は佐久にとどめを刺されたのだった。単なる事故ではない。殺人だ。真澄は弟が殺される瞬間を見ていたのだ。

「怖かった。息を潜めてうずくまってた。隠れていてそこから逃げ出したんです。どこをどう走ったのか覚えてない。たまたまタクシーを見つけて、家に帰ってきた。お父さんたちも皆眠っていた。そのままこの部屋に入って震えてた。私は亮を助けもしないで見捨てた。一人だけ逃げ帰った……」

絞り出すように言って、真澄が両手で顔を覆い、項垂れた。背中が大きく上下している。驚きに目を見開いた井川が、本当なのかとつぶやいてベッドから腰を上げ、真澄に歩み寄る。

「どうして黙ってたんだ、真澄。そんな大事なことを。なぜ教えてくれなかった——」

答えはない。深く項垂れた真澄から低い嗚咽（おえつ）が漏れてきた。小刻みに背中を震わせて泣いている。

梶原は、近づこうとする井川を遮り、止せという風に首を横に振る。

「今、話してくれた。勇気を振り絞って」

梶原が言うと、井川は苦々しい表情を浮かべて下がっていった。黙っていた訳を訊いても、真澄にとっては責苦にしかならない。事件後、彼女自身苦しみ続けていた。話したくとも、話せなかったのだ。口を閉ざした理由は分からない。だが、やっと事実を話してくれたのだから。

それより、確認を取っておかなければならない。

梶原は顔を覆った真澄の横顔を見て問う。

「その車の色は？」

「シルバー。シルバーのオープンカーでした」

「ナンバーは覚えている？」

真澄はナンバーの数字を口にした。持っていたサインペンで、懸命にナンバーを手のひらに書きつけたという。羽島安美のメルセデスＳＬに違いない。もっとも、肝心なのは運転していた人物だ。佐久の顔写真は手元にない。スマートホンを持っていないことを悔やんだ。振り返って井川にスマートホンを貸してくれと頼むと、真澄が先に低い声を漏らした。

「佐久保昭。バスに入っていった都議会議員です」

真澄は引き出しを開けてスマートホンを取り出して机に置いた。細い指をディスプレイに滑らせる。男性アナウンサーが浮かび上がった。バスが環七通りを南に向かっていると伝えている。規制が効いているのか、走るバスを捉えた映像は出ない。

真澄はスマートホンでテレビ中継を見ていた。バスジャック事件も、その犯人が母親であることも知っていたのだ。

「佐久議員に間違いないんだね」

念を押すと、真澄はうなずいた。

「ずっと捜していたけれど、見つからなかった。バスに入っていくのを見てやっと分かった。この人だって。この人が亮を殺したんです」

真澄が断言する。確定だ。ひき逃げ犯は佐久だったのだ。早く安住課長に知らせなければ。

梶原は携帯電話に手を当てたところで、止めた。真相が分かれば、特一係が相応の対策を取れる。そう思っていたが、本当にできるか。河上幸恵はまだ息子のひき逃げ犯が佐久とは知らないのだ。

もしかしたら、知っているのか。真澄が電話して河上幸恵に伝えた。いや、それはあり得ない。佐久が現場に現れたのは一時間と少し前。それから河上幸恵が電話を受けた様子はない。

待て。そのずっと前から佐久がひき逃げ犯だと確信していた可能性もあるのではないか。河上幸恵は野鳥公園がある一帯で聞いて回っていたが、ひき逃げ事件から三週間後に姿を見せなくなった。その頃に手がかりをつかんだ。そう考えると、手がかりを得た相手は限られてくる――。

梶原は真澄の横顔を見て問いかける。

「お母さんから電話がこなかった？　ひき逃げ事件のことで訊かれなかった？」

立ち上がった井川の声が横から来た。

「ある訳がない。あいつから俺にかけてきたことなんかない。真澄にだって一度も電話をくれなかったんです」

真澄は両手を下ろし、背筋を伸ばしている。何か見ているようだが、何も見ていない。

スマートホンも沈黙していた。

真澄はゆっくりと首肯する。

「一度だけ」

井川は愕然としている。真澄は宙を見たままか細い声で言った。

「事件があった日、亮と一緒にいたでしょうって言われた。亮は私と会う日を国語のノートの端に書いて丸を付けてた。それをお母さんが見つけた。問い詰められました。亮とこっそり会ってたのねって。私が描いた鳥の絵も見つかった。マンションを出てから、亮宛ての郵便は出してなかった。会わなければ鳥の絵が手に入るはずがない。見抜かれてた。あの事件の日も亮に会っていた。見たことをすべて話しなさいって」

真澄は唇を噛み締め、苦痛に顔を歪めた後、吐き出すように言った。

「話すしかなかった。あの日のことを話しました。夜に亮と野鳥公園で会っていたことも、車にはねられたことも。ひいた男の人の特徴も車のナンバーも全部」

梶原は言葉を失っていた。河上幸恵は、亮のひき逃げ犯が佐久であることを知っている。ひき逃げ車両のナンバーをつかんだ河上幸恵は、探偵に頼むか何かして、所有者を割り出した。そして同乗者が羽島安美だと判明した。しかし、運転していた男の身元までは分からない。

名前を割り出したのは、マンションの地下駐車場で羽島安美を襲撃したときだ。壁とアウディの間に羽島安美を挟み、拷問して亮をひき殺した男の名前を訊いていたのだ。

だが、なぜだ。息子をひき殺した相手が分かっているのに、佐久を撃たない。要求が通り、佐久がやって来た。バスに乗りこんでからも話もせず、ショットガンを向けているだけだ。息子を殺した相手を前にして、どうして引き金を引かない——。

「止められなかった」

つぶやくように言う真澄の声で、梶原の思考は途切れた。

「今朝、玄関ドアが開く音がしたとき、この日が来たって思った。お母さんが家に入ってきた。合鍵を使って。リビングのサイドボードから鍵を取り、ガンロッカーを開けて銃を持って行った。お母さんの足音とドアを開ける音が聞こえてきた。何をしているか分かった。何をしようとしているかも想像がついた。お父さんとおじいちゃんがいない日にちと時間帯を訊かれてたから。お母さんが出て行こうとするとき、行くよと一言だけドア越しに私に言った。それからずっとテレビを見てた。でも、バスジャックするなんて。お母さんの顔が出たとき、震えが止まらなくなった。銃も撃った。亮をひいた男がやってきたときは心臓が止まりそうだった。こんなことにはならなかった。お母さんを止められた。なのに、私は、私は、何もできなかった……」

真澄は机に伏せ、両手で頭を抱えた。背中が大きく盛り上がっては萎んでいく。声を押し殺して泣いている。

真澄はすべて知っていた。亮がひき殺された瞬間も目にし、母親が復讐に走ったことも。秘密をすべてたった一人で抱え、悩み、苦しみ続けていたのだ。

井川が真澄に歩み寄って小さな背中をさすり、済まない、大丈夫だと声をかけている。さめざめとした真澄の泣き声は止まない。

俺のせいだ。あのときに撃っていれば、足を撃つことができていたら、河上幸恵を止められたに違いない。この子は苦しまずに済んだのに。

両膝をつかんだ手に力が入っていた。一本一本の指が膝に食いこんでいく。

ともかく、安住課長に連絡を入れなければならない。

梶原は立ち上がり、二人を背にしてドアへ向かう。

18

午後五時十三分。廊下の奥に立った梶原は発信ボタンを押し、携帯電話を耳に当てた。

二度目のコール音の途中で、安住課長が出た。

「安住だ」

「梶原です。報告があります」

「スピーカホンに切り替える。三隅らにも聞いてもらう」

移動指揮車に乗った特一係の植村係長、三隅管理官、ネゴシエイターの野川、そして森岡管理官にも同時に知らせようとしているのだろう。

梶原は携帯電話に向かって話し始めた。亮がひき殺された瞬間を真澄が目撃していたこと。ひき逃げ犯が佐久議員であること。そして、河上幸恵が真澄から事件の一部始終を聞き出し、今回の犯行に及んだことを。

わずかの間、安住が沈黙した。サイレン音や移動指揮車内の連絡員が交わす声が聞こえてきていた。

安住が沈黙を破る。

「殺しだったのか」

怒気をはらんだ声が梶原の鼓膜を震わせた。生きていた亮に車を乗り上げて圧死させたのだ。

「惨いことを。しかし、だったら、なぜ佐久議員が現れてすぐ撃たなかった。どうして今も撃たない。佐久議員が犯人だと知っているのに」

驚きと困惑が入り混じった声音に変わった。額に手を当てて考えこむ安住の姿が目に浮かんだ。森岡も三隅も困惑し、答えを見い出せないのか、一言も発しない。

再び安住の声が携帯電話から流れてきた。

「もう一つ疑問がある。佐久議員は自らバスジャック現場にやってきた。ひき逃げの偽装工作をしていたくらいだ。被害者家族についても調べておいただろう。自分がひき殺した子供の母親が武装してバスジャック事件を起こした。あの発砲も威嚇ではない。佐久議員は自分への予告だと思っただろう。ましておまえがバスジャック犯の目的を本人に伝えていたんだ。殺されると分かっていながら、どうしてやってきた？」

安住の指摘を受け、梶原は唇を噛んだ。そこまで考えが回らなかった。当初は佐久の殺害が目的だと見当をつけた。だが、断定には至らなかった。羽島安美がひいた可能性も残っていたのだった。

佐久はまだ自分の犯行であることが河上幸恵にばれていないと思っている。目撃者がいたことも知らない。まさか──。

一つの考えに思い至り、梶原は再び口を開いた。

「隠蔽工作を続けようとしているのかもしれません。河上幸恵の口を塞ぐ……」

「不可能だ。銃でもなければ、河上幸恵を殺せない。持って乗りこんでいたとしても、大勢が見ている前では使えない」

口封じはできないのだ。けれども、だとしたら、なぜ河上幸恵の前に出て行ったのか。考えても答えは見つからない。

「今、テレビを見られるか？」

安住に問われ、梶原はリビングルームに向かう。親子二人で息を潜めたまま向き合っているのか、真澄の部屋からは何も聞こえてこなかった。

リビングルームに入り、テーブルにあったリモコンをつかむ。壁際の大型テレビに空撮映像が浮かび上がった。赤色灯とヘッドライトを灯した車列が、上から下へと延びている。車列の先頭をバスが走っている。ヘリに乗った記者がエンジン音に負けじと声を上げ、乗っ取られたバスが環七通りを南下中とレポートを入れていた。

「中継が始まってる」

思わず漏らすと、再び安住の声が聞こえてきた。苦々しい口調だった。

「限定承認だそうだ。地上からの生中継はない。強行突入前に、空撮映像はなくなる。報道自粛要請は効いている。佐久議員は今もフロントガラスに両手をついて立っている。河上幸恵はその後ろでショットガンを構えている」

ガス抜きか。報道陣に突き上げられた警視庁の上層部が、一部映像の放送に同意したのか。人質救出作戦に支障が出なければ、放送されても構わない。映っているのはバスやパトカーの屋根だけで、バスの内部は見えない。特一係員たちは突入装備を着けたまま、バンに詰めているのだろう。

バスの前方は渋滞で車が数珠つなぎになっている。反対車線も車で埋め尽くされていた。都心の外側を一周するように通る大動脈の一本で、ひっきりなしに車が流入しては出て行く。バスは発進と停止を繰り返しながら進んでいる。もうすぐ大久保通りとの交差点に差し掛かるという。先程電話したときから二・五キロ程進んでいたが、状況に変化はない。

梶原は歯がみした。バスジャックの元となった事件の真相に辿りついたものの、人質解放にはつながらない。けれども、このままにしてはおけない。何とかして人質を救う手はないか。

考えを巡らせる梶原の耳に、今度は三隅の声が届いた。

「バスが走っている間は手が出せない。強行突入もできない。河上幸恵は周囲を警戒している。幌を被せたトラックの荷台で特一係の突入部隊が待機している。しかし、トラックを横づけできるだけの空間がない。バスの左右は明るい。徒歩での接近も無理。見つからずに接近できても、突入を開始した途端に河上幸恵は引き金を引く。佐久議員を殺せる」

「何もできないんですか」

「今我々にできることは追跡だけだ」

梶原は、バスを先頭にして走るテレビ画面を見つめつつ、左手の甲で額に滲み出た汗を拭った。バスの屋根が映っているだけで、河上幸恵の姿は見えない。どうしようというのだ。どこへ行こうとしている。

何度も浮かんだ疑問を反芻しつつ、梶原は懸命に頭を絞る。

バスは依然として環七通りを南下し続けている。その先には城南島がある。河上幸恵は、息子を殺した犯人を知っていた。事故の様子も把握している。となると、あの考えは間違いではなかった——。

梶原は携帯電話を握り直して言った。

「刑場に向かっているんじゃないでしょうか」

「刑場――」

「佐久議員が亮君をはね、ひき殺した現場です。息子が殺された場所で佐久議員を殺そうとしている」

三隅は納得しない。

「それなら、なぜすぐにバスを出さなかった。一時間近くも止まっている必要はなかっただろう」

「分かりません。ですが、考えられる行き先はそこが一番可能性が高い」

「そういう意図だとしたら、もう一ヶ所考えられるぞ。亮君の遺体発見現場だ」

否定はできなかった。亮の遺体があった場所に、佐久の死体を転がすのだ。しかし、それよりも、息子が命を奪われた現場で犯人の命を奪う。報復にはそちらの場所がふさわしいのではないか。いずれにせよ、目的地が分かれば、対応できる可能性が出てくる。

「先回りしてバスが来るのを待ち受ける。そうした状況なら、有効な手を打てるのではありませんか？」

「待ち伏せか」

携帯電話が沈黙した。階下から機械音が微かに聞こえてくるだけで、廊下は静まり返っている。真澄の部屋からも何も聞こえてこない。

　黙考の後、三隅が口を開いた。

「現場の環境が不明だ。特一係が隠れる場所があると仮定する。バスが止まった後、二通りの展開が考えられる。河上幸恵が佐久議員を連れて下りてくる。もしくは、佐久議員だけが下り、河上幸恵は車内に残る。前者の場合、特一係が一気に河上幸恵に接近し、制圧できるかもしれない。後者の場合、河上幸恵は車内からすぐに佐久議員を撃つ。間に合わない」

　重々しい口調だった。待機できなければお手上げ状態なのだ。特一係が待機できる状況であっても、制圧は困難。行き先が分かっても、有効打が打てる可能性は低い。河上幸恵を止められない。

　廊下の床は冷たいのに、頭が熱くなり、額に脂汗が滲んでくる。どうしようもないのか。もはや何もできないのか。

　苦い思いを抱えたまま考えを巡らせる梶原の耳に、安住の声が届いた。

「聞き出せ。殺害現場を突き止めろ」

　唐突な命令に梶原は戸惑い、訊き返す。

「どういうことです？」

「対応方針を変える」

「変える？」

「河上幸恵を射殺する」

射殺と言ったか。何かの聞き違いではないのか。

「清水に狙撃させる」

「不可能です。バスはガラスの要塞です」

「今すぐではない。撃てる状況になってからだ」

要塞の窓が開いても、清水にはできない。

ＰＴＳＤで苦しんでいる清水には撃てない。そう伝えたではないか。

「無理です。射殺はできません。清水には撃てません」

「それはおまえの考えじゃないのか？　撃てなければ、私に報告してくる。だが、清水からは何の連絡もない」

確かにバスジャック事件が起きてから、清水は撃てないとは一言も言っていない。自分の推測だった。

酒を飲まないと眠れない。苅田が倒れていく光景が突然蘇ってくる。あの晩、どんよりとした目で告白する清水の顔が、梶原の脳裏に蘇ってきていた。安住はあの顔を見ていない。

「課長のおっしゃる通りです。撃てないと言ったことはありません。ですが、強がっているだけです。あの姿を見れば分かる。苦しみ続けているんです。これ以上手を血で染めることはできない。限界です」

しばしの沈黙が訪れた。

安住は重い息を吐き出し、沈黙を破る。

「清水は責任感の強い男だ。無理なら無理だと申し出てくる。他の対応策を用意するための時間がなくなってしまう。私は清水を信頼している。何も言ってこない以上、狙撃はできる」

清水に対する安住の信頼は非常に強い。中止命令に逆らってまで、氷川台事件の少年犯を射殺したのだ。安住らが懸命に探し回って、凄腕と胆力のある最高の狙撃手を見つけ出したのだから。清水を完全に信じ切っている。

「梶原」

森岡が呼びかけてきた。

「ＰＴＳＤの件はさっき課長から聞いた。そこまで悪かったとは。どうしてもっと早く教えてくれなかった。いや、それが分かっていたとしても、私がどうにかできるものでもなかったが」

自嘲的な口調だった。安住は清水を信じ切っている。一方、森岡は梶原の言葉に耳を傾けてくれたのだ。

三隅は沈黙を保っている。清水が撃てなくても構わないのか。事件解決のために狙撃はさせないと断言した男だ。

安住が先を続ける。

「対応策はある。清水を一足先に亮君の殺害現場に移動させて待機させる。バスが到着し、ドアが開く。河上幸恵と佐久議員が外に出てきたところで、河上幸恵を射殺する。貫通した弾が人質に当たらない角度から狙撃する必要があるが。バスの前方か後方から撃ち、弾がバスと並行して飛ぶようにすれば、人質に被害は出ない」

「佐久議員一人が出されたときは？　河上幸恵はバスの中にいる。その場合、出口か入口の正面から河上幸恵を狙って撃つことになる。貫通した弾が後ろにいる人質に当たる可能性がある。狙撃はできません」

「特一係員に外から窓ガラスを割らせるんだ。弾の通り道を作って清水に狙撃させる。バスの右側後方は河上幸恵の死角になる。一気にバスに接近できる。特一係員全員では無理だが、一人程度なら見つからずに近づける。窓ガラスを割ってから、特一係員が河上幸恵を撃つのは不可能に近い。河上幸恵が反撃してくる。警察が近づいてくるのが見えたら、河上幸恵は即佐久議員を撃つ。バスが止まっても、すぐに強行突入はできない。犠牲者は出せない。狙撃を最優先する。苦肉の策だ。私はずっと解決策を考え続けてきた。この方法しかない」

梶原は言葉を失った。レンズの奥で鋭い眼光を湛えた目が脳裏に浮かび上がってきた。銀色のフレームを細い指で持ち上げていることだろう。重大な決断を下すときの癖だ。

安住はバスジャック事件発生当初から、本庁で状況を把握していた。臨場してからは狭い移動指揮車の席に座り、交渉過程や河上幸恵を観察しながら、解決策を探し求め続けていた。事件全体を詳細に捉え、模索し、辿りついた方策なのだ。

「特一係はバスから離せない。事故を起こして止まるかもしれない。バスが動かなくなったら、河上幸恵はそこで佐久議員を殺す。あるいは、河上幸恵の精神がそこまでもたないかもしれない。何かのきっかけで張り詰めた糸が切れ、佐久議員を撃つ。一発では死なせない。苦しませた末に、とどめを刺す。銃撃が始まったら、すぐに特一係を突入させて制圧する。佐久議員が助かるとは限らんが」

安住の読みが当たっていたとしても、河上幸恵がその通りに動くとは限らない。特一係は、不測の事態に備えて、追跡し続けなければならないのだ。

けれども、三隅も植村も野川も黙っている。なぜ反対しない。三隅は氷川台事件でも最後まで狙撃に反対を貫いたのに。今回は、俺の目が黒いうちは狙撃はさせないとまで言ったのに。

汗で濡れた携帯電話を握り直し、梶原は三隅に呼びかける。

「三隅管理官、反対しないんですか。射殺したら、河上幸恵に罪の重みを分からせることもできない。罪を償わせることもできなくなるんです」

携帯電話が沈黙する。

ほどなくして三隅の声が、梶原の鼓膜を震わせた。

「今度ばかりは認めざるを得ない。氷川台事件とは違う。籠城犯の目的ははっきりしている。佐久議員を殺すことだ。追い詰められた末に、人質を殺そうとしているのではない。狙撃でしか止められないのなら、反対できない」

苦渋に満ちた声音だった。氷川台事件では最後まで狙撃による射殺に反対し、特一係専属の狙撃手探しもしなかった。犯罪者の命を一方的に絶つことを許せなかったのだ。

犯罪者には罪を償わせる。三隅も今度ばかりは自説を通せないようだ。

野川も植村も安住課長らと対応策を巡って膝詰めで協議してきたはずだ。氷川台事件のときと同じように。しかし、今度は彼らの意見も聞かずに、安住は狙撃による射殺を選択したのだ。なぜ反対しない。どうして異議の声を上げない。

　梶原は携帯電話ごしに野川に呼びかける。

「答えてくれ、野川。なぜ反対しない？　氷川台事件でも反対したんだろう」

　わずかに間が空き、野川の声が耳に流れこんできた。

「反対しました」

「だったら」

「河上幸恵は佐久議員を憎んでいる。殺すために呼んだ。明白な殺意がある。追いつめられて自暴自棄になったあの少年とは違う。説得不能です。交渉を成立させるのは不可能です」

　悔しげに唇を嚙む野川の顔が目に浮かんだ。再び口を閉ざした後を、植村が引き取る。

「梶原さん、あなたが調べ出してくれた。河上幸恵は息子の仇(かたき)を討とうとしている。自分の命を懸けて。覚悟の上の犯行だ。我々だけで解決はできない」

　特一係は事件の火消し役。そう言った本人の敗北宣言だった。二人とも反対の意思はあっても、避けられない事態になっているのだ。

　だが、射殺させる訳にはいかない。もし清水が撃てたとしても。これだけは譲れない。ホシを止めたい。怪我をさせることなく人質を救い出す。その一心で動き続けてきた。それに、河上幸恵は今は加害者だが、被害者家族でもある。そして、清水のためにも。

梶原は火照った額に浮いた汗を左手の甲で拭い、安住に言う。

「課長。俺は反対です」

「おまえには何の権限もない」

「佐久議員は亮君をひき殺した殺人犯です。殺人犯を助けるために、被害者の母親を射殺していい訳がない」

「はき違えるな。まだ殺人犯と確定していない。たとえ殺人犯であっても、人質は人質だ」

「ですが」

「殺人行為を未然に防ぐ。それが警察の役目だ。人質救出を最優先する。だから真澄さんから殺害現場を聞き出すんだ」

梶原は歯嚙みした。安住はずっと人質を救い出すことを最優先に考え、実行してきたのだ。氷川台事件では射殺を選択。特一係に専属の狙撃手を配備するために動いた。人質籠城事件で犠牲者を出さないようにするために。殺人が起きないに越したことはない。これまで三桁に達する殺人事件に関わってきた安住の本音だった。

それより、真澄が話してくれるだろうか。聞き出すためには、警察の対応策を明かすことにもなりかねない。

「聞き出せないこともあります」

「弱気になったか？」

「そうではありません。こちらの対応策を明かさなければならない状況になるかもしれない。母親が死ぬと分かって言うとは思えません」

「話さずに済む可能性もあるだろう。最上にも伝える。甲元秘書を絞る材料になる。ひき逃げ事件に関与しているのは間違いない。そちらは期待できないが。ともかくおまえが殺害現場を割り出すんだ」

その言葉を最後に、回線が切れた。

梶原は携帯電話を下ろした。テレビから流れる記者の声が一段と高くなった。バスは南下を続けており、警察車両が大集団となって後からついていく様子が、画面に映し出されている。河上幸恵はバスの中にいるが、空撮映像では確認できない。

亮を殺した殺人犯を救うために、河上幸恵が射殺される。こんな理不尽なことがあっていい訳がない。

廊下はしんと静まり返っている。井川も真澄の部屋から出てこない。真澄がそのことを知ったらどうなる。素直に殺害場所を明かしてくれるとは思えない。

梶原は自分の愚かさを呪った。河上幸恵が息子の殺害現場に行くと推論を口にしたがために、こんな結果になったのだ。

待て。本当にあいつがやれるか。射殺命令が出たとしても、撃てるだろうか。

梶原は携帯電話を握った手を上げて耳元に持っていく。清水の気持ちを確かめたい。コール音が鳴り続ける。早過ぎたか。安住は今無線で清水に射殺命令と作戦内容を伝えているはずだ。話が続いているため、出られないのか。

オフボタンに触れたとき、清水の冷静な声音が耳元に流れてきた。

「清水です」

清水の声と共に遠くから近づいてくるサイレン音が聞こえてきた。

「どこだ？」

「バスの前方、四百メートル離れた歩道橋上。待機についてました。もうすぐバスがやってくる」

オートバイで車の間をすり抜けて先行しながら、移動を繰り返していたのだ。

梶原は清水に言う。

「約束を破って済まなかった」

「何のことです？」

「課長から訊かれなかったのか？　ＰＴＳＤで苦しんでいないのかと」

「話したんですか」

「ああ」

「訊かれませんでした。命令は受けましたが」

安住は清水を心の底から信頼している。だから、訊ねもしなかったのだろう。

清水も、梶原が漏らしたことをとがめてこなかった。

「いずれ耳に入る。いつまでも隠し切れない」

梶原はあらためて訊く。

「迷っていないのか？」

「迷ってはいません。命令を実行します。撃ちます」

清水は淡々と返してくる。

「おまえは事情が分かっていない。バスジャック犯は、河上幸恵は息子を佐久議員にひき殺され――」

梶原の言葉を遮り、清水は言った。

「知ってます。課長から聞きました。これまでの経緯も」

「だったら」

「任務を遂行します」

「卑劣な人殺しを救うために、被害者の母親を殺すのか。殺せるのか」

声が高ぶるのを抑えられなかった。

「俺は命令を遂行するだけです。梶原さんは目撃者から場所を聞き出して下さい。間に合わなくなったら何の意味もない」

清水が一方的に言った後、回線が断ち切れた。

本気か。正気か。自分が間違っていたのか。清水はあの苦しみの中でも撃つ決意があるのか。撃てるのか。梶原自身が揺らぎ、迷い始めた。

子供を殺した佐久を救い、我が子を殺された母親の命を奪うのか。本当にそんなことができるというのか。

梶原は喉までせり上がってきたたぎる思いを飲みこむ。天井を振り仰いで大きく息をつくと、リビングルームを出た。

聞き出せるか。

真澄の部屋を前にし、梶原はためらっていた。ドアの向こうは静まり返っている。

犯人射殺の決定が下された。それを話さずに済めば、真澄は殺害現場を教えてくれるかもしれない。だが、明かさなければならなくなったら、話してくれる訳がない。母親の命が断たれるのだ。

ひき逃げ現場が分からなければ、河上幸恵が射殺されることはない。いっそのこと、聞き出せなかったと安住に報告すればいいのではないか。しかし、それはできない。これ以上、河上幸恵に罪を重ねさせてはならない。殺しをさせてはならない。佐久議員を死なせることはできないのだ。

どうする。どうすればいいのだ――。

梶原は混乱に陥っていた。

考えても考えても、答えが見つからない。見つかりそうにもない。今は安住の命令に従うしかない。

梶原は深呼吸し、ノックする。はいと言う井川の短い返事が来た。

ドアを静かに押し開ける。真澄は机に両肘をつき両手で顔を覆い、背中を丸めている。居場所も姿勢も先程と変わっていない。一方、井川はさっきまで梶原が座っていた椅子につき、娘の背中に手を重ねていた。机の上のスマートホンからは、テレビ中継の音声が流れている。

部屋に足を踏み入れようとすると、井川が敵意のこもった視線を向けてきた。

「これ以上話すことはありません」

決然とした口調で言う井川を、梶原は見つめ返す。赤く充血した瞳の中で様々な感情が渦巻いている。衝撃、混乱、悲しみ、苦痛、敵意。事故と思っていた息子の死が、殺人だと分かったのだ。それも、娘が目撃しながら話せずにいた。そして今、娘を守ろうとしているのだ。

「帰って下さい。お願いします」

井川が強い口調で言って見上げてくる。

「事件はまだ終わっていません」

そう返すのがやっとだった。

一歩も退かない井川の横で、真澄が呟く。

「終わってない。そう、終わってない」

「いいのか?」

井川の問いかけに、真澄は小首を振った。

「大丈夫」

梶原は真澄の斜め後ろまで進み出る。井川が椅子に座っているので、それ以上近づけなかった。

どう切り出せばいい。いきなり、亮が殺害された場所を教えて欲しいとは言えない。

弟がひき殺されるまでの模様を告白する間、真澄の顔には苦痛の表情が消えることはなかった。事件の模様を思い出させることになる。再び辛い思いを味わうことになる。今の真澄に耐えられるか。

逡巡した末、梶原は穏やかな口調で真澄に言う。

「訊きたいことがあるんだ」

返事はない。

「生きている。ハヤブサの絵を見て訊いたとき、そう答えたね。生きている鳥を描いたのだから、生きているのは当たり前だ。どうしてそう言ったのかな？」

か細く低い声が漏れてきた。

「ハヤブサ……」

「そう、その絵だ。理由を教えてくれないか」

うつむいていた真澄が顔を上げた。

「あれは――私です」

答えになっていなかった。しかし、真澄はそれ以上言葉を継ごうとしない。失敗か。亮の部屋にも井川家にもあるハヤブサを描いた絵があった。両者をつなぐものといえば、あの絵しか思い浮かばなかったのだ。共通項から核心部分へと進もうとしたが、真澄は取り合おうともしなかった。

共通項か。それならもう一つある。

梶原は思いつき、真澄を見て言った。

「君のお母さんと二度話したことがある」

真澄の髪が少し揺れた。

「お母さんと。いつ？」

テレビ中継が始まる前のことだから、真澄は見ていない。知らないのだ。

「バスがグラウンドに止まって三十分程してから。まだテレビで放送されてなかった」

「刑事さんが――。どうして？」

「バスジャックが起きる前、捕まえようとした。そのとき初めて顔を合わせた。それだけなのに呼ばれた。捕まえていれば、君を苦しめずに済んだのに」

「何を話したんですか？」

「佐久議員を呼ぶように言われた」

「それだけ？」

「そうだ」

真澄は沈黙した。反応が消えた。自分が呼ばれた理由は今になっても見当がつかない。

また失敗だったか。こうなったら、直に当たるしかない。

梶原は苦い思いを飲みこみ、意を決して言う。

「教えて欲しいことがある」

真澄は身じろぎ一つしない。

「野鳥公園を離れた後、君と亮君はどこに行った？」

亮がひき殺された場所とは言えなかった。

真澄の肩が小さく上下する。うつむいたまま訊き返してきた。

「それを知ってどうするんですか？」

来たか。話さなければならないのか。

梶原は身構え、思い切って言った。

「バスジャック事件を終わらせるんだ」

「終わらせる――」

真澄は顔から両手を離した。

「どうやって？」

真澄はゆっくりと首だけ振り向き、質問を重ねた。

解決策を明かしたら、真澄は答えない。手の内は明かせない。

「交渉担当者が説得する。亮君をひいた犯人が佐久議員であること。すべて警察がつかんでいると伝える。乗客を解放して、佐久議員を警察に引き渡すように」

「説得。本当にそれだけ？」

回転椅子を回して体ごと振り返り、真澄は真剣な眼差しで梶原を見上げて訊ねてくる。

井川は横で目を大きく開いて真澄を見ていた。

梶原が真澄の視線を受け止めたまま口を閉ざしていると、彼女は先程の質問を繰り返した。

「説得とあの場所と何の関係があるんです？」

梶原は返事に詰まり、気づいた。真澄は母親がどこへ行こうとしているのか知っている。正確には見当がついたと言うべきか。

静かな部屋の中では、スマートホンから流れるテレビの音声が低く流れている。テレビ中継が始まってから四時間以上。その間真澄はテレビ中継に釘付けになっていた。弟をひき殺した犯人が現れるところを見た。バスの車内に入った佐久。憎んでいる相手を前にしても、河上幸恵は撃たなかった。

それだけではない。ひき逃げ事件の真相を話した後、母親がどうするか考え続けていた。今朝ショットガンを取りに来たのが分かり、確信した。弟を殺した犯人を殺すのだと。止められなかったことを悔やんでいたのだ。

キャンパスを出たバスは環七通りを走り続けている。その先には亮をひき殺した現場がある。母親はその現場に行こうとしているのだと真澄は思い至ったに違いない。

「説得を聞き入れなかったら、どうなるんです?」

真澄は梶原を見上げ、真摯な眼差しを向けて訊ねてきた。母親の血を色濃く引き継いだ顔、その瞳の中で光が揺れ動いていた。

答えられる訳がない。それだけは口にできない。

梶原は真澄の目を見つめて立ち尽くしていた。視線と視線が絡み合う。どこまでも光が届く透明度の高い湖のような透き通った瞳がこちらを向いている。

真澄の瞳が大きく見開かれた。

「突入するのね――」

小さく漏らすように言い、真澄は一度唇を噛み締め、口を開いた。

「お母さんを撃つんだ。やっぱり。テレビでも言ってた」

真澄は言い切って、机の方に向き直った。

「言わない。絶対に言わない」

誤解だ。突入ではない。だが、結果は同じだ。

梶原は彼女の背中越しに語りかける。

「待ってくれ。教えてくれ」

「言わない」

「そうなると決まった訳ではない。説得に応じる可能性もある」

真澄はうつむき両手で顔を覆った。長い髪が広がり、顔が隠れた。

「無理」

「今は興奮している。落ち着いて考え直したら、佐久議員を警察に引き渡した方がいいと思うはずだ」

「一度決めたら、必ずやり遂げる。お母さんはそういう人です」

腹の底から絞り出すような声だった。

心配そうに見守っていた井川が、真澄と呼びかけて手を伸ばそうとすると、彼女は再び口を開いた。

「お母さんはいつも正しかった。強くなりなさいって、何度も何度も言われた。いじめられたら、はね返せばいい。いじめる方が気持ちが病んでいる。それに気づかないかわいそうな子供たちだって。お母さんに言われて気づいた。そうだって思った」

井川が伸ばしかけた手が止まっていた。何を言い出すのだとでも言いたげな顔をして、真澄を見ている。

「お母さんも中学生の頃にいじめられたことがあった。背が高くて運動が得意。それだけの理由で、色々ひどい仕打ちをされたって。でも、負けなかった。かわいそうな人たちだと思って、何をされても我慢して無視した。強い心を持った人を、人は攻撃しない。高校に行っても同じことがあったけど、そうやって闘った。最初に入った会社でも一度同じ目にあったって」

初耳だったのか、井川が本当かと低くつぶやいた。

「ひどいことをされても、自分が強くなればいい。お母さんはそうして色んなことを乗り越えてきた。お母さんを尊敬してた。お母さんのようになりたいってずっと思ってた。私にとって目標だった。厳しいことを沢山言われて辛かったけれど、それだけじゃなかった。頑張ろうとしてた。でも、できなかった。私が弱虫だったから。弱かったから……」

真澄の背中が小刻みに震える。涙声になった。

「私がしっかりしてたら、こんなことにはならなかった。お母さんと亮たちと一緒に暮らせてた。私が家族をばらばらにしたの。亮だって死なずに済んだ。亮が倒れたときにすぐ駆けつけて行ったら、助かってた。動けなかった。まさかあんな酷いことをするなんて。もう一度ひくなんて。私が亮を見殺しにした――」

声を詰まらせた後、真澄は一つ息をして続けた。

「もっと早く事件のことを打ち明けていたら、お母さんは事件を起こさなかった。でも、怖くて言い出せなかった。話したら、お母さんに責められる。見放される。お母さんがいなくなったら、私、どうしたら……」

涙がスマートホンに落ちた。真澄は声を押し殺し、背中を大きく揺らして息を継いで泣き震えている。

井川は真澄に近づき、肩を抱き寄せて、囁くように言う。

「違う。おまえのせいじゃない。おまえのせいなんかじゃない……」

父親が言葉をかけても、真澄は全身を震わせて泣いている。

梶原は棒立ちになっていた。真澄は母親からの圧力に耐え切れなくなっていたのではなかった。彼女にとって母親は目標であり、精神的な支えだ。弟の死も自分の責任だと考えている。

明らかな間違いだ。けれども、彼女自身に受け入れる余裕はない。悪夢のような出来事が次々と降りかかり、一人悶々として悩み、苦しみ続けてきた。精神的な限界に達しようとしている。ガラスでできた細い神経に亀裂が入っている。触れたら最後、砕けてしまう。

真澄の震えが大きくなった。首が左右に大きく振られた。背中を丸めて机に伏せる。両耳を両手で塞ぎ、首を横に振り続けている。

「止めてくれ」

井川が椅子を離れ、梶原の眼前に立ちはだかる。

続けさせてくれと口にしようとすると、井川に押されて壁際まで後退した。抗(あらが)う間もなかった。

井川の赤く充血した瞳の中で、怒りと悲しみが入り混じった光が揺れている。

「大切な息子を殺されたんだ。どうして私たちがこんな仕打ちを受けるんだ。これ以上娘を苦しめるな」

井川は叫ぶように言い、梶原を強い力で押してくる。ドアが開き、梶原はそのまま床に腰を落とした。

井川が部屋の中に戻り、ドアが閉じられた。ロックがかかる音がした後、廊下は静寂に包まれた。

被害者家族は事件の後で追いつめられる。嵐に巻きこまれる。同じ思いを味わっている家族がここにもいた。

あらためてその事実を突きつけられ、梶原は壁に寄りかかった。

19

梶原は廊下の壁に背中を預け、携帯電話を耳に当てていた。

安住課長の声が耳に流れこんでくる。

「失敗だったか」

「完全拒絶です。失敗しました」

河上亮の殺害現場を聞き出そうとしたが、真澄は場所を明かさなかった。報告を受けた安住は落胆と困惑が入り混じった声音で応じてきたのだった。

安住は左手を尖った顎に当ててこすり、考えているはずだ。手詰まり状態になったときによくやる。

「手加減をしたのではないだろうな」

「手加減」

「おまえは狙撃に反対していた。殺害現場が分からなければ、狙撃できない」

反対はした。佐久議員を救うために、河上幸恵を射殺する。あまりに理不尽な対応策に納得できなかった。だが、迷った挙句、安住に従ったのだった。

「俺は手を抜いたりはしません」

少し間が空き、安住の声が戻ってきた。

「そうだったな」

安住は一呼吸置いて続ける。

「続けて貰う」

「続ける？」

「殺害現場の割り出しだ」

何を言い出す。完全に拒絶されたと報告したばかりではないか。

「真澄さんは絶対に口を開きません」

「おまえはひき逃げ事件の一部始終を知っている。野鳥公園から飛行機がよく見えるところに行き、そこで佐久議員にひかれた。殺害現場は遺体発見現場から遠くはない。十キロも二十キロも離れているとは考えにくい。子供が自転車で移動できる範囲内だ」

「しかし――」

「特一係はバスについていている。これから第五係を行かせたとしても、探す時間がどれだけあるか。間に合わない可能性の方が高い」

「本当に射殺以外に方法がないんですか」

「ない。人質全員を救出するには射殺しかない」

河上幸恵の射殺は避けられない。死なせたくない。できることなら止めたいが、仕方ない措置なのだろう。けれども、清水にやれるかどうか不明だ。せめて清水の精神が崩壊するのだけは止められないか。

再び訪れた重苦しい沈黙の中で、梶原は打開策を求めて考え続ける。やがて一つの策に辿りつくと、安住に提案した。

「他の狙撃手は使えませんか。代役を調達する」

「代役」

「第六機動隊かSATの狙撃手に来てもらうんです。今からでも間に合うでしょう」

第六機動隊とSATの本拠地は勝島にある。野鳥公園まで二、三キロ程だろう。九つある機動隊の中で最も近い場所に位置している。これだけの事件だ。既に他の狙撃手たちも出動待機についているに違いない。

だが、安住は退けた。

「確かに他にも腕のいい狙撃手はいる。しかし、他の狙撃手は来ない。警備に清水の出動を要請した後、警備部長から電話が来た。清水以外の狙撃手は出せないと言われた。それ以上の協力はできないと。やっとその理由が分かった。清水だからこそ、こちらの要請にすぐ応じてくれたんだ」

「どういうことです？」

「警備部は苅田の件を完全に封印するつもりだ」

「封印」

「清水を辞めさせたいんだ。同僚が清水に嫌悪感を抱いている。苅田を射殺したことで、不協和音が出始めたそうだ。信頼感で結ばれていなければ、機動隊の仕事はこなせない。あの事件では懲戒免職にはできなかった。清水にも退職の意思はなかった。命令を遂行できなかったら、辞職に持っていける。公務員には退職後も守秘義務がある。ＳＡＴの狙撃手が殺人者だった事実は表に出ない」

「ですが、成功したら――」

梶原の言葉を遮り、安住は言った。

「失敗するまで使い続けるのだろう」

醜悪だ。上層部は、警察組織の権威を維持することしか考えていない。組織のために、胸を痛めることもなく、一人の警官を切り捨てようとしているのだった。

警備部長は、清水がＰＴＳＤにかかっていることを知っている。清水本人が知られていないと思っているだけだった。第六機動隊長が把握していたかどうかは関係ない。警備部長が清水の精神状態をつかんでいれば、それで十分だ。警備部長から担当医に問い合わせれば、病状は分かる。担当医は清水の症状を正確に診断していたのだった。

梶原は拳を握り締めた。怒りと悔しさを飲み下し、深呼吸して気を鎮め思考を巡らせる。殺害現場が割り出せたら、河上幸恵は清水の放つ一弾で命を落とす。佐久は生き延びる。真澄は弟と母親を失う。

それだけでは済まない。真澄は、バスを乗っ取り、警察に射殺された凶悪犯の娘と呼ばれる。

世間からの一斉攻撃が始まる。時間が経てば、世間の人々は事件を忘れる。けれども、これだけの大事件だ。いつどこで攻撃が再開されるか分からない。

事件の記事や記録は、ネット空間に無数に残る。周囲の人々の好奇心をかき立てる。何かのきっかけで検索され、事件を蒸し返される。真澄に事件のことを訊く。訊く方に悪意はないかもしれない。訊かれる方は、鋭い刃（やいば）を突きつけられたように感じる。精神的に追いこまれるのだ。

殺人者だけが得をする。こんな理不尽があっていいのか。

しかし、狙撃できなければ、特一係が無理を承知で強行突入するしかなくなる。人質が犠牲になりかねないのだ。

脳裏に、バスに入ったときに見た人質たちが蘇ってきていた。小さな男の子を抱えた母親、にきびの痕が残った若い男。心筋梗塞を患っている二階堂、三十代後半ぐらいの地味な格好をした女。ショットガンを頭に突きつけられて交渉の場に引きずり出された晴山。皆、脅え、助けを求めてきていた。バスが乗っ取られてから五時間半以上、いつ殺されるとも知れない恐怖の中にいた。

人質たちをそうした過酷な状況に追いやったのは、自分ではないか。捜査をし、追跡して河上幸恵に追いついた。だが、ショットガンを向けられて動けなくなった。ニューナンブを抜いたものの、引き金を引けなかった。あのとき撃っていれば、あのときに止めていたら、乗客は乗客のままでいられた。今頃はそれぞれの目的地に着き、いつも通りに暮らしていたはずだった。

乗客たちを死なせる訳にはいかない。それだけは絶対に避けなければならない。やはり、射殺しかない。ホシを死なせたくないが、それで人質を救えるのなら。

梶原は、苦い思いを胸の奥底に沈めて言った。

「殺害現場を見つけます」

安住は念押しした。

「頼んだぞ。おまえなら必ずやり遂げられる」

「了解です」

苦い思いを嚙み締め、梶原は真澄の部屋のドアを一瞥し、玄関の方へ歩き出した。階段を下りて井川印刷所を後にし、止めてあったキザシに乗りこみエンジンをかけた。

カーナビの画面に、環七通りを走るバスが浮かび上がった。五時三十三分。バスは首都高速四号線に近づきつつある。野鳥公園まで十七、八キロ程の場所だ。バスの平均時速は十キロにも達しない。概算で、残りは一時間四十八分。車の流れ次第で残り時間は変わるが、とりあえずの目安は七時二十一分だ。それまでに殺害現場を見つけ出さなければならない。

キザシを発進させ、赤色灯を点けてサイレンを鳴らし、混雑した道を走り抜けていく。黒々と濡れたアスファルトにヘッドライトの光が吸い取られ、視界が良くない。

首都高速深川線に上がり、五十キロで南へと向かって走る。ラッシュ時にしては流れがいい方だ。

前方の車に道を空けさせたり、車線を移動して追い越しをかけたりして進んでいく。辰巳ジャンクションが見えてきたとき、着信音が鳴った。白山の文字が携帯電話に浮き出ていた。

「安住課長から全部聞きました。殺害現場の割り出しを手伝います」

「どこにいるんだ?」

「南青山のマンションを出たところです」

「そこから間に合うか?」

「分かりません。ともかく行きます。野鳥公園の近くの事故現場ですね」

都心の最も渋滞が激しい道を通り抜けてくることになる。どのくらい時間がかかるか見当もつかなかった。亮のひき逃げ事件を把握しているし、優秀な刑事だ。強力な援軍になる。ただし、来れたとしても、捜索する時間がどれだけ残っているか分からない。

頼むと言って、梶原は携帯電話を切った。現場百回の鉄則。しかし、今回は肝心の殺害現場が不明だ。亮の遺体が発見された場所から辿って殺害現場を見つけ出すしかない。遺体発見現場に戻るのが先決だった。事件現場に詳しい最上の力を借りるのは、現場に着いてからでも間に合う。

湾岸線に移り、西に進路を変える。次々と車を追い越していく。スピードメーターの針は百キロから百二十キロの間で動いている。

反対車線の無数のヘッドライトがフロントガラスに当たり、後方へと飛び去っていく。跳ね上がる水が飛沫となって降りかかってくる。

反対車線の向こう、湾岸地区のタワーマンション群が、垂れこめた雲で覆い尽くされた夜空を背にして聳え立っている。

梶原は真っすぐ延びた湾岸線を百キロで飛ばしていく。夜空に浮かんだレインボーブリッジを遠くに見て進み、東京港トンネルに潜りこんでいった。

大井南で首都高速を下り、南に向かう。ＪＲ貨物の広大な貨物ターミナル沿いに一キロ程進み、東に進路を変えた。反対車線の向こうが広大な野鳥公園の森だ。大型トラックや普通車が勢いよく走り去っていく。

梶原はキザシを路肩に止めて下り立ち、傘を広げた。小雨が頭から首筋にかかる。冷たい風が吹いているせいで、凍えるような寒さだ。柵の下に置かれた花が見えた。亮の遺体が転がっていた場所に戻ってきた。五時五十分。先程来たときからまだ二時間と経っていなかった。

野鳥公園の森に遮られ、南にある大田市場の建物も見えない。更にその南側、京浜島と運河の向こう側に羽田空港の敷地が広がっているが、空港があることも分からない。

飛行機が見える所に行こう。亮はそう言って真澄と二人で野鳥公園を離れ、羽田空港の方を眺めていた。

羽田空港の北側には、昭和島、京浜島、城南島の三つの島が並んでいる。おそらく、そのどこかにいた。離着陸は羽田空港南側にある川崎市の工場地帯からも見て取れるが、遠過ぎる。自転車で行けなくはないが、家に帰る時間も考えると現実的ではない。

羽田空港に最も近い京浜島か、あるいは昭和島か。昭和島の北側には平和島があり、モノレールの駅もある。真澄は電車とモノレールを乗り継いでやってきた。真澄の帰宅時間に配慮していたら、京浜島になる。

そしてもう一つ、この道の先にある城南島か。そこでひかれ、亮の遺体はここまで運ばれてきて置かれた。順当に考えるなら、城南島方向から来た可能性が高い。しかし、確定できる物は何もない。

梶原はキザシに引き返す。車の流れに合流し、東に進んでいく。北側にある倉庫や冷凍設備の建物は闇に沈んでいる。陸橋を越えると、交差点が現れた。左が大井埠頭、右が城南島だ。

迷わず城南島に向かった。大井埠頭は除外できる。そこから羽田空港は見えない。

城南野鳥橋に差しかかったとき、遠くから甲高い音が響いてきた。右手から白い旅客機が現れ、上昇していく。あの晩、亮もこの光景を見たはずだ。姉と会えて喜び、心を弾ませながら飛行機を見るために自転車をこいでいた。それから数時間もしないうちに命が断たれるとは思いもせずに。

ヘッドライトの光に浮かび上がるのは、雨で黒く濡れたアスファルトだ。ひき逃げ事件から一ヶ月以上。その間に何度か雨が降った。道路に血痕が落ちたとしても、雨で流されただろう。

原点に戻って捜索を始めたものの、手がかりは見つかりそうにない。何を頼りに探せばいいのか、皆目見当がつかなかった。

交差点の斜向かいに木々に囲まれた小高い場所があった。カーナビに城南島ふ頭公園と出ている。

梶原は城南島ふ頭公園に向かった。キザシを出て、車止めのわきを通って木々の間を抜けると、公園の真ん中にある小高い丘が見えてきた。丘の上に四阿（あずまや）が建ち、その下にテーブルとベンチが設置されていた。

梶原はフラッシュライトで周囲を照らした。出入口全部に車止めが設置されていた。そもそも公園内に車で入ることはできない。

キザシに引き返し、臨海道路に戻った。右手に城南島緑道公園を見ながら進んでいく。ここでもない。生い茂った緑が邪魔になり、旅客機は見にくい。

東京港臨海道路との分岐点が現れた。この先で臨海トンネルに入る。臨海トンネルの向こうに中央防波堤外側埋立地がある。そこからも羽田空港は一望できるし、周囲は開けている。

だがと思い直し、分岐点の前で、梶原は急ブレーキを踏んだ。ステアリングを切り、臨海道路を離れて側道に入る。

埋立地の可能性はない。臨海トンネルには避難用の歩道があるが、二人乗りした自転車が通れる程の幅はない。オートバイなら車道を通れるが、自転車には危険過ぎる。

運輸会社や工場が集まった一角を抜けると、城南島海浜公園の看板が見えてきた。第一駐車場にキザシを止めて外に出た。管理事務所棟は暗く静まり返っている。休日は賑わうのだろうが、駐車場にも南側にあるオートキャンプ場にも車はなく、人影もない。

梶原はフラッシュライトで濡れたアスファルトを照らしながら駐車場内を歩き回る。

ドリフトターンさせたときに着く輪のようなブラックマークはない。後輪を滑らせて遊ぶには狭過ぎるのかもしれない。他に何か事故の痕跡はないか。自転車を引きずって走れば、金属で引っ掻いた痕が路面に残る。血は洗い流せるが、金属で引っかかれた痕は容易に消せない。

駐車場全体を見て回ったが、ブラックマークも引っかき痕も見つからなかった。しかし、違うと断定できない。必ずしもそれらの痕跡が残っているとは限らない。

凍えるような寒さなのに、寒さを感じない。頭が熱を帯びていた。

梶原は、海上に浮かんだ光に引き寄せられるようにして歩いていく。人工の砂浜の手前の遊歩道で立ち止まった。

暗い水面の向こうで、羽田空港のターミナルビルや管制塔の光が集まり、輝いている。

ジェットエンジン音が高まり、ターミナルビルの向こうから姿を現した旅客機が滑走路を離れ、こちらに進んでくる。旅客機は瞬く間に近づいてくる。脚を下ろした旅客機が下腹を見せて、夜空へと駆け上がっていった。

ジェットエンジンの轟音が遠ざかり、静寂が戻ってくる。砂浜に寄せる波の音だけがしていた。

羽田空港の沖合の空に機影が浮かんでいる。旅客機は徐々に高度を落とし、ターミナルビルの陰に隠れて見えなくなった。ターミナルビルの向こう側にある滑走路に着陸したのだ。

ここではなかったのだろうか。夜空へと舞い上がっていく旅客機も、遠くから下りてくる旅客機も一望できる。

脳裏に、小さな背中を向けて砂浜に立った亮の姿が浮かび上がった。夢中になって空を見上げている亮の後ろで、真澄は両膝を折って砂浜に鳥の絵を描いている。事件が起きる前まで、二人はそうして過ごしていたのではないか。

着信音が胸元で鳴り出す。

梶原は我に返り、携帯電話を取り出した。

「清水です。今、どこです？」

オートバイを走らせているのだろう、清水の声が太いエンジン音とともに流れてきた。

「城南島海浜公園だ」

「そちらに行きます」

今から来ると言ってもどれだけ時間がかかるか。そもそも清水がいる場所も分からない。それよりも殺害現場の特定が先だ。

梶原は砂浜を後にし、公園キャンプ場を横切って駐車場の方へ歩いていく。手がかりはブラックマークとは限らないのではないか。他にも遺留品があるかもしれない。

梶原は最上の名刺を抜き出して、携帯番号を打ちこんだ。

留守番電話に切り替わる寸前、サイレンの音と共に最上の声が流れ出した。

「梶原さんか」

体に合った太い声音だった。

「そうです。至急教えて欲しいことがあって電話した」

「今、甲元さんと一緒にバスを追いかけている。もう一つの現場。河上亮君が殺害された場所の件だな。安住課長から連絡があった」

さすがに安住は手回しがいい。最上は、ひき逃げ事件の真相を割り出すために、甲元秘書に当たっている。甲元に話の内容を聞かせて揺さぶりをかけるために、わざと声を高くしたのだ。

「被害者の所持品は分かりますか?」

暗記しているのか、最上は所持品を次々と挙げていった。

「携帯電話、財布、家の鍵などがついたキーホルダー、ハンカチ、小型双眼鏡」

「双眼鏡——」

「ひかれたときに潰れたのだろう。血だらけだった。首からかけていたストラップが千切れて双眼鏡が外れた。三つのレンズが割れたまま双眼鏡の中に残っていたが、右側の対物レンズとシェードの先端の黒いリングがなくなっていた。遺体発見現場にもなかった。俺も探したが、見つからなかった」

「被害者の所有物に間違いない?」

「母親が確認した」

それだ。レンズかレンズの破片、もしくは先端のリング。隠蔽工作をした人間は入念に事故の痕跡を消した。しかし、見落とした可能性はある。羽田空港を見られる場所に絞ればいい。それでもかなり広大だが。

梶原は緑地に出てフラッシュライトで照らして歩き回る。アスファルト路面に残っている可能性は低い。亮の遺体や自転車や路面に落ちた金属片は根こそぎ回収されたに違いない。路面の血痕も完全に洗い流さなければならなかった。草地まで手が回らなかったかもしれない。

亮の部屋に飛行機の写真もプラモデルもなかった。飛行機に興味があることを母親にひた隠しにしていた。鳥の写真と双眼鏡があれば、野鳥公園に行っていても不自然には思われない。バードウォッチングに双眼鏡は不可欠。野鳥公園に行く目的が真澄に会うためだったとは思わないだろう。亮は飛行機好きの気持ちを封印して母親と暮らしていた。姉といるときだけ本来の自分に戻っていたのだ。

かじかんだ手に温かい息を吹きかけ、梶原はフラッシュライトの光を雨が落ちる草地に向けて懸命に探し続ける。光を反射するのは空のペットボトルぐらいだった。

午後六時十一分。遺留品を探して二十分が過ぎても手がかりは見つからなかった。周辺一帯は潰し終えた。

傘を叩く雨音が高くなってきていた。

梶原は第二駐車場の案内板を見つけ、北の方へ進んでいく。傘をさしていてもズボンが濡れて張りつき、足が冷たくなり強張ってきていた。

羽田空港の明かりが遠ざかっていく。

第二駐車場を前にして足を止めた。駐車場には二台の車が止まっていた。一台から白い排気煙が立ち上っているが、もう一台に人は乗っていない。

コンテナを積んだ貨物船が北東の方へ進んでいく。岸壁に当たる波の音だけがしていた。ここでもない。樹木とその向こうにある工場に遮られ、羽田空港は見えない。ならば、どこにいたのだ。

叫びたくなるのを堪え、踵を返し、来た道を引き返していく。

正面から光芒が射しこみ、太いエンジン音が響いてきた。オートバイが近づいてきて、梶原の前で停止した。灰色のジャンパーを着て黒いズボンをはいてオートバイに跨っていた男が下りた。黒いライフルバッグを背中にかけている。

ヘルメットのバイザーが上がり、清水の顔が現れる。相変わらずの無表情だ。雨の中を走ってきたのに、寒さを感じないのか、肌の色は変わっていない。

「早かったな」

「これなら簡単にすり抜けられます」

雨滴が流れ落ちていくオートバイのタンクに軽く触れ、清水は続けた。

「やはり、ここではなかった訳ですね」

やはりとはどういうことだ。何か知っているとでも言うのか。

「どういう意味だ？」

「殺害現場は城南島にはありません」

「ない？　なぜ、そんなことが言える？」

「風です」

「風？」

清水は黒い手袋をはめた手を羽田空港に向けた。

「羽田空港には四本の滑走路がある」

「それぐらい知っている」

「風向きと時間帯によって、使う滑走路と進行方向が変わる。北風のとき、離陸には主にC滑走路とD滑走路、着陸にはA滑走路が使われる。B滑走路は使用されない。夜十一時から翌朝六時も基本的に同じルートです。あれがB滑走路です」

清水は海上から空港の敷地へと延びた赤い橋に沿うようにして、滑走路の方へ手を振る。

B滑走路に明かりが灯っているだけで、旅客機はない。夜空へ舞い上がっていく旅客機を何度も間近で見たが、B滑走路に下りていく旅客機はなかった。A滑走路に下りたのだ。南の海の方からやってきて、ターミナルビルに隠れてしまう。しかし、それが何だというのだ。

「何が言いたい？」

「亮君と真澄さんが二人で会っていたときのことも聞きました。メルセデスが現れる前まで、羽田空港に離着陸するところを眺めていたと。ひき逃げ事件当時の風向きを調べました。今と同じ北風だった。ここからでは旅客機が着陸するところは見えないんです」

清水は羽田空港でたった一人狙撃手として警戒監視に当たっていたのだった。

寒風や雨、冷えこむ夜、ただ一人侵入者に備えて空港とその周辺に警戒の目を向けていた。風向きに合わせて離着陸の方法が変わるところも見てきたのだった。報われることのない仕事。警察組織内で見せしめとされる任務を押しつけられても、弱音一つ吐かずに。

「着陸を見られる場所はどこだ？」

梶原が訊くと、清水は更に腕を西の方へ腕を動かした。

「京浜島。もしくは、空港南側の天空橋（てんくうばし）付近か川崎のフェリー乗り場付近。飛行機マニアがよく撮影に来てます」

川崎は遠過ぎて論外だ。天空橋にはモノレールの駅が通っているが、亮は駅まで送って行けないと言った。天空橋でもないとなると、京浜島に絞られてくる。だが、完全には納得できなかった。

梶原は対岸にある京浜島から視線を外し、清水の横顔に目を向ける。

手を下ろした清水が梶原に向き直る。

「殺害場所を特定して下さい」

梶原は清水の目を見つめ返して問う。

「おまえ、河上幸恵を撃てるのか？」

「何度訊けば気が済むんです？」

頭にこびりついて離れない疑念だ。

「本当に撃てるのかと訊いているんだ」

「そのために来たんです」

淀みなく答える清水の目には一点の曇りもない。しかし、目の奥底で微かな赤い光が揺れている。自分の間違いではない。

梶原は清水の目を見据えて迫る。

「おまえは苦しんでいる。苅田を狙撃した後から、一層苦しみがひどくなった。苅田を射殺したことを悔いてはいないと言ったが、あれは嘘だ。そう自分に言い聞かせていただけだ。苅田を死なせずに捕まえられなかったのか。急所を外して動けないようにすれば良かったのではないか。そのことで自分を責め、悩み苦しみ続けていた。おまえにとって苅田一家は家族のような存在だった。苅田の奥さんと娘さんを惨殺され、苅田をも自分の手で殺さなければならなかった。苅田が捕らえられていたら、極刑は避けられなかっただろう。けれど、おまえが手を下すことはない。おまえの心からは血が滲み出続けている。心は血まみれだ」

真っすぐ見つめ返してくる清水の瞳が微かに揺れ始めた。

「苦しみは、氷川台事件の犯人少年を射殺したときから始まっていた。少年だけではない。少年の母親も殺してしまった。何の罪もない人間を殺したと思い、後悔し続けてきた。そんなおまえにできるのか？　撃てるのか？」

清水のヘルメットがゆっくりと横に振られた。

「河上幸恵は罪を犯した。人を襲って怪我を負わせた。人を殺そうとしている。殺すためにバスを走らせ続けているんです」

氷川台事件の少年の母親とは違うと言いたいのだろう。だが、同じことが起きかねない。

小刻みに背中を震わせる真澄の姿を思い起こしつつ、梶原は言った。

「心配しているのは娘の方だ」

「娘」

「真澄さんがひき逃げ事件の様子を話してくれたから、河上幸恵の目的が分かった。弟が目の前でひかれたのに、助けられなかった。母親が復讐に走るのも知っていたのに、止められなかったと悔いている。自分を強く責めている。五年もひきこもりが続いている。精神的に脆い。母親に辛く当たられ、それが原因で両親が離婚した。父親の庇護の下で暮らしてきた。弟だけが心を許して話ができる存在だった。バスジャックをして人を殺そうとした凶暴な犯人の娘。これからそう呼ばれる。嵐に耐えられるとは思えない。母親まで失ったら、生きてはいけない」

清水の目が見開かれた。

「自殺――」

梶原はうなずく。

「自ら命を絶つ」

清水が身を乗り出す。ヘルメットの表面を、水滴が筋を引いて流れて行く。肩からかけていたライフルバッグがずれ、オートバイに触れた。

「先のことは誰にも分かりません」

「加害者家族に降りかかる嵐は想像できるだろう。凶悪犯の娘というレッテルを貼られる上に、家族二人を失う。真澄さんにとって、母親は目標で精神的な支えだ。母親の言うことが正しいと思っても、実行できなかっただけだ。心が弱かった。本当は母親を尊敬し、愛していた。母親を必死になって守ろうとしている。彼女の心は崩壊寸前だ」

清水がやることで、真澄は死に追いこまれるかもしれない。彼も氷川台事件の二の舞いになることを避けたいに違いない。

「俺が何とかする。お前には撃たせない」

清水の目の奥底に硬質の光が灯った。

「解決できるのは俺だけです」

断言するように言い、清水は唇を結んだ。

「正気か」

「射殺します」

「おまえ――」

清水の胸倉をつかもうとして伸ばした右手をつかまれた。微かな震えが伝わってきたがすぐに消えた。清水を見上げる形になった。

「一刻も早く殺害現場を見つけ出して。行き先を見つけて教えて下さい。俺が撃ちます」

硬い決意の光を宿した目で清水が見つめ返して言い、手を離した。

オートバイに跨った清水に、梶原は問う。

「どこに行く?」

「遺体発見現場です。そこが刑場になるかもしれない。殺害現場の方が確率が高いと思いますが。準備はしておく」

バイザーが下がり、清水の顔が隠れた。

ギアが入る音がし、エンジン音が高まる。オートバイは発進し、水しぶきを上げながら闇の中へ消えていった。

20

傘を叩く雨音だけが聞こえてきていた。雨脚は少し弱まったようだ。

梶原は京浜島を見ていた。舳先のような形をした場所に大田清掃工場が立ち、その奥に工場が密集した工業団地がある。

京浜島は運河を挟んで、羽田空港のすぐ隣に位置している。空港の敷地まで二百メートル程で、三つの埋め立て地の中で最も近い。

A滑走路目がけて高度を下げてきた旅客機が、ターミナルビルの向こう側に消えていく。後部のタイヤが滑走路に着き、機首が下がり、前部のタイヤが路面を捉える。着陸のハイライトともいうべき光景は、ターミナルビルに隠れて、ここからは見えない。

けれども、京浜島からなら着陸シーンを見られる。やはり、殺害現場は京浜島だったのか。城南島ではなかったのか――。

無線交信できる範囲に入ったのだろう、小型無線機から流れ出した安住課長の声に思考を遮られた。

「安住より梶原へ」

「梶原です。どうぞ」

「見つからないのか？」

焦りが滲んだ声音だ。

梶原はイヤホンを耳に入れ、胸ポケットに着けたマイクに向かって応じる。

「まだです」

「バスは大田区に入った。流れが良くなってきている。首都高速三号線を過ぎてから速度が倍近くになった。この先、渋滞はない」

「野鳥公園までどれくらいですか？」

「残り七・一キロ。到着予想時刻は六時三十七分。あと二十二分だ」

カーナビに表示された数字を読み上げたようだ。

梶原は腕時計を見た。六時十五分。予想より一時間近くも短くなった。舌打ちしたくなるのを堪え、安住に訊く。

「人質の様子はどうですか？」

「全員無事だ。二階堂さんの発作は起きていない。かなり疲れているようだが。さっき横で威嚇発砲された晴山さんは少し落ち着いたようだ。だが、いつ逃げ出そうとしてもおかしくない。人質たちは、河上幸恵の目的が佐久議員を殺すことだとは知らない。誰一人席から動いていない。河上幸恵はフロントガラスに両手をついて立った佐久議員に、ショットガンを向け、近づいてくる車がないか警戒している。河上幸恵に完全に支配されている」

バスジャックが起きて六時間以上、人質たちの状況は殆ど変わっていない。疲労もピークに達している。恐怖に耐えきれなくなり、いつ限界を迎えてもおかしくない状況だった。警察は何一つ有効打を打てていない。

安住は腹から絞り出すように言う。

「遅れたら佐久議員の命はない。一刻も早く殺害現場を見つけ出せ」

無線が切れた後も、安住の声が鼓膜を震わせ続けていた。河上幸恵に変化はない。強行突入できない状況も続いている。唯一の解決方法は狙撃による射殺。しかし、清水がやり遂げられるかどうかも分からないのだ。そもそも肝心の目的地が見つかっていない。

京浜島に渡るか。大きく迂回しなければならないが、今からなら間に合うかもしれない。けれども、違和感は消えなかった。違和感の正体は自分でも分からない。頭の奥で何かがうずいている。

梶原は無線機を使って白山を呼び出してみた。

「白山です。どうぞ」

白山も交信範囲に入ってきていた。祈るような気持ちで訊く。

「どこにいる?」

サイレン音に負けじと白山が声を上げた。

「八潮(やしお)に入りました。湾岸道路を南下中です。大井南インターの入口が見えてきました」

近い。かなり飛ばして来たのか、酷い渋滞に遭わなかったのか。遺体発見現場の北、一キロ程の場所まで来ていた。

「京浜島に直行してくれ。離着陸が見える場所を重点的に洗うんだ。双眼鏡のレンズ、もしくはフードのリングを探すんだ。亮君の私物だ。俺は城南島内で探す。バスは二十分少々で遺体発見現場に着く。急げ」

了解の返事が来ると同時に、イヤホンから聞こえていたサイレン音も消えた。

束の間の静寂が、南から近づいてきた旅客機のジェットエンジンの轟音に破られた。

梶原はキザシに乗って駐車場を出た。海側に注意を払いながら、工場街を進んでいく。工場と倉庫の間の空き地から、海上に浮かんだ誘導灯が並んだ赤い橋が見えた。

海に向かって開けた空き地に入った。雨粒が落ちてくる中、フラッシュライトを地面に当てて歩き回る。土がむき出しになった部分には幾筋もの轍(わだち)が残っていた。短い雑草を手でかきわけて探したが、レンズの破片もリングも見当たらない。

道路に引き返し、リサイクル工場前を通過し、空き地に入った。フラッシュライトを握った右手がかじかんでいる。草を払うと、手に痛みを覚える程だ。

キザシに引き返し、二百メートル程進み、東京港臨海道路の手前で一時停止した。大型トラックの群れがエンジン音を響かせて右から左へ流れていく。

動物愛護センターを過ぎ、シャシープールに入る。ヘッドライトの光が青や赤のコンテナに当たった。コンテナが載ったシャシーや、何も積まれていない鉄骨のフレームがむき出しになったシャシーも置かれていた。人気は全くない。

車外に出た途端、また雨が落ちてきた。ハイモードにしたフラッシュライトの光が百メートル程先まで延び、闇に吸いこまれた。どこまで続いているか分からない。

岸壁側と道路側の二つに分かれて、シャシープールの駐車スペースが区切られている。中央の通路部分は広く、スピンターンは容易だ。北の空へと駆け上がっていく旅客機も見えた。ここか。公園ばかりに気を取られていたが、こちらから先に手をつけるべきだったのではないか。

梶原は腕時計を一瞥し、シャシープールの端まで戻って、遺留品探しを始めた。六時二十三分。あと十四分だ。

気合いを入れ直し、濡れて黒くなったアスファルトに目を凝らし、足を進める。傘を叩く雨音が強くなっていた。

シャシーの下、タイヤ周辺。一台ずつ丹念に見て回るが、フラッシュライトの光を反射するものはない。ブラックマークもない。

十台のシャシー周辺の捜索を終えても、五十メートル程進んだだけで何も見つからなかった。シャシーはまばらに止まっており、空いているスペースの方が多い。向こう側の端まで、優に四百メートルはある。

急速に自信が揺らぎ始めていた。梶原は顔を上げ、羽田空港を見やる。B滑走路は静まり返っている。事件の夜も、ここからは旅客機が着陸するところは見られなかった。

梶原は無線で白山を呼ぶ。

「見つかったんですか？」

荒い息をつきながら、白山が訊き返してくる。彼の方も収穫はなかった。

「京浜島つばさ公園は長さ八百メートル近くあります。南端の展望台から始めたが、二百メートル程しか進んでません。空港の敷地が近くに見えるってのに」

岸壁沿いに造られた公園を、フラッシュライトの明かりを頼りに目を凝らして歩く白山の姿が頭に浮かんだ。冷たい雨に打たれながらも、白山も懸命に捜索を続けている。

「安住より梶原へ」

無線交信に安住が割りこんできた。

「池上通りを越えた。到着予想時刻が早まりそうだ。残り九分。間に合うか？」

いつも冷静なバリトンの声が僅かに上ずっていた。

京浜島の白山も未だ捜索の途中だ。こちらでも何も見つかっていない。

「探します」

そう答えるしかなかった。

梶原は暗澹たる思いに駆られていた。清水が言った通り、城南島ではなかったのかもしれない。京浜島に行って白山と一緒に探すか。けれども、京浜島つばさ公園まで約三キロ。西に大きく迂回して橋を渡らなければ行けない。ほんの二百メートル程離れたところにあるが、海が行く手を阻んでいる。最初から清水の助言を受け入れていたら、特定できていたかもしれないのに——。

しかし、まだ違和感は消えなかった。

混乱を鎮めるように、梶原は大きく息を吐き出し、冷静になれ、冷静に考えろと自分に言い聞かせる。

真澄の証言を思い起こす。野鳥公園を離れた亮と真澄は自転車で羽田空港が見える場所に移動した。帰路につこうとしたところで、佐久が運転する車が現れる。そして亮が自転車ごとはねられたのだった。彼女が言ったことに間違いはない。他に手がかりになるものはないか。

真澄の声が蘇ってきた。海の方を向いて枝に留まった鋭い眼光を宿したハヤブサの絵。それを見て梶原が生きているみたいだと言うと、真澄は生きていると繰り返した。あれは私だとも答えた。

真澄は、自画像としてあの絵を描いたのではないか。鳥が好きなら、普通は飛んでいるところを描くだろう。だが、羽を畳み枝で休んでいるところばかりだった。井川家のリビングルームに飾られていた絵も、亮の机の上にあった絵も同じ姿だった。

ハヤブサは枝で休んでいたのではない。これから飛び立とうとしているところだったのではないか。

部屋から出たい。自由に飛び回りたい。真澄は願望をこめて描いた。野鳥公園で亮と会っていたとき、そのことを伝えていたとしたら。

亮は姉思いの子供だ。姉にも大空へ駆け上がっていく飛行機を見せて勇気づけようとしていたのではないか。

海に向かって飛ぶ直前のハヤブサ。海に向かって進みつつ、夜空へと駆け上がっていく旅客機。旅客機が夜空へと勢いよく駆け上がっていく様子を見られたら、亮も満足していたのではないか。

着陸する光景まで見る必要はなかったのかもしれない。離陸の光景だけで十分だった。だとすれば、京浜島に行かなくてもいい。この城南島からいくらでも見られる。野鳥公園からもそう遠くはない。二人は城南島にいたのだ。

梶原は疲れた体に鞭を打ち、冷たくなった手で傘を握り締めて歩き出す。屈みこんでタイヤ周辺に視線を這わせ、シャシーの上部を覗きこんだ。衝撃でレンズが跳ね上がった可能性もある。しばらくの間動いた形跡のないシャシーを重点的に調べた。砂埃がシャシーに薄く積もっている。

息が荒くなってきた。フラッシュライトを握った指の感覚がなくなりかけていた。岸壁側に止まった四台のシャシーを探したが、レンズもリングも見当たらない。

絶望的な気持ちがこみ上げてきていた。あと六分。シャシープールの端まで百五十メートル以上ある。ざっと三十台が残っていた。間に合うか。一人でやれるか。いや、やるしかない。

梶原は自分を叱咤し、コンテナが載ったシャシーをよじ登っていく。木々の向こう側の道路を流れる車の音がより大きく聞こえてきていた。

アスファルトに下り、隣のシャシーを一周する。シャシーの下を照らすと、黒っぽい小さな棒のようなものが転がっているのが見えた。

梶原は傘を放して身を屈め、シャシーの下に潜りこみ、タイヤの横にあった棒のようなものを拾い上げた。濃紺のボディーのグラフィック用のサインペンだ。キャップは外れたままで、細いペン先がむき出しになっている。周囲を見回す。シャシーの鉄骨の裏側に、指でこすった痕がいくつもついていた。

背筋を電流が駆け抜けていく。真澄はあの事件の日、ここにいたのだ。シャシーの下に隠れた真澄はメルセデスのナンバーを、このサインペンで手に書きつけた。亮の殺害現場はこのシャシープールだったのだ。

梶原は無線で安住を呼ぶ。残り五分だった。

亮の殺害現場は城南島のシャシープールだったと報告する。目撃者の私物があったとつけ加えた。

「よくやった、梶原。そちらに清水を急行させる。おまえはそこで待機しろ」

「了解」

梶原は大きく息をつく。達成感などなかった。河上幸恵はここで射殺されるのだ。

移動指揮車の安住と清水が交わす無線交信が聞こえてきた。

清水は安住の指示を拒否した。

「今動くべきではありません。遺体発見現場で佐久議員を処刑する可能性が残っています。バスが通過した後で、そちらに向かいます。オートバイなら間に合う」

一瞬、イヤホンが沈黙した。移動指揮車にいる森岡管理官の声も三隅管理官の声も聞こえてこない。特一係員たちからの反論もない。

その可能性は完全に排除できた訳ではない。

安住は清水の提案を呑んだ。

「すべて任せる。必ずホシを止めろ」

「分かりました」

清水が交信を打ち切った。

梶原はイヤホンに当てていた右手を下ろし、両の拳を握り締めた。このままでいいのか。河上幸恵の命が断たれるのを待つしかないのか。黙って見ているしかないのか。

背中を震わせる真澄の姿が脳裏に浮かび上がってきていた。

清水は撃つと言っているが、本当に引き金を引けるのか。射殺できたとしても、それだけでは済まない。娘の真澄をも死に追いやりかねない。

何とかして止めたい。止めさせなければ。

梶原は駆け出す。キザシに戻って運転席につくなり、アクセルを踏みこんだ。タイヤが滑りつつ進んでいく。東京港臨海道路に出て西に走りながら、無線で白山に遺体発見現場に来るように伝えた。

「野鳥公園ですか。今から出ても間に合うか——」

「だったらシャシープールに行って待機していてくれ。そちらには誰もいない」

京浜島を出て大田市場の南の道路を直進すればシャシープールに着く。そちらなら十分に間に合う。遺体発見現場には大勢の警官がやってくる。むしろ警戒が手薄な場所を固めておくべきだ。白山もそれに気づいて承諾した。

遺体発見現場まで一・六キロ。バスの到着予想時刻まで三分半程だ。車は多いが、流れはいい。水しぶきを上げて走る車を追い越していく。このまま走り続けられれば、バスがやってくる前に着く。だが、バスが遺体発見現場で止まるとは限らない。ドアが開くとは限らない。通過した場合、全く手を出せないのだ。

赤信号の交差点を突っ切ると、視界が開けた。右手にシャシープールが広がる。左手の方には所々に工場があるだけだ。大量の車が対向車線を勢いよく流れてきていた。

城南野鳥橋にさしかかった。暗い水面の向こうにある京浜島を横目に、追い越しをかけながら走り続ける。

雨に濡れて一層暗くなった野鳥公園の森が見えてきた。その横を、ヘッドライトを灯した車が水しぶきを上げながら走り過ぎていく。

ヘリの爆音が空から響いてくる。バスは首都高速羽田線の手前まで来ていたが、ここからは見えない。カーナビの画面に、警察車両を引き連れて走るバスが映し出されていた。

梶原は赤色灯を消し、野鳥公園入口にキザシを止めて外に出た。到着予想時刻まで一分半。

周囲を見回したが、清水の姿もオートバイも確認できない。けれども、間違いなくどこかにいる。

梶原は雨に濡れるのも構わず歩道を西に五十メートル程進んだ。柵の下に置かれた花束の花が、通過する車の風圧で揺れている。

無惨な姿となった亮が横たわっていた場所。ここが最終目的地なのか。本当にここで佐久を処刑するのか。そうだとしたら、チャンスはある。

梶原はフェンスを乗り越えて野鳥公園に入った。茂みの中で身を縮める。

「何をするつもりです?」

突然、イヤホンから清水の声が流れ出した。

自分は今、清水が覗くスコープの視野に入っている。清水は隠れ潜み、狙撃態勢を整えているのだ。

「俺の邪魔はしないで。いいですね」

冷静な口調で念押ししてきた。

どこだ。清水はどこにいる。この周辺に狙撃できる場所があるとは思えない。道路の北側からは、バスの車体に遮られて標的が見えなくなる恐れがある。梶原の背後の南側の野鳥公園内から撃ったら、河上幸恵を貫通した弾がバスの人質に当たりかねない。西側から発射すれば、人質に当たらずとも、走ってくる一般車に飛びこむ可能性がある。東側から撃てば、走り去る車や湾岸道路との交差点で止まった車に当たる。東西南北、いずれの方向からも撃てないのだ。

梶原は無線で清水に呼びかける。

「狙撃はできない。どこからも撃てない」

「可能です。拳銃弾を使う。標的の背後に何があるか。射角に気をつけなければならないが。頭蓋骨を貫通しても、障害物に当たって止まるように計算して撃ちます」

ライフル弾より遥かに威力の弱い拳銃弾を使って狙撃しようとしているのだ。高精度の拳銃のＳＩＧに切り替えて。

遠くから幾重にも重なったサイレンの音が聞こえてきた。首都高速湾岸線の下から、赤色灯の光と多数のヘッドライトを背にした、バスが現れた。

バスの車内の様子が見て取れた。佐久は両手を大きく開き、フロントガラスに寄りかかるようにして立っている。佐久の後ろには、ショットガンを持って険しい顔をした河上幸恵がいた。他の人質たちは席についていて、河上幸恵を見たり、うなだれたりしている。

バスに続いて、特一係の覆面パトカー、大型バン、移動指揮車が現れた。特一係員たちが隠れたトラックは集団の中程を走っている。

梶原はニューナンブを抜き、銃弾が装塡されていることを再確認した。バスが遺体発見現場で止まり次第、動き出すつもりだった。佐久一人が出てきたら、彼を連れて逃げる。佐久と河上幸恵が一緒に下りてきたら、二人を引き離し、佐久の盾となる。どちらの場合でも、河上幸恵を撃つことになるだろう。だが、死なせはしない。足を撃って体勢を崩し、ショットガンを取り上げるのだ。ショットガンを奪えなくても、その隙に佐久を連れて逃げる。清水に撃つチャンスは与えない。

バスは梶原の三十メートル先を横切り、東に向かって進んでいった。六百メートル程東にある交差点で反転して、こちらの車線に入ってくるのか。それとも、城南島のシャシープールへ直行か。そこまで中央分離帯が切れ目なく続いているのでUターンできない。

今は動けない。見守るしかない。

梶原は焦りを飲みこみ、フェンスに手をかけ、バスを目で追う。

陸橋の手前で、バスの進路が変わった。路肩の方へ寄っていく。

「全車、バスに続け。追跡態勢はそのままだ」

安住の指示を受けて、後方のパトカーも動き始めた。

バスは北側を通る分岐路に入り、間もなく見えなくなった。一列になったパトカーが続いていく。

来る。バスは分岐路を進み、陸橋の下を通ってこちら側に出ようとしている。陸橋の南側で大田市場に入る道とこちらに向かう道に分かれる。交差点まで行かずとも、反転できる方法があったのだった。

河上幸恵は、息子の遺体があった場所で佐久を殺すのだ。

東から近づいてくるヘッドライトが見えてきた。バスを先頭にして、一列になったパトカーが続いてくる。

心臓の鼓動が早まる。フェンスの支柱をつかんだ両手に力が入っていた。

バスは二百メートル程先だ。

梶原は周囲を見回し、バスに視線を戻した。清水を探しても無駄だ。見つけられる訳がない。

バスとの距離が百メートルを切ったとき、スピードが落ち始めた。

車内の様子が一変していた。窓ガラスに顔を向けて立った人質たちが並んでいた。人質全員が立っている。

佐久は依然としてフロントガラスに両手をつけて立っているが、河上幸恵の姿は人質に隠れて見えない。

人間の盾。あの状態では強行突入はおろか接近もできない。清水でも狙撃できない。強行突入できないようにして、佐久を処刑するつもりなのだ。

ここにいることは、河上幸恵に気づかれていない。佐久が出てきたら、すぐに彼を引きずってでも安全な場所に移動するしかない。

梶原は深呼吸を繰り返してバスが近づいて来るのを待つ。

バスは梶原の前を通過し、五メートル程離れた所で完全に停止した。花束や缶ジュースが置かれた場所のすぐ手前の位置だ。一列になって後ろからついてきたパトカーも次々と止まっていく。

梶原は両手に力をこめて柵を上り、歩道に下りた。ニューナンブを抜き、バスに駆け寄って行く。パトカーの無数のヘッドライトが梶原の体に当たる。

バスの車体後部に体を密着させた。ディーゼルエンジンの振動と熱が右腕に伝わってくる。車体後部の角から片目を出し、バスの前方を窺い、飛び出すタイミングを見計らう。ニューナンブを握った手に力が入っていた。

イヤホンから安住の声が流れ出した。

「なぜそこにいる。何をするつもりだ、梶原」

梶原は安住の呼びかけを無視する。

スライドドアが開く音がした。

車体中央にある入口から、靴と黒いズボンが出てくる。ついで灰色のコートが現れた。二階堂だ。

二階堂はバスの前方を見やった後、こちらに顔を向け、目を細めて歩き出した。ついで若い女が下りてきた。今にも崩れ落ちてしまいそうな顔をして二階堂についてくる。次に現れたのは、男の子を連れた母親だ。その後から眼鏡の男。交渉のために引きずり出されて震えていた晴山だった。人質たちが次々とバスから車道に出てくる。

　梶原は愕然としていた。一体、どういうことだ。人質が出てくるが、その中に佐久はいない。車内に目を向けたが、ここからでは車内全体は見通せない。

　人質を全員解放し、最後に佐久を出して殺すつもりなのか。

　どこにいるか分からないが、清水は狙撃態勢に入っている。河上幸恵が佐久を連れて下りてきたら、銃弾が頭に食いこむ。

　佐久は中にいる。まだ間に合う。

　梶原は身を屈め、こちらに向かって走ってくる人質たちとすれ違いながら入口の方へ進んでいく。殆どの人質は梶原を見てもすぐに視線を逸らし、強張った顔をして走り去っていく
「人質を保護しろ。保護が最優先だ」

　警官たちに向けて、安住の指示が飛ぶ。

　後方では二階堂が路面上に倒れていた。発作が起きたようだ。二人の男が両脇から二階堂を抱えて、手招きしている警官たちの方へ歩いていく。

「何をしている、梶原。戻れ。引き返せ」

　安住の張り上げた声が一段と高まった。

　六人、七人と人質が入口から出てきた。残りは大江運転手を含めて三人。学生らしき若

い女が下りてきた後、二十歳ぐらいの男のごついブーツの片足が路面に着いた。

スライドドアが再び動き始めた。

「邪魔するな。動くな。今なら撃てる」

清水の声がイヤホンから流れてきた。河上幸恵が射角に入った。狙撃可能になったのだ。

梶原はバスの横の野鳥公園の森を見やった。先程梶原が隠れていた場所の四、五メートル後方に立った黒い人影があった。清水はすぐ後ろに隠れていたのだった。

梶原は強く路面を蹴った。入口から車内に身を入れた直後、スライドドアが閉まった。

21

ディーゼルエンジンのアイドリング音が一際大きく聞こえてくる。サイレンは鳴り止み、本線を走る車の音も遠のいた。遠くからヘリの爆音が届いてくるだけだ。

「あんたにもう用はない」

佐久議員の背後からハスキーボイスが車内に響いた。河上幸恵は左手で佐久の襟をつかみ、右手に持ったショットガンの銃口を彼の頭に押し付けている。佐久は気色ばんだ顔をして、こちらを見つめている。灰色の背広の上着が開き、ワイシャツが出ている。一分の乱れもなかった髪は崩れていた。

梶原はニューナンブを両手で握って構え、佐久を盾にして立った河上幸恵に言う。

「銃を捨てろ」

「捨てるのはそっち。捨てないと引き金を引く」

佐久の肩越しに、切り詰められたショットガンの太い銃身と機関部が見えた。河上幸恵がショットガンを少し押し上げると、佐久の頭がのけ反った。

ニューナンブのフロントサイト上に、河上幸恵の顔を捉えていた。足を撃とうにも、佐久のズボンに隠れている。

露出しているのは河上幸恵の鼻から上だけだ。距離は四メートル程。ハンマーの上部に左手の親指をかけて引く。シリンダーが回り、ハンマーが起き上がった。これで引き金は軽く引ける。近距離とはいえ、少しでも狙いがずれたら佐久に当たる。手の指も冷え切っていた。正確に命中させる自信がなかった。

河上幸恵に命中すれば、死は免れない。弾頭が脳を切り裂く。

河上幸恵の瞳がこちらを見返している。その顔に井川真澄の顔が重なった。河上幸恵を射殺すれば、真澄も命を絶ってしまう。

イヤホンは沈黙している。バスの車内の様子は移動指揮車から見えている。この状況では何の指示も出せない。張り詰めた空気の中で、安住たちはバスを見守っているのだ。

梶原はニューナンブを下ろし、左手を添えてハンマーを戻し、止めていた息を吐き出した。安全な状態になったニューナンブを足元に置いた。

「さっさと出て行きなさい」

河上幸恵は大江運転手に目配せしてドアを開けるように命じた。大江運転手の制帽は外側まで汗が滲み、黒くなっている。

佐久の頭に密着させていたショットガンを離し、梶原に向けると、河上幸恵は淡々と続けた。

「出て行かなければ撃つ。何度も同じことを言わせないで」

バスに逃げこまれる直前にも、河上幸恵と銃を向け合った。あのときと同じ目だった。この女は撃つと察し、梶原は動けなくなった。その隙に河上幸恵はバスに逃げこんだのだった。

大江運転手が操作パネルに手を伸ばすのを見て、梶原は待ったをかけた。

「ドアが開いたら突入部隊が入ってくる。閃光手榴弾で目も耳もやられる。制圧される。すぐそばまで来ている」

河上幸恵の目が左右に動く。突入部隊を探している。バスの右側も左側もヘッドライトで照らされていて明るい。唯一、バスの後方だけが後部座席に隠れていて確認できない。射殺が第一の選択肢。突入はあくまで予備の対応策。それに今から特一係員を動かす訳にはいかない。集団の中程にいたトラックはバスの近くに止まったパトカーに行く手を阻まれている。一車線の車道にはバスに横付けできるスペースもない。

河上幸恵の視線がタイヤハウス上の台のスマートホンに流れた。やはり、テレビ中継を監視に利用していた。

梶原は河上幸恵に言う。

「突入部隊を写さないように報道協定が組まれた。解放された人質が映し出されていただろう」

ブラフだった。テレビ中継を確認している余裕などなかった。

ここから出る訳にはいかないし、河上幸恵を出す訳にもいかない。外に出た途端、清水に狙撃される。それを避けるための嘘だ。

佐久の目に宿った光が一瞬強くなり、弱々しい光に変わった。

「絶対に開けないで」

大江運転手に言い、河上幸恵は梶原に視線を戻した。

「手錠を自分の手にかけて。もう片方を手すりに」

梶原は腰の後ろから手錠を取り出して左手首にかけ、脇にあるオレンジ色の手すりに手錠を打った。

「拳銃を蹴って寄こして。手錠の鍵も。警棒も何もかも」

手錠の鍵と特殊警棒とフラッシュライトをニューナンブの上に置き、まとめて革靴で蹴った。ニューナンブは回転しながら床を滑っていき、運転席の後ろの座席の下に入った。鍵は反対側の列の座席の前で止まった。

河上幸恵が大江運転手に命じる。

「出して」

エンジン音が高まり、バスが動き出す。河上幸恵は佐久を出口の手前まで引っ張っていった。その隙に梶原は無線機の送話スイッチを押してロックした。これで車内の音声は安住らに伝わる。向こうからの声は届かなくなったが。

河上幸恵は、出口のドアのガラスに佐久の頭を押し付けて言った。

「よく見て。目にしっかりと焼きつけて。自分がやったことを」

佐久の呼気で窓ガラスが白く曇る。頭に銃口を突き付けられた佐久は顔を歪めて外を見ている。視線は亮の遺体発見現場に向けられていた。窓ガラスの外にあった缶ジュースや枯れた花束が後方へと流れていく。

河上幸恵は佐久を窓ガラスから引き離し、ドアの後方にある座席に座らせる。左手で座席の下からニューナンブを取り出し、拾い上げた特殊警棒とフラッシュライトと一緒にウインドブレーカーのポケットに無造作に突っこんだ。

刑場はここではなかった。殺害現場だったのだ。

だが、河上幸恵は、大江を除いた九人の人質たちを解放した。判断力は残っている。止められる可能性は残っている。

梶原は河上幸恵に語りかける。

「息子さんは惨いことをされた。亮君にはかける言葉もない」

河上幸恵は目だけ動かして梶原を見た。知ってるのかと目が言っている。

梶原は河上幸恵を見据えて続ける。

「あなたの部屋にも行ったし、井川家にも行った。娘さんから事故の模様も聞いた。衝突した後、佐久議員が亮君を車でひいて殺害したことも。復讐するために、井川さんのショットガンを持ち出したことも。それから羽島安美さんを襲って、ひき逃げ犯を突き止めた。佐久議員だったことを」

「たいしたものね。交通課の刑事は無能。一月以上経っても、犯人を見つけられなかったのに。あんたとは比べものにならない」

皮肉めいた口調で言って、河上幸恵が大江運転手に指示を出した。

湾岸道路との交差点が迫っていた。大江運転手は白手袋で額の汗を拭い、ステアリングを切る。バスは傾きながら右に曲がっていく。

フロントガラスについた佐久の両手の痕が浮かび上がっていた。バスに揺られて移動し続ける間、脂汗が止まらなかったのだろう。もはや手の形をなしておらず、脂の膜となって残っている。

バスが反転し、側道に入って東に進んでいく。先程通った道に戻ろうとしているのだ。後方からは、パトカーの集団が長い光の帯のようになってついてくる。

梶原は河上幸恵に言う。

「羽島安美さんは一命を取り留めた。殺人にはならない。今ならまだ引き返せる。佐久議員は法が裁く。真澄さんの目撃証言もある。これから証拠も集まってくる。警察に任せてくれ」

「聞き飽きた」

「気持ちはよく分かる。俺も大切な家族を殺された」

「殺された——。子供を？」

初めて河上幸恵の方から訊いてきた。バスに逃げこまれる直前に銃を向け合ったときも、佐久を連れて来るようにと要求を伝えられたときも、一方的にこちらから話しかけるだけで、問いかけてくることはなかった。

梶原は首を横に振った。

「妻だ。大切な家族だ」

河上幸恵は小さく息をつき、吐き出すように言う。

「私の勘は間違ってなかった。同類だった訳ね」

同類という言葉が頭の中で反響した。野川の呼びかけには応じず、代わりに梶原を寄こすようにと言ってきた。呼ばれた理由を訊ねたが、河上幸恵は明確な答えを寄越さなかった。彼女自身にもその理由が分からずにいた。今なら分かる。家族を奪われた者同士。似た境遇にいる者だけが持つ何かを敏感に感じ取っていたのだ。銃を向け合うという一種の極限状態の中で、相通じるものを嗅ぎ取った。それで伝令役に指名されたのだ。

似た者同士なら理解し合える。理解を得られるはずだ。

梶原は河上幸恵の瞳を見据えて再び訴えかける。

「娘さんのために。真澄さんのためにも、止めろと言っている」

「真澄」

「真澄さんは、母親が人を殺しに行くことを知りながら、止められなかったと悔やんでいた。あなたは事件の一部始終を真澄さんから聞き出した。彼女は今日という日が来ることをずっと恐れ、脅えていた。井川家から出て行った後でも通報できた。だが、できずにあの部屋で一人悩み苦しんでいた。バスを乗っ取ったあなたをずっとテレビで見ているしかなかった」

「賢い子。命じた訳でもないのに、黙っていてくれた」

まるで他人事（ひとごと）のような言い方だった。

河上幸恵が、座席に横向きに座った佐久に冷たい目を向けて薄い唇を開く。

「娘が全部見ていたのよ」

広い額をこすり、手についた汗をズボンになすりつけた佐久は、河上幸恵を見返して応じる。

「目撃者がいたのか」

「あんたたちがやったことを全部教えてくれた。消そうとしても、完全に消すことなんかできない」

「なるほどな」

納得した佐久がつぶやいた。窓ガラスに寄りかかり、バスの天井を仰ぎ見た。高い鼻梁と頬骨が浮かび上がる。眼窩（がんか）は落ち窪（くぼ）んでいる。ブライトリングを付けた左手でふくらはぎを揉んでいる。足が痺れているのだろう。バスに乗りこんでから二時間半以上もの間、立ちっ放しだったのだ。

疲労の色は濃いものの、佐久は焦りも恐怖も感じていない。刑場に連れて行かれると分かっているのに。

陸橋を越えると、フロントガラスの向こうに信号機が現れた。河上幸恵が大江運転手に右折を命じる。殺害現場のシャシープールまであと一キロ程だ。この先、渋滞はない。二、三分で着く。

後方から来るパトカーの集団の中で、突入態勢を整えた特一係員たちが乗ったトラックが上がってきて、移動指揮車の後ろについている。対処方針に変わりはない。一足先に特一係を殺害現場にやって待機させておくこともできる。けれども、バスが止まっても、密かに接近して横付けして突入するのは難しい。突入はあくまで予備の策だ。

梶原は河上幸恵に視線を戻して懸命に訴える。

「真澄さんは強く自分を責めている。亮君がひかれたときも怖くて出て行けなかった。弟を助けられなかったことを悔やんでいる。警察にも言えなかった。あなたを尊敬している。心の底から。母親を失ったら生きてはいけない」

「真澄がそう言ったの?」

「言葉にはしなかった。だが、俺には分かる。母親が死んでしまったら、これから起きることには耐えられない。彼女の心は破裂寸前だ。自ら命を絶つ」

弟を見殺しにした。羽島安美を襲い、バスジャックを起こし、佐久議員を殺そうとして警察に射殺された凶悪犯の娘と呼ばれる。真澄自身、母親を止められなかったことを悔やみ、自分を責め続けていた。ガラスの神経。繊細でひ弱な精神の真澄が耐え切れるはずがない。

「仕方ないわ」

梶原は耳を疑った。

「仕方ない？　親だろう。死のうとしている子供を止めないのか？」

「弱い者は負ける。強い者に食われる。たとえ弱い者が正しく、強い者が悪くても。だから、私は強くなりなさいって真澄に厳しく言い聞かせてきた。何度も何度も。なのに、あの子は弱いまま。いじめられて家に閉じこもり、今度は父親に連れられて私から逃げ出した」

「我が子がいとおしくないのか？　助けたくないのか？」

梶原は畳みかけるように問いかけた。声が高ぶるのを抑えられなかった。

梶原は右手でポケットに入れていたサインペンを出し、河上幸恵に投げる。河上幸恵は左手でキャッチした。

「シャシーの下で見つけた。亮君がひかれた後、真澄さんは車のナンバーをそのサインペンで手に書いた。それでひき逃げ犯を割り出せた。真澄さんがいなければ、何も分からなかった」

河上幸恵はサインペンをじっと見つめていたが、ポケットにしまった。

「いとおしくない訳がない」

河上幸恵の目が鋭い光を帯びたが、声音に乱れはない。

「亮は私のために残ってくれた。離婚するとき、息子だけは渡せないって井川に言ったけれど、亮と真澄のことを考えれば、一緒にしておくべきだった。亮は私がひとりぼっちになるのを心配してくれていた。私を思って、自分から残ると言って父親を納得させた。強くて賢い子だった。いくらお母さんが強くたって、女なんだから。男が守る。僕が守るって言って。帰りがどんなに夜遅くなっても、リビングで待っててくれた。傘を忘れるとジムまで迎えに来てくれた。まるでボディーガード気取りで。不良グループに絡まれたとき、亮が前に出て追い払おうとした。私が止めさせたけど」

ひきこもりの姉を気遣う一方で、亮は母親を守ろうとしていた。十一歳の子供が二人の女を守る気概を持っていたのだ。

「我慢強くて優しい子だった。好きだったものも止めた。真澄を心配してときどき会いに行ってた」

「知ってたのか？」

「気づかないふりをしてた。亮が夜に一人で自転車で出かけているのを見た母親仲間から聞いてたし、真澄が描いた鳥の絵がたくさんベッドのマットの下から出てきた」

机に飾られていたハヤブサの絵だけではなかった。亮は他にも姉から貰った絵を隠し持っていたのだった。

城南野鳥橋に差し掛かり、窓の外を暗い水面が過ぎっていく。あと一、二分だ。大江運転手はしきりに額や目をこすっている。長時間緊張状態に置かれ、精神的な限界を迎えようとしている。

雨に濡れて冷えた手に温かい血が巡り始めたが、梶原の体の芯は冷えたままだった。

「大切な息子を殺されたのよ。そいつに」

河上幸恵の声が冷たく響く。河上幸恵はショットガンを持った右腕を伸ばして、佐久を指し示す。佐久は身動き一つしない。

河上幸恵は足を踏み出す。佐久に近づいて見下ろして質問を放った。

「なぜ、亮を殺したの？　あんたの車にぶつかってはね飛ばされ、亮は路面に転がった。

あんたは車を下りて亮のそばまで行った。腰を落として亮に話しかけてる。亮は生きてた。救急車を呼べた。呼んでいれば助かってた。けれど、呼ばなかった。車に戻って亮の腹の上にタイヤを乗り上げた」

佐久は下を向き、吐き出すように言った。

「あの子には運がなかった」

「運がない？」

佐久は顔を上げた。

「安美は喜んでいた。誰もいない。私たちだけの最高の夜。シャシープールに入って、私が運転を替わった。存分に海風を浴びてオープンドライブを楽しんで貰おうと。海風が気持ちいいって喜んでいた。スピンターンすると、笑いながら奇声を上げていた。突然飛び出してきたんだ。避けられるもんじゃない。折角二人で盛り上がってたのに、台無しにされた」

「台無し――」

「気が動転していたんだ。動かなかったが、あの子は生きていた。気も失っていなかった。足の痛みに耐えながら、私の名前を口にした。社会科見学で都庁に来たとき、私が都議会の議事堂を案内し、都議会の役割を説明した。私は覚えていなかったが、あの子は私を覚えていた。都知事と都議会のどっちが偉いのか、質問時間に訊いてきた。都議会だと答えた。数が多い方が強い。冗談めかして毎回そう言っている。面白い事を言う議員だと思って、覚えていたのかもしれん。酒を飲んで愛人を乗せて車を転がしていたと知れたら、将来すべてが断たれる。私の顔は知れ渡っている。これから先もテレビや新聞に出る。完全に口を塞ぐしかないと思った。ぶつかった相手が私でなければ死なずに済んだだろうに。賢いが、不運な子だ。腹に乗り上げたときの気味の悪い感触が今でも手に残っている。小さな鈍いショックだった」

亮と佐久は、ひき逃げ事件が起きる前に顔を合わせていた。それで佐久が凶行に及んだのだ。将来の都議会のボスの座を他人に奪われることがないように。

亮が味わった恐怖を想像する梶原の背中を戦慄が駆け抜けていく。路上に転がって動けない所に、再び車が迫ってくる。殺されると分かったときには何もできなかった。叫び声さえ上げられなかった。

火に油を注ぐようなものではないか。激情に駆られて突っ走ってきた河上幸恵を強く刺激した。今すぐにでも引き金が引かれるかもしれないというのに。

佐久を見下ろす河上幸恵の顔は紅潮している。ショットガンの銃身が上がり、大きな銃口が佐久の顔を捉える。銃身が小刻みに震える。彼女の歯ぎしりが聞こえてきそうだった。

一方、佐久は小さく口角を上げて微かな笑みを浮かべている。

「止せ。止めろ」

梶原は叫ぶように言って身を乗り出す。左手首に手錠が食いこみ、進めない。河上幸恵に手が届かない。

「ここで撃ったら、シャシープールには行けない。突入部隊が入ってくる。息子が死んだ場所に行くのが望みなのだろう」

佐久が淡々とした口調で言うと、河上幸恵は銃身を下に向けた。ショットガンを胸に抱き、全身を小刻みに震わせている。声にならない声を上げているようだった。

佐久の横顔には依然として酷薄な笑みが張りついていた。目に嘲り笑いが浮かんでいる。

この余裕は何だ。佐久に会ったときに、バスジャック犯が殺すために呼んでいると告げても、動揺している様子はなかった。それが事実であることが確認できるまで時間はかからなかったはずだ。隠蔽工作をさせたものの、ひき逃げ事件の捜査の行方は気になる。当然、被害者とその家族についても調べさせていただろう。河上幸恵の顔もずっと前に把握していたに違いない。テレビに映し出されたジャック犯の顔を見て、梶原の言葉に間違いはないと確信した。ひき逃げ犯であることが突き止められたと思った。

河上幸恵に暴露されたらすべて終わりだ。行かざるを得ない。バスに乗りこんだ後、いつ撃たれてもおかしくない緊迫した状況が続いていた。脅え、緊張していたのは、フロントガラスに残った手の痕が物語っている。なのに、挑発するような言葉を放った。今は恐れている様子もない。

ライフルを持った清水の姿が脳裏を過ぎった。河上幸恵が射殺されると分かったからか。都議会の元ボスといえども、警察の捜査に口を挟むことなどできない。しかし、対処方針を聞き出すことぐらいはできるのではないか。籠城現場に現れた佐久を止めようとした警官たちに道を空けさせたのだ。

射殺命令が出ていると知ったのか。もしかしたら、佐久の元にメールが届いたのかもしれない。佐久がスマートホンを持ったまま入った可能性はある。けれども、射殺命令を遂行できる訳ではない。ガラスの要塞にいる限り、狙撃はできない。

何が佐久を変えた。考えても分からない。考えてもどうなるものでもない。

交差点を過ぎると、城南島ふ頭公園の木々が見えてきた。バスは海の方へ進路を変えた。シャシープールまで数百メートル程だ。

雨の中で、赤い光がバスの周辺で乱舞していた。周辺で後方からついてくる警察車両の集団にも変化はない。

間もなく刑場に到着する。

　梶原は冷えた体が更に冷たくなるのを感じつつ、フロントガラスの向こうを見つめていた。

22

　樹木帯の切れ目が見えると、ブレーキがかかった。スピードが落ち、バスは大きく傾きながら左に曲がっていく。

　梶原はポールにつかまり、足を踏ん張り、遠心力に抵抗する。

　シャシープールに入って三十メートル程進んで停止した。警察車両の集団が後方で次々と止まった。十メートル程の距離を取り、それ以上近づいてこない。警官たちも全員パトカーに乗ったままだ。出入口は止まったパトカーで塞がれた。もう一つある東側の出口もブロックして完全封鎖しようとしているのだろう、シャシープール外側の道路を東に向かうたくさんの赤色灯の光があった。

　真っすぐ延びたバスのヘッドライトが、アスファルト路面と岸壁の先の暗い水面を照らしている。雨脚は少し弱まった。

　運転席の斜め後ろに立った河上幸恵は、座席に横座りした佐久議員にショットガンを向け、フロントガラスを見ていた。佐久は背を起こして河上幸恵を見ている。笑みはなくなり、顔が少し強張っていた。

河上幸恵はじっと動かず、海の方を見ている。

何をしている。何を考えている。

バスの後方では、特一係のパトカー、移動指揮車、特一係係員たちを乗せたトラックが待機している。

一般車両を巻きこむ恐れはなくなった。トラックを横付けできる空間も十分にある。報道自粛要請が効いたのか、羽田空港の管制空域に入ったのか、ヘリは平和島上空に留まり、近づいて来ない。数キロ離れた場所からここを撮影するのは無理だ。バスは停止している。今なら強行突入も可能だ。

梶原は無線機の送話スイッチを押し、河上幸恵に聞こえないように小声で話す。

「バスが止まった。人質は運転手一人だけになった。強行突入できませんか？」

安住課長は梶原の提案を即座に退けた。

「危険だ。人質がいることに変わりはない。お前も人質の一人だ」

河上幸恵は依然として海に目を向けている。ガラス越しに暗い空から下りてくる光が見えた。間もなくして旅客機はターミナルビルの向こう側に姿を消した。河上幸恵はその向こうにある羽田空港を見ているのだと気づいたとき、イヤホンから清水の声が耳に流れこんできた。

「強行突入は危険です。佐久議員の思うつぼだ。計略にはまる」

「計略」

安住の言葉に清水が応じた。

「佐久議員は河上幸恵を射殺するつもりです。強行突入を待って」

そんなことができる訳がなかった。バスに入る前に身体検査まではされなかっただろう。拳銃を隠して持ちこめる可能性はゼロではない。だが、衣服に不自然な膨らみはない。

清水はどこかのコンテナの上か、それともシャシーの陰に隠れてライフルを構えているのか。探しても無駄なのだと思いつつも、目が自然と動いていた。

梶原は再び送話スイッチを押した。

「佐久議員は拳銃を持ってない」

「ショットガンを奪って使うんです。河上幸恵が一メートル以内に入ってきたら、佐久議員が動き出す。銃は離れたところで使ってこそ、力を発揮できる。片手が届く範囲内では相手に奪われる。河上幸恵は銃に関しては素人。銃を取られることはまったく考えていない動きだった。突入部隊が入ってきたら、閃光手榴弾の光で一瞬何も見えなくなる。その隙をついてショットガンの銃身をつかんで銃口を河上幸恵に向けて引き金を引く。誰にも見られずに」

「しかし――」

「佐久議員は足首にフラッシュライトをテープで巻きつけて隠している。昼間でも目がくらむ程の光量を出せる強力なタイプ。さっきドアが開いたときに見えた。光を直撃させてハレーションを起こして完全に視界を奪う。目を瞑って閃光手榴弾の光を上手く避けたとしても、フラッシュライトでやられる」

梶原自身、逮捕術の訓練でそこまで詳しく教わっていなかった。

佐久のズボン裾の下で革靴が艶やかな光沢を放っている。フラッシュライトがあるかどうか、判断はつかなかった。

「一人でそこまで考え出せるか。そんな知識があるとは思えない」

「準備しているのは確かです」

清水の言葉が終わると、最上刑事の声が無線交信に割りこんできた。

「甲元秘書が制圧術を教えたんだ。神奈川県警の組対部の元刑事。甲元秘書は佐久議員の父親に拾われて、佐久議員の個人秘書になった。実際は佐久議員のお目付け役兼トラブル処理係。本人は認めなかったが、確認が取れた。本庁に照会依頼をしたら、一発で判明した。以前に佐久議員が女がらみのトラブルを起こしたときに、甲元秘書が出て警察沙汰になる寸前で上手く処理した。今、隣で悔しそうな顔で俺を睨んでいる」

最上は甲元と一緒に後続の警察車両に乗っている。

梶原らが病院を出た後、佐久は甲元に相談した。その結果、バスに乗りこむことにした。反撃する方法を教わり、父親に頼んで警察が制止しないように手を打ったのだ。

「正当防衛は成立するかもしれん。だが、ひき逃げ事件の訴追は免れない。卑劣な行為が明るみに出る」

「今のところ物的証拠は何一つない。先程の告白は、河上幸恵に強制されたものだと言い張る。たとえ我々が聞いていても。裁判を有利に運ぶんだ。腕利きの弁護士を揃えてな。佐久議員は法学部も出ているし、元刑事の助言も受けている。それぐらいの判断はできる。真澄さんはぎりぎりまで精神的に追い詰められている。母はショットガンを持ってバスを乗っ取り、都議会議員を殺そうとした凶悪犯。マスコミは大騒ぎだ。騒ぎの火が収まらないうちに、事件の写真や情報を真澄さんの周囲にまき散らし、火を煽り立てる。暴力団員を相手にしてきた刑事だ。相手を追いこむ術は熟知している。裁判が終わるまで、真澄さんが持ちこたえられるか。目撃証人がいなくなったら、裁判の行方がどうなるか」

返す言葉がなかった。最上の指摘通り、証拠は目撃証言しかない。目撃証人が命を絶てば、佐久が有利になる。

佐久は河上亮をひき殺し、母親を射殺し、姉を自殺させる。すべて消し去ろうとしているのだ。

目撃者がいたことを知り、佐久は驚いていた。だが、自分に有利になるように懸命に考えを巡らせていたのだ。

亮を殺害した動機を河上幸恵に問われても、佐久に答える必要はなかった。敢えて口にし、河上幸恵の激情の火に風を送った。揺さぶり、更に興奮させて、自分に近寄ってくるように仕掛けたのかもしれない。

先程佐久の顔に浮かんだ酷薄の笑みは、勝利を確信した微笑だったのではないか。

どうする。どうすればいい。

佐久の目論見（もくろみ）を河上幸恵に教えれば、彼女は助かる。しかし、同時に佐久の死を招く。

佐久を死なせてはならない。亮を殺した罪を償わせるのだ。

ジェットエンジンの轟音と共に近づいてきた旅客機が、夜空へと駆け上がっていく。

河上幸恵は旅客機を見送り、小さく息を吐く。大江運転手に顔を向け、沈黙を破った。

「出口のドアを開けて」

大江運転手は硬い表情を浮かべたまま、開閉スイッチに触れた。バス前部の出口が開き、雨音と冷たい風が車内に入ってくる。

「撃てないか？」

安住の問いかけに、清水は冷静に答えた。

「無理です。俺は出口の反対側にいます。ガラスが邪魔です」

いよいよか。佐久と共に下り、ここで処刑するのか。

「迷惑かけたわね」

河上幸恵が大江運転手に言って、出て行けという風に顎をしゃくった。大江運転手は恐る恐る立ち上がり、河上幸恵の背後を通って進んでいく。外に出た途端、警察車両の方へ走り出した。無数のヘッドライトで明るくなったアスファルトを駆け抜け、たちまちのうちに影になった。

ドアが閉まる音がした。これでまた狙撃不能になった。開閉スイッチを押した河上幸恵が佐久に命じる。

「こっちへ。ドアの前に」

佐久は両手で座席の背もたれをつかんで腰を上げた。通路に出てフロントガラスの方へ歩いていく。河上幸恵との距離が二メートルに縮まる。仕掛けるのか。一歩前に出れば、攻撃圏内に入る。

だが、河上幸恵は佐久が近づく前に進路を空けた。二人の距離が離れた。

「そこに立って」

命じられた通り、佐久は河上幸恵の顔を見つめながら進み、出口のステップ部分に立った。

河上幸恵は運転席に着き、左手でシフトレバーを引いてDレンジに入れた。オートマチック車なので、運転は左程難しくない。ショットガンは佐久に向けられたままだ。

ディーゼルエンジン音が高まり、車体が震える。バスが動き出した。

河上幸恵は歯を食いしばり、右手で持ったショットガンを佐久に向けたまま、左手一本でステアリングを回す。

バスの向きが変わり始めた。フロントガラスから海が消え、海側に止まったシャシーが現れる。

バスは、シャシーとシャシーの間の広い空間に出て、東に進み始めた。ローに入ったままなので、スピードは上がらない。後ろで待機していた警察車両の集団がついてくる。

手錠が梶原の左手首に食いこんできた。前に出ようとしても、一歩も進めない。

今の状態では、佐久も反撃できない。河上幸恵と一・五メートル以上離れている。下手に動けば、ダブルオーバック弾を浴びる。このまま何もできなければ、佐久は殺される。

既に刑場に入っている。後は執行を待つだけだ。処刑を止めさせなければ。どうすればいい――。

煩悶する梶原の耳に、信じられない指示が届いた。

「命令に変更はない。河上幸恵を射殺する」

ずっと沈黙していた安住がようやく口を開いた。

「バスが走っている間は突入不可能。運転席からは前後左右、斜め後ろ、すべての方向を見られる。気づかれずに接近するのは無理だ。バスに体当たりされたら、トラックの突入部隊は乗り移れない。バスが止まっても、それから動いたのでは到底間に合わない。前方にパトカーを車止めとして配置するのも無理だ。進めないと分かったら、そこで河上幸恵は佐久議員を撃つ」

突入できないのは理解できた。強行突入した途端に佐久は反撃に出るのだから。

しかし、河上幸恵が死ねば結果は同じだ。子供を殺された母親の命を奪い、卑劣な殺人者を助けるのか。あまりに理不尽ではないか。

「殺人者の味方ですか。被害者家族を切り捨てて殺人者を救うんですか？」

思わず声を上げて問うと、安住は冷静な口調で答えを返してきた。

「どちらでもない。我々の使命は人質を救うことだ」

「人質――」

「佐久議員はあくまで重要参考人だ。一市民だ」

なぜ、そんな冷酷な判断が下せる。法律上では正論であっても、到底受けられない。

安住の声が消え、三隅管理官が呼びかけてきた。

「河上幸恵に聞く耳はない。肩や手を撃っても、もう一方の手ですぐにショットガンの引き金を引ける。至近距離だ。間違いなく命中する。どんな痛みに襲われようと、河上幸恵は佐久議員を撃つ。もはや射殺する以外にない」

苦渋に満ちた口調で言って、三隅は言葉を結んだ。弱々しい声で同感ですと発したネゴシエイターの野川の声が聞こえた。

イヤホンが沈黙した。

射殺以外に解決法はない。佐久に逃げ得を許すことになったとしても、そうせざるを得ないとは――。

だが、それ以前に大きな壁があるのだ。

梶原は安住に呼びかける。

「狙撃不能です。撃っても命中しません」

「特一係員はバスに近づけない。外から窓ガラスを割ることはできない。何とかして中から窓ガラスを割るんだ。狙撃できる空間を作り出せ」

「拳銃も警棒もない。無理です」

横にある窓ガラスは強化ガラスだ。蹴ったところで割れるとは思えない。割れたとしても、開いた空間を通って弾が河上幸恵に命中するとも限らない。

清水の冷静沈着な声が戻ってきた。

「運転席横のガラスなら射角に入れられる。狙撃可能です」

清水の言葉が終わると同時に、安住の声が再び鼓膜を震わせた。

「梶原。やれるのはおまえしかいない。おまえしかいないんだ」

無線交信が途絶えた。

梶原はフロントガラスの向こうに広がった闇を見つめた。清水はバスの前方、シャシープールの東でスコープを覗いている。

無茶な要求だった。フロントガラスまで四メートル以上。運転席横の窓ガラスまで三・五メートルはある。いくら手を伸ばしても届かない。運転席横まで行けるのなら、河上幸恵を取り押さえた方が早い。どちらにしても無理だ。

バスの七、八メートルの後方から、特一係のパトカーと移動指揮車が並走して続いてくる。その後ろではパトカーがシャシープールの通路部分いっぱいに広がって走っていた。

両側の窓をコンテナが載ったシャシーや空のシャシーが後方へ過ぎ去っていく。依然としてローギアのままだ。十五キロ程のスピードで進んでいく。

先程止まっていた場所から百メートル近く走った。シャシープールの東端まで四百メートル程あったはずだ。だが、端まで行くとは限らない。いつバスが止まってもおかしくない。どこだ。どこで処刑するつもりなのだ。

河上幸恵は左手でステアリングをつかみ、右手でショットガンを持って、前方と佐久を交互に見ている。佐久は強張った顔をしてドアに背中をつけ河上幸恵を見返している。時折、視線が外に向いた。突入を待っているのだ。

手錠の鎖が鳴る。手すりのオレンジ色の塗装がはがれ落ちてきただけで、びくともしない。左手首がぎりぎりと痛んだ。

片手がつながれていては、何もできない。どうしろというのだ。

運転席の左後ろに消火器が固定されているのが見て取れた。消火器をたたきつければ、分厚いフロントガラスでも割れる。けれども、消火器まで優に三メートル以上ある。全身を伸ばしても届かない。

梶原は周囲を見回す。使えそうなものはない。後方の席に傘が一本置いてあったが、到底手は届かない。

前方に向き直った梶原の視界に、左横の窓ガラスが入ってくると、首を垂れて血だらけになって座った男の姿が脳裏に蘇ってきた。青陵会の若頭の富川。富川は防弾ガラスごしに首を撃たれた。あのとき、富川は窓ガラスに顔を近づけていたはずだ。茢田はその瞬間を狙って撃ったに違いない。あの方法ならやれるのではないか。

そう思い至り、梶原は送話スイッチを押した。

「清水、車内が見えるか？」

「勿論」

「距離は？」

「約百七十メートル。青いコンテナの上で待機中」

その距離なら清水が外すことはない。

梶原は手すりに沿って左手を滑らせる。窓ガラスに手を押しつけた。ぴんと伸びて張った手錠の鎖を窓ガラスに密着させる。

「鎖を撃ち抜いて切断してくれ」

「鎖」

隙間はない。この状態なら、ガラスを突き抜けた直後に鎖に当たる。それから、河上幸恵を止めに行くのだ。運転席横の窓ガラスは割らない。何とかして押さえこみ、河上幸恵を止める。

　僅かに間が空く。清水が息を呑む気配が伝わってきた。

「撃ち抜けます。しかし、今は不可能。俺はバスに正対している。移動したら、次に射角が取れなくなる恐れがある。ホシを撃てなくなる。バスが横を向かない限りは切断不可能です」

　ようやく打開策を思いついたが、実行には移せないのだ。

　どうする。バスは東に向かってエンジン音を上げ、真っ直ぐ進み続けている。河上幸恵はフロントガラスと佐久を交互に見ているだけだ。進行方向が変わる気配はない。窓外に目を向ける佐久の顔が硬直を強めている。

　亮がひき殺された場所が近づいてきていた。河上幸恵は、息子がメルセデスに乗り上げられたその場所で佐久を殺そうとしているのだ。佐久も河上幸恵の意図に気づいたようだ。

　左側の窓ガラスを空荷のシャシーやコンテナが過ぎっていく。ワイパーが正確にリズムを刻みながら動いているだけで、車内では他に動くものはない。佐久は身じろぎ一つしない。再び額に汗がにじみ出している。パトカーがついてくるものの、一向に突入は行われない。反撃しようとしても佐久にはできない。河上幸恵は横目で佐久を見返すだけで、顔は前方に向けたままだ。

後方から延びたヘッドライトが重なり合い、バスの横と前方の路面が光っている。ほどなく空荷のシャシーと青いコンテナが載ったシャシーが見えてきた。サインペンがあったシャシーが近づいてくる。間もなく、亮がひき殺された場所だ。

エンジン音が低くなり始めた。ニュートラルに入り、バスは惰性で進んでいく。亮がひき殺された現場まで十メートルを切ったとき、イヤホンから清水の声が流れてきた。

「人がいる。バスの北側、青いコンテナのシャシーの横に二人」

直後、青いコンテナの陰から人影が飛び出してきた。

急ブレーキがかかった。バスはタイヤを滑らせながら停止した。後方から幾つものブレーキ音が重なって上がった。

梶原は足を踏ん張り、外に目を向ける。

フロントガラスの向こう、五メートル程先に立った人がヘッドライトの光に浮かび上がっている。井川真澄だった。黒いダウンジャケットを着て、赤いニット帽を被っている。

雨の滴がダウンジャケットの上で跳ねていた。

河上幸恵は呆然として、フロントガラスごしに娘を見下ろしている。真澄は雨に打たれながら顔を上げて母親を見つめ返していた。ヘッドライトの光の中を息が白く流れている。

硬直した表情の佐久は、突然現れてバスの前に立ちはだかった真澄と河上幸恵を交互に見ている。

梶原の中で混乱に拍車がかかる。なぜ、真澄がここにいるのだ。

束の間の静寂が破られた。無線交信が騒がしくなった。

「何があった？」

報告を求めてきた安住に、梶原は真っ先に応じた。バスの後ろにつけた移動指揮車からは、車体に隠れて見えない。

「河上幸恵の娘です。真澄さんがバスの前に立っています」

梶原は横の窓ガラスを向く。青いコンテナが載ったシャシーの脇に、ダッフルコートを着た男が立っていた。フードの下から黒いセルフレームの眼鏡が覗いている。井川政男だ。

真澄は家から父親の車に乗って来たのだろう。テレビ中継を見て、バスの行き先が亮の殺害現場だと見当をつけて。木場の家からここまで来る時間は十分にあった。

「止めて。これで終わりにして」

ヘッドライトの光の中で、真澄が一歩前に出て河上幸恵に懸命に訴える。

戸惑い、動揺しているに違いないのに、河上幸恵は娘を見たまま動かない。

真澄を見つめる佐久の眉間に深い皺が寄っていた。追い詰められたような表情で、考えを巡らせている。

「その人を撃っても、亮は還ってこない」

真澄が声を絞り出して続ける。

「お願いだから、もうこんなことは止めて、お母さん」

ポールを握り締めた手に汗がにじみ出す。

梶原は祈るような思いで二人を見守る。河上幸恵を止められるのは真澄以外にいない。閉じこもっていた部屋から必死の思いで出て、駆けつけてきたのだ。

投降すれば、河上幸恵は命を落とすことはない。佐久を裁きにかけられる。思い止まってくれ。考え直せ。

「どきなさい、真澄」

河上幸恵は叫ぶように言い、手を横に振った。

「どかない。動かない」

「言うことを聞きなさい」

「私にはお母さんが必要なの」

河上幸恵を見上げる母親譲りの真澄の瞳に、強い光が宿っている。

河上幸恵は立ち上がり、ショットガンを構え直し、佐久に向き直った。

「亮の所へ送って上げる」

強張った佐久の顔から一瞬にして血の気が引いた。逃げ場を探しているのか、目が左右に動いている。

次の瞬間、耳を聾（ろう）さんばかりの銃声が轟き、佐久が崩れ落ちた。

前に出ようとしたが、梶原は手錠に引かれて止まった。

座りこんだ佐久が苦痛に顔を歪めている。右足の脛に数個の穴が開いていた。ズボンが赤く染まっていく。血に濡れたフラッシュライトが転がっていった。

ショットガンのフォアエンドが前後し、赤いショットシェルが吐き出される。次弾が装塡された。

河上幸恵がスイッチに手を伸ばす。ドアが折り畳まれ、出口が開いた。雨と冷気が車内に入ってくる。

佐久は転げ落ちるようにして出て行き、うずくまった。うめき声を上げて両手で右足を押さえている。

河上幸恵が運転席に腰を下ろしたとき、後方から伸びたヘッドライトの光に人影が浮かび上がった。井川政男がバスの前を横切り、真澄に駆け寄っていく。井川が娘の手をつかもうとするが、激しい抵抗に遭って何もできない。海側のシャシーの陰からもう一つの人影が出てきた。白山主任だった。白山が真澄の背後から真澄を押さえつける。京浜島から一足先にシャシープールにやって来た白山が隠れて待機していたのだ。

白山と井川の二人が、声を嗄らして叫ぶ真澄を道路側のシャシーの方へ引っ張っていく。真澄も懸命に抵抗を続けていたが、大人二人の力には敵わなかった。

ドアが閉まり、バスが後退し始めた。数メートル下がって止まると、河上幸恵はステアリングを左に大きく切り、バスを発進させた。エンジンが轟音を上げながら、バスが佐久に向かって進んでいく。

立ち上がった佐久が、右足を引きずりながら歩いていく。佐久がわきに避ける。バスは佐久の横を通過して止まった。バックの警告音が鳴り始めた。

ひき殺そうとしている。河上幸恵は息子が殺されたときと同じ方法で、復讐しようとしているのだ。

「前に出てバスを止めろ。佐久議員を保護しろ。一般市民がいる。発砲を禁じる。繰り返す。清水以外は発砲するな」

安住の命令が流れると、後方のパトカーが急発進した。

先に走り出していたバスが右に蛇行する。追い抜こうとしたパトカーの前の空間が狭まっていく。バスとシャシーに挟まれて行き場を失い、パトカーはシャシーにぶつかって止まった。特一係のパトカーが左側から前に出ようとしたが、急激に方向を変えたバスの車体後部に弾かれて通路上で停止した。

　左右に大きく振られるバスの中で、梶原は衝突音や金属同士がこすれ合う音を耳にしながら、窓ガラスの方に左手首を伸ばし、無線で清水に問う。

「射角に入っているか？」

「入っては消える。その繰り返しです」

「距離は縮まったな」

「八十メートル」

「鎖を切断してくれ」

　一呼吸間が空き、清水が冷静な口調で指示してきた。

「できるだけ頭を下げて。腕を目いっぱい伸ばして」

　了解と返し、梶原は手錠を窓ガラスに密着させた。左腕を伸ばし、座席に伏せた。左肩がぎりぎりと痛んだ。

　ガラス面に垂直に当たるタイミングで発射しなければならない。その上バスは動いている。雨で視界も悪く、海風もある。清水にとっても難しい状況だ。清水の体の中で拍動する心臓の音が聞こえてきそうだ。手錠が食いこんだ左手首から痺れが伝わってくる。今は清水を信じて待つ他にない。

バスが前後左右に揺れる。河上幸恵はステアリングやブレーキと格闘し、後ろから来る車を妨害しつつ、右足を引きずって歩く佐久を追う。車内確認用のミラーには、鋭い眼光を宿した河上幸恵の顔が映っている。

バスの車体が傾き、右に曲がり始めたとき、乾いた銃声がした。頭上でガラスが砕け、手錠から火花が散った。左手首に強い衝撃が走る。自由になった左腕からもう一方の手錠の輪が垂れ下がっている。手すりにかかっていた手錠の輪のロック部分が撃ち抜かれたのだった。貫通した銃弾は右側の壁に食いこんでいた。

河上幸恵と目が合った。視線はすぐに逸れ、バスの前方に向けられた。

佐久が急に方向を変えた。右足から流れ出した血が濡れたアスファルトに赤い筋を引いていく。膝の関節が砕かれたのか、膝下が不自然な方向に曲がっている。佐久の口から白い呼気が雨の中に流れ出す。

河上幸恵は左にステアリングを忙しなく回し続ける。フロントガラスから海が消え、通路が現れた。

梶原は運転席に向かって駆け出していた。河上幸恵が肩から提げたショットガンに右手を伸ばしたとき、ブレーキがかかった。

体が前に持っていかれ、体勢が崩れた。咄嗟（とっさ）に右手で手すりにつかまり、左手でショットガンの銃身の先端を握った。

次の瞬間、ショットガンが火を噴いた。天井に多数の穴が開いた。

轟音と爆風のような熱風を浴び、顔が熱くなり、耳の奥が鳴る。

それでも、銃身は放さなかった。切断されて金属の刺が残った銃口が指先に触れた。金属の刺が皮膚に食いこんでくる。両手でショットガンを持ち、河上幸恵から引き放そうとする。河上幸恵の首にショットガンから伸びたストラップがかかっているため、離れない。

河上幸恵の上半身が通路側に傾いた。河上幸恵の首の後ろに右手を回して押さえつける。

不意にショットガンを引く力が緩んだ。ショットガンを奪い取ろうとしたとき、河上幸恵の右手が素早く動いた。

河上幸恵の手にニューナンブが握られていた。ウインドブレーカーのポケットから抜いたニューナンブの銃口を梶原に向ける。

銃声が上がった。

梶原は通路に倒れこんだ。焼けた火箸を刺しこまれたような熱い痛みが、左腕から肩まで広がっていく。息ができない。

「誰にも邪魔させない」

河上幸恵は断言するように言い、アクセルを踏みつけた。エンジン音が高まり、バスが再発進する。

梶原は歯を食いしばって上半身を起こす。左腕から流れ出した血が袖に開いた穴から溢れ出てくる。

「梶原、無事かっ。返事をしろ。返事を」

安住の切迫した声がイヤホンから聞こえてくると、梶原は短く応じた。

「腕を撃たれただけです」

雨に濡れた窓ガラスごしに、佐久が転倒しそうになりながらも、片足を引きずって灰色のコンテナが積まれたシャシーの方へ進む姿が見えた。シャシーの下に潜りこもうとしているのだ。唯一の避難場所だ。バスはシャシーに衝突して止まる。

車内確認用のミラーに、氷のような冷たい光が目に宿った河上幸恵の顔が映っている。なす術はないのか。ショットガンもニューナンブも河上幸恵の手元にある。今動き出せば、また銃弾をくらう。運よく佐久がシャシーの下まで辿り着けたとしても、河上幸恵は銃を使えるのだ。

安住が呼びかけてくる声が耳に流れこんできた。

「梶原、ガラスを割れ。清水に狙撃させる。それしかない。貫通した弾を受けないように、パトカーはすべて止める。何とかして割るんだ」

バスの後部まで接近してきていたパトカーが急停車する。その後方でパトカーが次々と速度を落として止まった。パトカーの集団が遠ざかっていく。

狙撃による射殺。方針は変わらない。それ以外に解決できない。けれども、どうすれば割れる。河上幸恵を取り押さえるどころか、ニューナンブを取り戻せなかったのだ。

周囲を見回す梶原の目が一点で留まった。

梶原は腰を上げた。右側の座席を伝い、通路を前に進み始めた。河上幸恵とミラーごしに目が合ったが、まだ余裕があると思ったのか、逸れていった。フロントガラスの前方に投げられた。

バスの二十メートル程前方に、よろよろと歩き続ける佐久がいた。

パトカーが完全に停止したのを確認したのか、河上幸恵はもう後ろを見ようとはしない。

運転席のすぐ後ろに辿りついた。目前に樹脂パネルがある。河上幸恵は樹脂パネル一枚隔てた向こう側だ。気づかれたら、ショットガンで樹脂パネルごと弾き飛ばされる。

梶原は左手首から下がった手錠の輪を握りこんだ。樹脂パネルの外枠のバーと側壁の隙間に左手を刺しこむ。肩まで入ったところで止まった。半月形になった手錠を、運転席右側の窓ガラスに思い切り叩きつける。一度目でひびが入る音がした。左腕を走る電流のような痛みに耐えながら、肘から先を動かし、二度、三度と渾身の力をこめて窓ガラスに打ち付ける。破裂音がし、拳が外に出た。それでもまだ割れ残ったガラスがある。

手錠を動かして割れ残った窓ガラスを除けたところで、左手首を河上幸恵につかまれた。ねじり上げられ、肩の関節が固まった直後、強い力で押された。座席から落ちて通路を転がり、最後部の座席に当たって止まった。

梶原は左手でポールにつかまって立ち上がる。フロントガラスの向こうの路面で、佐久が前のめりになって倒れている。両手で路面を掻き、左足を動かして懸命に這い進んでいく。シャシーまで三十メートル程だ。バスのタイヤが佐久に乗り上げるのは時間の問題だった。

道路と樹木帯との境目に、白山と井川に挟まれた井川真澄が立っていた。強張った顔をし、河上幸恵と佐久を交互に見ている。

銃声はまだ聞こえてこない。バスのエンジン音が高まっていくだけだ。

清水は迷っているのではないか。何度も射殺すると明言したものの、現実を目の前にし、引き金を引けなくなった――。

氷川台事件の少年とその母親、家族のように慕い、敬愛していた苅田。撃つべきではなかった。殺してはならなかった。清水の苦悩は続いている。三人を殺したと思い、悔いている。苦悩に飲みこまれようとしている。

今度は河上幸恵だけでは済まない。真澄は目前で母親を殺される瞬間を見る。その結果、真澄は自ら命を絶つだろう。清水が放つ一弾で何の罪もない少女の命が断たれる。自殺を覚悟した人間は、誰にも止められない。

躊躇(ためら)っている。清水自身も戸惑い、苦しんでいる。最後の最後になって、引き金にかけた指を動かせなくなった——。

路面を這い続ける佐久の背中が七、八メートルまで近づいてきていた。

自分で止めるしかない。母親についで父親も失うことになるかもしれない。撃たれて命を落とすかもしれないが。瑞希に何と言えばいい……。

河上幸恵を止めるのだ。腹をくくり、決然と一歩踏み出す。河上幸恵は振り向くこともなく、前方を見てバスを走らせている。河上幸恵に近づき、手を伸ばしたとき、彼女の頭が小さく揺れた。黒い塊が頭から噴き出し、飛んだ。

遠くから銃声が届いた。

梶原は運転席の横に回り、両手でステアリングをつかみ、足を伸ばしてブレーキペダルを踏みつける。恐怖で歪んだ佐久の顔が見え、すぐに視界から消えた。

バスは右に曲がりながらスピードを落として停止した。佐久はアスファルトに横たわり、荒い呼吸を繰り返している。

梶原は、運転席の背もたれに寄りかかった河上幸恵に振り返った。右のこめかみの辺りの黒髪が赤く染まり、左耳の下に大きな射出口が開いている。右側頭部から入った弾頭が貫通し、タイヤハウスにめりこんでいた。弛緩した細い両手が垂れ下がっている。

「着弾の確認を。状況を教えて下さい」

イヤホンから清水の冷静な声が耳に流れこんでくると、梶原は腕の痛みを堪えつつ左手で送話ボタンを押した。

「被疑者死亡。弾はタイヤハウスで止まった」

僅かに間が空き、清水の声が戻ってきた。

「了解。任務完了」

それだけ告げると、清水との交信が途絶えた。

西の方からパトカーの集団が近づいてくる。真澄は雨の中で立ったまま動かず、じっとこちらを見ている。

梶原は、両目を見開いたまま絶命した河上幸恵の瞳の奥底を覗きこみ、心の中で問いかける。無論、答えは返ってこない。

右手を伸ばしてドアの開閉ボタンを押し、踵を返してドアへ向かう。バスを下りた途端、冷気が押し寄せ、分厚い雨雲から雨が落ちてきた。

梶原は手を強く握り締めたまま、樹木帯の近くに立った真澄を見やった。

冷たい雨に打たれながら、真澄は体を震わせてじっとこちらを見据えている。かける言葉も見つからない。

梶原は真澄の濡れた瞳を見つめ返して立ち尽くしていた。アスファルトを叩く雨音が一段と高くなった。

23

瞼を上げると、薄暗い部屋の壁が見えてきた。枕元で電子音が鳴っている。左腕を動かそうとすると、痛みが走った。

点滴のチューブが足の先まで伸びている。壁際のソファーに瑞希が横になって眠っているのを見て、ようやく病室にいるのだと分かった。セーターにジーンズ姿。余程疲れているのか、靴を履いたまま眠っている。知らせを聞いて駆けつけてきてくれたのだろう。

真夜中か明け方か。カーテンが閉まっていて時計もないので、時間が分からない。

ぼんやりと天井を見ていると、病室のドアが静かに開き、黒い大きな影が現れた。影が枕元に近づいてきた。

「目が覚めたんですね。良かった——」

清水が大きく息をつき、吐き出すように言った。濡れてはいないが黒い出動服のままで、髪は手ぐしでとかしただけのようだ。

「病院です。梶原さんは腕の手術を受けた。動かないで」

「分かってる。今、何時だ？」

「午前四時四十六分。外はまだ暗い。雨は止みました」

バスジャック事件から二十四時間も経っていないのだ。

目前で頭を撃ち抜かれた河上幸恵の姿が、忽然と脳裏に浮かび上がってきた。

瑞希が熟睡しているのを見て、梶原は清水に目を向け、低い声を発した。

「撃てたんだな」

「撃ちました」

「おまえは苦しんでいた。ずっと撃つとは言っていたが、撃てないと思った。窓ガラスが割れた後も、迷っている。やはり、撃てないと。よくそこまでできたな」

清水が真っすぐ梶原を見つめてきた。

「迷い続けてた。引き金を引こうとしても指が固まる。やらなければならないのに、撃てない。指が動かない。ですが」

「ですが、何だ？」

「考え直した。いや、考え直せた。苅田さんのおかげで」

「苅田」

「苅田さんは以前俺にこう言った。人質を救うためなら、たとえ家族が相手でも撃つと。撃たなければならないと。俺はその言葉通り、苅田さんを射殺した。苅田さんの言葉を無駄にしてはならない。あれは狙撃手全員に向けた言葉です。すべて飲みこんでやるのが、狙撃手の責務。だから、だから、引き金を引いた――」

最後の方は消え入るようなか細い声になった。清水の手は微かに震えていた。

清水は、苅田の遺言を実行したのだった。少年を射殺したときから自分を責める苦しみが始まった。苅田を撃って苦しみを深め、更に悲運を背負った一人の母親を撃つかどうかで煩悶していた。その苦しみを飲みこみ、命令を遂行したのだった。

「大事にして下さい」

清水が言って背を向け、足音を立てずに、ドアへ進んでいき、姿を消した。

引きとめようとしたが、小さくなった背中を前にし、梶原は止め、天井を見上げた。

清水の目は暗い洞穴のようだった。煩悶し続けた末に、やり遂げた。だが、達成感などない。また一つ大きな苦しみを背負ったかのようだった。それだけではない。恐怖を感じている。

その恐怖を拭うことも、苦しみから逃れることも、自分自身にはできない。真澄は目前で母親が射殺されるところを見たのだから。

梶原はそう思い至り、薄暗く静まり返った病室で、最後に見た真澄の悲痛な顔を思い浮かべていた。

電子音が急速に遠のいていき、何も聞こえなくなった。瞼が下りてくる。梶原は再び眠りの底に落ちていった。


フロントガラスの向こう、駐車場に並んだパトカーの屋根に冬の弱い陽の光が降り注いでいる。

梶原は窓の外を見、ついでダッシュボードの時計を見やった。午後一時五十一分。約束の時間まであと九分だ。

「何度見ても時間は変わりませんよ」

運転席に座った白山主任が言うと、梶原は窓の外に視線を戻した。

井川真澄は来るのか。本当に来られるのか。

昨日の夕方、河上亮のひき逃げ事件の目撃証言の調書を作るため、真澄が東京湾岸署に赴くと病院で知らされた。バスジャック事件から六日が経っていた。

その間、マスコミの過熱した報道が続いていた。ショットガンを持って車内に立つ河上幸恵の姿がテレビで連日流された。河上幸恵の勤務先の上司や友人にもカメラが向けられた。元夫の井川政男にも。住所が特定されないように画像処理されていたが、井川家も映し出された。河上幸恵の友人の日高春美は事情聴取の後、処分保留となった。バスジャック犯の名前を明かさず、犯人隠避の容疑がかかったものの、送検は見送られた。裁判にかけるまでには至らないと判断されたのだった。

一方、佐久議員の扱いは微妙だった。人質解放のために命の危険を冒してバスに乗りこんだと報道されてはいたものの、英雄扱いではない。

なぜ河上幸恵に呼ばれたのか。バスジャック事件前に、河上幸恵に襲われた羽島安美と何らかの関係があったのではないか。不可解な点が多く、佐久の行動を諸手を挙げて評価する報道はない。羽島安美の意識は戻ったが、未だ事情聴取できる状態ではない。精神的なショックが大きいという。人質たちもインタビューを受けていたが、謎を解く証言は得られていない。河上幸恵と佐久は人質の前で殆ど話をしなかったという。肝心の佐久は重傷を負って入院中だ。

河上亮のひき逃げ事件も再び取り上げられている。バスジャック事件とひき逃げ事件は何らかの関係があるのではないか。そう指摘する声が上がっていたが、決定打となる情報がない。佐久がひき逃げ犯であれば辻褄が合う。息子を奪われた母親が復讐に走った。けれども、事実確認ができず、報道されてはいない。

時計の針が一時五十四分を指したとき、灰色のワンボックスが駐車場に入ってきた。運転席に井川の顔がある。

「待っていてくれ」

梶原は右手で助手席のドアを押し開け、覆面パトカーを下りて歩いていく。左手は三角巾で吊ってあるため使えない。

ワンボックスがバックで駐車スペースに入ったところで、運転席の井川と目が合った。井川が会釈を寄越した後、運転席の窓ガラスが下がっていった。

井川の目が梶原の左腕に向けられた。

「もういいんですか？」

「弾は抜けていた。腕も指も全部動きます。ご心配なく」

担当医には運が良かったと告げられた。傷ついた筋肉も血管も少なかったという。感染防止の薬の投与は続いている。退院の許可もまだ出ていない。無断外出してきたのだった。

申し訳なさそうな顔をした井川が頭を下げた。

「あなたが責任を感じる必要はありませんよ」

梶原は言って、運転席に近づいた。後部座席に真澄が座っていたが、スモークガラスのせいで表情は見て取れない。

「真澄さんと少し話をさせてもらえませんか」

黒いセルフレームの眼鏡の奥の目に、逡巡の色が浮かんだ。井川が後部座席に振り返ると間もなく、スライドドアが動き始めた。車内が明るくなり、真澄の横顔に陽が当たった。

梶原は運転席の前を回り、ワンボックスの左側に出た。

真澄はジーンズとフード付きのパーカだった。パーカの上にオリーブグリーンのジャンパーを重ねている。足元は黒いキャンバス地のスニーカーで男の子のようなスタイルだ。長い黒髪をまとめて背中で束ねているところは女の子らしいが。

真澄はスライドドアが閉まったワンボックスを背にして立っている。視線はアスファルトに向けられたままで、薄い形の良い唇はきつく結ばれている。

何から話を始めよう。昨夜からずっと考え続けてきたのに、実際に真澄を前にすると、言葉が思い浮かばない。弟に次いで、母親が殺される瞬間を目の当たりにしたのだった。しかも同じ場所で。真澄が受けた精神的な衝撃は計り知れない。

梶原は真澄を正面から見据えてようやく口を開いた。

「よく決心してくれたね」

　真澄は小さくうなずく。

「亮のためです」

　短く言い、真澄は言葉を継いだ。

「もっと早く警察に言っていたら、こんなことにはならなかった。お母さんだってあんなことをしなかった。生きていられたのに……」

　あの晩、真澄はバスの前に立ちはだかり、母親の凶行を食い止めようとした。だが、訴えは届かなかった。

「バスに逃げこむ前に捕まえていたら、君は母親を亡くすこともなかった」

「刑事さんのせいじゃありません」

　真澄は目線を上げ、梶原の目を見つめ返して続ける。

「家に帰ってから、そのことを考え続けてた。やっと決心がついた。このままでは、あの人は何の罰も受けずに済んでしまう。それだけは許せない。亮とお母さんのためにも、私が声を上げなければならないって」

「裁判が終わっても、それで終わりじゃない。これから先、色んな所で思わぬ所で事件を蒸し返される」

「耐えてみせます。耐え抜きます」

真澄の瞳に宿った光は揺らがない。悩み苦しんだ末に、決意を固めた。強く生きようと決意したのだ。

真澄は閉じこもっていた部屋から自分の力で出た。父親に頼み、母親の最終目的地へと向かった。その時点で自ら鎧（よろい）を脱ぎ捨てたのだ。強くならなければできることではない。

その後の母親が射殺されたことで奈落の底に落ちたが、自らの力ではい上がる気持ちを固めたのだ。

お母さんのようになりたいってずっと思ってた。亮の殺害現場を聞き出そうとしたとき、真澄はそう言った。その言葉を実行しようとしている。

だが、真澄の瞳の中に微かな陰りが残っているように見えた。

梶原は真澄に語りかけるように言う。

「お母さんは君の説得にも応じなかった。体を張って止めようとしても、聞く耳をもたなかった。我が子を殺した相手が憎かった。絶対に許せなかった。鬼になっていたんだ」

真澄は黙ったまま見つめ返してくる。

「立場が逆だったとしても、きっと同じことをしていただろう。君が亡くなっていたら、犯人を突き止めて復讐する。亮君が止めにやって来たとしても」

「そうかな」

　低くつぶやくような声音だった。

「親にとって子供はとても大切で特別な存在だ。子供たちへの愛情に変わりはない」

　君は母親に心の底から愛されていた。亮と同じように。どうしてもそれを真澄に伝えたくてやってきたのだった。

　真澄は下を向いて考えこむ。井川が運転席から下りてきた後、顔を上げてカチューシャに触れた。

「そうかも。このカチューシャ、半年前に亮がお母さんの部屋から持ってきてくれたんです。私のものは全部捨てたと思ってたけど、お母さんは手元に残しておいた。亮から渡されたときは信じられなかった」

　その言葉を受けて井川が真澄に言う。

「今なら信じられるか？」

　真澄は無言でうなずいた後、梶原に目を向け直し、頭を下げた。

「行こう」

　父親に促され、真澄が歩き出した。ワンボックスを離れた二人が、東京湾岸署の玄関の方へ進んでいく。海風が強くなり、真澄の背中で長い髪が揺れていた。

二人が自動ドアの向こうに消えると、梶原は車に戻って白山に真澄の話をした。

「良かった。安心した。気持ちが固まったんだ。真澄さんは強い。いや、強くなったのか」

白山が嚙み締めるように言う。真澄の置かれた境遇を知り、目前で母親を失うところを見てからずっと心配していたのだ。

梶原は白山に告げる。

「もう一ヶ所寄っていきたいところがある。あいつに知らせてやりたい。そう遠くない場所にいるはずだ」

名前を口にしなくても、白山は察した。

「勤務中に邪魔をしない方がいいですよ」

一刻も早く伝えておきたかった。

梶原は携帯電話を出して開いた。勤務中なら出ない。事件があった夜に、病室に見舞いに来てくれた後、何度か清水に電話をかけたが、出ることはなかった。

おそらく、清水は警戒監視任務に就いているはずだ。安住課長の命令をやり遂げた。失敗はしていないのだから、処分はできない。かといって、清水を追い出したがっている警備部が、すんなりと元の処遇に戻すとは思えなかった。

コール音が鳴り続ける。オフボタンを押そうとしたとき、清水の声が聞こえてきた。

「清水です」

「話せなければ出ていないよな」

真澄と会ったこと、彼女の気持ちと新たな決意を、梶原は一気に話した。清水は黙って聞いていたが、やがて低い声を発した。

「救われました」

清水の声は微かに震えていた。その響きに安堵が含まれている。

真澄が死を選ぶ。誰にも止められない。また一人、何の罪もない人間を死に追いやることになる。清水はその恐怖から解放されたのだった。真澄に救われたのだった。

「電話ありがとうございました」

清水が一方的に言った後、回線が切れた。

梶原は携帯電話を下ろし、白山を横目で見た。白山の顔にも安堵の表情が浮かび上がっている。彼もまた清水を心配してくれていたのだった。

「病院に戻りましょう。今日ばかりはおとなしく従ってもらいますよ」

「この腕では何の抵抗もできん」

苦笑を浮かべた白山がエンジンをかけた。車が動き出し、署の敷地から道路に出ていく。

梶原は助手席で畳んだ携帯電話を握り締め、背もたれに背中を預けた。吉報を聞いた興奮で頭が火照っている。窓ガラスを少しだけ下げる。冷たい風が心地よかった。

青く澄み切った空が頭上いっぱいに広がっている。ジェットエンジンの轟音が北へ遠ざかっていく。

午前十一時半。吹き抜けていく北風を受けながら、梶原は旧管制塔を背にし、羽田空港事務所が入ったビルの屋上を進んでいく。

屋上の端に黒い人影があった。コンクリートに直に尻をつけて、両手で持った大型双眼鏡を海の方へ向けている。黒いレミントンＭ７００と三脚がわきに置かれていた。

梶原が近づいていくと、黒い出動服をまとった清水が双眼鏡を下ろした。

「珍しいですね。今日は一人ですか。白山さんは？」

「あいつは駒形(こまがた)の殺人事件の特捜本部に行ってる。第五係の連中も」

昨日発生した駒形の殺人事件の捜査のため、第五係が投入されたが、梶原は退院したものの、傷が治り切っておらず、外されたのだった。左腕を三角巾で吊っている。

「俺は傷病休暇中だ」

「障害が残らなくてよかった」

ああと応じ、梶原は清水の前で立ち止まり、人気のない屋上を見回して言う。

「相変わらず風当たりが強いんだな」

「ええ。何も変わらない」

清水が淡々と返してくる。

「眠れるようになったか？」

「熟睡するように努力してます。仕事の後、目一杯走ってくたくたになって」

「酒は？」

「酒も薬も止めました」

黒い帽子のつばの下にある目。洞穴だった目に光がある。覇気が戻っていた。強く生きようとしている真澄に救われたのだった。

この男自身もPTSDを克服しようとしている。非難、自責の念、人を殺す苦しみ。それらすべてを飲みこんだ上で、やり遂げなければならないこの過酷な仕事を続けようとしているのだから。

「それで、今日は何の用です？」

「おまえの元気な姿を見たかった」

「そのためにわざわざこんな所まで」

「それだけじゃない。お遣いに出された」

「お遣い？」

梶原は右手にぶらさげていた小さなバッグを、清水の前に差し出した。

「弁当だ。五目飯のおにぎり二個とおかず。おまえに会うって言ったら、瑞希に持っていくように頼まれた」

「弁当――」

「いけるぞ。瑞希は料理が得意だ」

「知ってます」

清水は戸惑いつつバッグを受け取った。

清水が見舞いに来てくれた夜、瑞希は眠ってはいなかった。清水が病室に入ってきてすぐに、目が覚めたという。目を瞑り、寝たふりをして、清水と梶原の会話に耳を傾けていた。そして初めて清水が刑事ではないことを知った。機動隊の狙撃手だと悟ったのだった。清水が抱えていた苦悩も。仲間の狙撃手を射殺し、バスジャック犯も射殺したことを。

清水が梶原の家に夕飯を食べに来た日から、清水を心配していた。窓ガラスを向いて悄然として立った清水を見たときから。陰りを帯びた目の中に、苦しみと悲しみを見て取っていた。大切な人間を失ったときの目だと。

大変な仕事をしているんだね、清水さんは。本当に辛い思いをして、お父さんも助けてくれた。退院した日、瑞希がそう切り出して、清水を夕飯に呼んだ夜と病室でのことを話してくれた。清水の立場を理解していた。

瑞希の指摘は正しかった。佐久を守るために清水の放った銃弾が河上幸恵の命を絶つと同時に、彼女の動きを止めた。もし、清水が撃っていなかったら、梶原が殉職していたかもしれなかった。もう一度撃たれていた可能性もあった。撃たれるのを覚悟で、止めに行ったのだった。

瑞希はそれ以上詳しいことは訊いてこなかった。梶原が明かさないことを知っているからだ。警視庁も狙撃手の名前を完全に伏せ、正当な発砲だったと発表しただけだ。

清水にお礼をしたいが、どうすればいいのかと訊かれた。家に夕飯を食べに来られるかどうか。清水が完全に立ち直っていなければ、断ってくるだろう。そこで弁当を作るように提案した。清水に会える目処が立ったと告げると、瑞希は今朝腕をふるって弁当を作ったのだった。

「せっかく瑞希が作ったんだ。食ってやってくれ」

清水はバッグを持ったままで開けようともしない。

「無理です」

「無理？」

「監視中です。食事休憩の時間に頂きます。一時を過ぎたら」

清水はバッグをわきに置き、双眼鏡を取って海の方を向いて警戒監視作業に戻った。テロ情報はない。海上から侵入してくる者などいない。休憩時の交代要員がいる訳でもない。見せしめにされている。徒労に終わる仕事だと分かっていても、手を緩めることもないのだ。これ以上何を言ったところで、清水が考えを変えるはずもなかった。

梶原は清水の隣に腰を下ろし、背中をコンクリート面につけた。コートごしにコンクリートの冷たさが伝わってくる。冬の澄み切った空がある。空は青く、とてつもなく広い。

亮と真澄が見上げていたのは、どんな空だったのだろう。

梶原は眩い陽光を受けながら、清水の隣でいつまでも青空を見上げていた。

銃器関連については、銃器写真家の永田市郎氏から多大な助言を頂きました。

バス関連については、佐伯浩史氏から様々な情報を頂きました。

お二人にはこの場を借りて感謝申し上げます。ありがとうございました。尚、本文中に事実と異なる点があれば、すべて作者の責任です。

松浪和夫

この作品は徳間文庫のために書下されました。
なお本作品はフィクションであり実在の個人・団体などとは一切関係がありません。

徳間文庫

警視庁特捜官

ワンショット ワンキル

2019年1月15日 初刷

著者 松浪和夫

発行者 平野健一

発行所 株式会社徳間書店

東京都品川区上大崎三―一―一
目黒セントラルスクエア 〒141―8202

電話 編集〇三(五四〇三)四三四九
販売〇四九(二九三)五五二一

振替 〇〇一四〇―〇―四四三九二

印刷
製本 大日本印刷株式会社

ISBN978-4-19-894432-2 (乱丁、落丁本はお取りかえいたします)